God bless me?

CONTENTS

지구, 그리고 이세계에 있는 친구들에게 바칩니다.

-FUNA

제1장 전생

"여기는……."

눈을 떠보니 그곳은 낯선 방이었다.

하얀 벽, 창문을 드리운 연분홍빛 커튼, 책상과 옷장 등 앤티크 풍 가구들, 수제처럼 보이는 봉제인형…….

어린 소녀의 방 같은 분위기의 실내. 그리고 침대에 누워 있는 나는 쿠리하라 미사토, 열여덟 살인, 아델 폰 아스컴, 열 살이야.

……으, 으응? 나는 쿠리하라 미사토, 열 살이고, 아스컴가(家)의 장녀, 아, 아닌데, 뭐야, 머리가, 머리가 깨질 것 같아…….

그대로 정신을 잃은 소녀가 다음 순간 눈을 떴을 때는 두통이 사라지고 모든 것을 기억하고 있었다.

"아~, 그렇게 된 거였나……."

자신은 한 번 죽었던 것이다. 10년 전에.

*   *

쿠리하라 미사토는 두 자매 중 맏딸로 지극히 평범한 집안에서 태어났다. 부모님은 성실하고 다정했으며, 두 살 터울인 여동생은 조금 당돌하기는 해도 밝고 씩씩하고 착했다. 그리고 미사토는 다른 또래보다 조금 '잘난 아이'였다.

그 편린은 아기 때부터 이미 나타났다.

말을 빨리 익혔다. 걸음마도 유아들의 평균보다 훨씬 빨리 뗐다. 공부, 스포츠, 예술, 장기, 어른과의 대화까지.

유치원 그리고 초등학교에 들어가서도 '잘난 아이'의 모습이 점점 드러나, 교사를 비롯한 주변 사람들 모두 미사토에게 많은 기대를 걸었다. 지나칠 정도로 말이다.

조부모와 다른 친척들도 마구 들떠서 이 아이는 천재라는 둥 장차 분명 큰 인물이 될 것이라는 둥 야단법석을 부렸다.

미사토의 부모님은 딱히 가문을 이어받을 아들이나 외동딸이 아니었고, 양가 모두 대를 이을 장남이 있었다. 그런데 한쪽은 지방의 구(舊)명문가이고 한쪽은 옛 화족의 후손이어서, 둘 다 지금은 몰락한 서민일 뿐인데도 자존심 하나만은 하늘을 찔렀기에 서로 미사토를 자기 가문의 일족으로 끌어들이려고 기를 썼다.

결국 양가 조부모들 사이에 미사토를 빼앗으려는 다툼이 시작되었고 여동생을 비롯한 다른 손자들과 비교하는 등, 미사토를 괴롭게 만든다는 생각은 눈곱만큼도 없는지 친족에 불화의 씨앗을 마구 뿌렸다.

그나마 위안은 부모님이 그런 부분을 전혀 신경 쓰지 않고 미사토를 평범하게 키웠다는 것. 그리고 보통은 토라지고 비뚤어져도 이상하지 않은 상황이건만 여동생이 무척 올곧고 착한 아이로 자라주었다는 것이었다.

하지만 집에서는 한숨 돌릴 수 있어도 학교에서는 늘 주목받았는데, 왕따는 절대 아니었지만 친한 친구 역시 생기지 않았다. 모두 미사토를 특별 취급했기 때문이다.

그런데 불행한 사실은 미사토가 결코 '천재'가 아니었다는 것이었다.

만약 미사토가 정말 남들과 다른 감성을 지녔고 번뜩이는 영감으로 참신한 아이디어를 내놓는 천재형이었다면 조금은 편했을지도 모른다. 하지만 미사토는 천재형이 아닌 '수재형'이었다.

사고방식도 감성도 어디까지나 평범한 사람. 단지 두뇌회전이 빠르고, 어린 시절부터 논리적으로 사고했고, 독서를 좋아해서 많은 지식을 쌓았을 뿐인 이른바 '스펙이 상당히 높은 일반인'이었던 것이다.

그래서 미사토는 모두의 과도한 기대와 특별하게 보는 시선이 괴로웠다. 자기도 친구와 농담 따먹기도 하고, 남자 이야기로 들뜨고 싶었다.

늘 사람들에게 둘러싸여 있지만 그럼에도 고독한 하루하루.

고등학생이 되어서도 변한 것은 없어서 함께 놀 친구 하나 없었던 미사토는 이따금 숨 돌리기 위해 하는 게임과 독서 이외에는 공부밖에 할 게 없었다. 그 때문이었는지는 몰라도 결과적으로 주변사람들의 기대대로 일본에서 제일 유명하고 들어가기 힘든 모 대학에 합격했다.

그리고 찾아온 고등학교 졸업식 날. 억지로 맡은 답사도 요령껏 해치우고 마침내 고등학교를 뒤로했다. 대학에 가면 지금보다 자유롭게 살 수 있을까? 그 대학에 입학하는 사람은 모두 나처럼 생각하며 살아왔을까? 그렇게 생각하면서…….

길을 걷는 사람 대부분은 학교에서 쏟아져 나온 졸업생들. 재학생은 아직 학교에서 해산하지 않았다.

해방감 때문인지 서로 희희낙락거리며 걷는 고등학생, 아니 불과 조금 전까지 고등학생이었던 사람들. 그중 한 소녀가 친구와 장난친다고 휘두른 가방이 때마침 자전거를 타고 차도를 달리던 열 살 전후의 소녀와 부딪히면서, 그 충격으로 소녀가 차도 쪽으로 넘어지고 말았다.

맹렬한 속도로 달려오는 대형트럭. 앞을 제대로 보지 않았는지, 아니면 순간 반응할 수 없었는지 브레이크를 밟아도 이미 늦은 듯했다.

정신이 퍼뜩 들었을 때는 이미 미사토의 몸이 움직이고 있었다. 차도로 뛰어들어 여자아이에게로 향하는 자신의 몸.

'왜 내가……. 더 가까운 위치에 있는 사람이면 충분히 여유를 가지고 구해줄 수 있는데, 어째서 아무도 안 움직이는 거야? 내가 가기엔 너무 늦는데…….'

나른 사람들은 아무도 움직이려 하지 않고, 멀뚱멀뚱 미사토만 바라볼 뿐이었다.

저 애는 운동 신경이 좋으니까.

저 애라면 구할 수 있지 않겠어?

소녀의 몸을 안아들어 인도로 던진 직후, 미사토의 몸은 겨우

13

브레이크가 듣기 시작한 대형트럭에 부딪혀 튕겨나가고 말았다.

*　　*

　"정신이 들었나 보군요, 쿠리하라 미사토 씨."

　미사토가 의식을 되찾자, 스무 살 전후로 보이는 청년이 바닥에 누운 자신을 내려다보고 있었다.

　"여기는……? 나는 분명 차에 치였던 것 같은데……."

　몸을 일으키며 중얼거리는 미사토에게 청년은 가엾다는 표정으로 입을 열었다.

　"네. 그래서 당신은 죽었습니다."

　"네에……?"

　무슨 바보 같은 소리를, 하고 말하고 싶었지만 사실 그 상황에서 무사했을 것 같지는 않았다. 게다가 마음을 차분히 가라앉히고 둘러보니 주변이 온통 새하얬다. 바닥도 주변도 청년의 옷도. 이게 도대체 어떻게 된 일일까…….

　혼란에 빠진 미사토에게 청년이 차근차근 설명해주었다.

　"여러분의 개념으로 설명하면 이곳은 『천국』이며, 저는 『신』에 해당하는 존재랄까요. 실제로는 좀 다르지만……."

　청년의 말을 빌리자면 이랬다.

세계는 '엔트로피 증가 법칙'에 따라 흘러간다.

엔트로피란 열역학, 통계역학 및 정보이론 등에서 정의하는 크기 성질의 상태량을 뜻한다. 난잡함의 척도라고 말해도 좋으리라.

폐쇄체계에서 가만히 내버려두면 엔트로피는 증가 방향으로 향한다.

예컨대 뜨거운 물이 든 컵과 차가운 물이 든 컵을 붙이면 잠시 후 물의 온도가 같아진다. 그런데 반대로 온도가 같은 미지근한 물컵 두 개를 붙여도 뜨거운 물과 차가운 물로 분리되지는 않는다. 엄밀히 말하면 이론적으로 반드시 그렇다고 단언할 수 없지만 통상적으로는 그렇게 생각하면 무리가 없다.

세계의 자연현상, 생명활동은 대부분 물질과 에너지가 불균형하기 때문에 성립한다. 모든 것이 균등하게 섞여 있고, 에너지 차이가 없는 세계. 그것은 다시 말해 아무런 변화도 일어나지 않는, 정지한 죽음의 세계다.

세계는 전부, 죽음으로 향한다.

악마 나부랭이의 소행이 아니라 물리법칙이라는 절대신의 손에 의해 말이다.

하지만 이를 거스르는 존재가 있었다.

생명.

마구 뒤섞인 것을 분리하고, 규칙성을 지닌 것을 만들어낸다.

마치 엔트로피를 감소시키는 것처럼 보이는 활동.

사실 더 넓은 폐쇄체계에서 보면 엔트로피는 증가 쪽을 향하고 있으리라. 물질의 분리와 제조, 생명활동 자체에도 에너지를 소비해야 하니까.

하지만 그 필사적인 활동은 보고 있으면 흐뭇해지는 것이었다. 아득히 먼 옛날에 그 한계를 뛰어넘은 선도자들에게는 말이다.

한편 생명활동은 문명이 어느 정도 수준에 도달하면 대부분 파멸한다. 이유는 모르겠지만 이론적인 수치를 크게 넘는 확률로.

마치 '세계의 법칙'이 의사를 지녔다는 듯이.

그리고 심심풀이는 아니지만, 어쨌든 위험한 단계에 도달한 문명을 찾아 아주 살짝 도움을 주는 것이 '그들'의 습관이라고 했다.

너무 노골적으로는 돕지 못하고 어디까지나 자력으로 극복하는 체제를 지키기 위해, 특정 개체에게 '꿈'이라는 형태로 힌트를 주거나 수면 중에 살짝 지식을 주입하는 방식이었다.

하지만 무슨 이유 때문인지 지식을 받은 개체는 쉽게 죽었다. 명백하게 일정 확률을 넘기며 말이다. 그 원인은 '그들'도 알지 못했다. 아무리 분석해도 원인을 밝힐 수 없었다고 한다.

생명 균형이 미묘하게 흐트러졌거나 아니면 설마, 정말로 세계에 '의사(意思)'가……

"그, 그럼 제가 겪은 고통이나 죽음은 전부 당신 때문이라는……?"

"그건 아닙니다."

"네엣?"

"제가 지원했던 건 당신이 구한 그 소녀입니다. 당신에게는 전혀 관여하지 않았습니다. 당신의 고통이나 죽음 등은 모두 원래 당신이 겪어야 할 몫이었습니다."

"…………."

바닥에 손을 짚으며 그대로 주저앉는 미사토.

아무래도 미사토의 운명은 원래부터 이렇게 될 모양이었다.

"사실 당신을 이곳으로 불러들인 건 감사 인사를 전하기 위함입니다."

"네에……?"

"당신이 구한 소녀는 원래 그곳에서 죽었어야 했습니다. 사고와 질병에 충분히 주의를 기울였는데도 왜 그런지 돌발적으로 자전거가 넘어졌고 그때, 때마침 전화에 정신이 팔린 운전기사의 트럭이! 단기 미래 예측에는 없는 일이었거든요. 그런 사고가 일어날 줄이야! 정말 도대체 어떻게 된 영문인지……. 어쨌든 소녀를 얼른 보호해야 해서 가장 빨리 쓸 수 있는 가능성을 서치했는데, 그게 또 왜 그런지 쓸 만한 게 하나도 없고……. 근처에 있던 사람들도 전혀 반응하지 않았어요. 마치 소녀의 죽음이 처음부터 예정되어 있었던 일처럼 말입니다. 그래요. 당신 세계의 말을 빌리자면 '예정조화(豫定調和)'가 일어난 것처럼……. 그래서 소녀에게 쏟았던 노력도 이것으로 끝인가, 하고 단념하려는 찰나 당신이 나타난 겁니다. 늦을 게 뻔한 거리. 더 가까운 위치에 다른 누군가 있으니 자신이 움직일 필요는 없다고 느낄 위치. 제 서치와 단기 미래 예측의 범위에서 빗나간 존재. 그냥 평범한 사람의 몸인데도 세계의 예정조화를 깨고, 저의 단기 미래 예측에도 잡히지 않고, 자신을 희생해서 소녀를 구한 당신……. 아십니까? 그 소녀는 장차 인류가 다른 행성에 가기 위해 필요한 기술의 기초 이론을 정립할 예정이었다는 것을요……."

'그렇구나…… 난 비록 아무것도 이루지 못했지만 그런 도움은 되었다는 거지? 그럼 내 존재와 인생도 의미가 있었다는 소리네……'

미사토는 자신의 인생이 무의미하지는 않았음을 깨닫고 잔잔한 만족감을 느꼈다.

"그래서 진심 어린 감사를 담아 당신에게 새로운 인생을 선물하고 싶습니다. 이른바, 기억을 가진 채로 전생하는 것입니다."

"뭐, 뭐라고요옷?!"

미사토의 눈이 커졌다.

'꼭 공부하다가 머리를 식힐 겸 조금씩 했던 그 게임 같잖아. 그런데 게임 내용대로라면 앞으로……'

"그래서 당신의 세계보다 문명이 뒤처진 세계에서 자유로이 살 수 있도록 어떤 뛰어난 능력을 하나 드리려고 합니다만, 어떤 능력을 원하시는지요?"

'여, 역시!'

미사토는 바로 대답했다.

"능력은 평균치로 해주세요!"

"네……?"

미사토의 말에 얼빠진 표정이 된 '신'이라 밝힌 청년.

"아, 아니, 전생하실 세계는 당신의 원래 세계보다 상당히 뒤처졌는데요? 치안 상태도 나쁘고, 도적도 만연한 검과 마법의 세계인 데다가 마물과 마족도 존재합니다. 뭔가 뛰어난 능력이 없으면 안전하게 살아가기가……."

신이 걱정스럽게 말해도 미사토의 의지는 꺾이지 않았다.

"아니, 상관없어요. 제 능력과 외모, 신분, 기타 등등 모든 것을 그 세계의 평균으로 해주세요. 전생(轉生)이라면 그 세계 사람으로 다시 태어난다는 이야기잖아요? 그렇다면 그 세계의 평균 능력을 가진 사람이 되어, 온전히 제 힘으로 행복해지고 싶어요, 이번에는……. 그리고 현대지식이 있는 것만으로도 충분히 유리할 거예요."

미사토의 의지가 변하지 않는 것을 보고 신은 고개를 끄덕였다.

"알겠습니다. 그럼 그 세계에 대해 설명을 더 드리자면 그곳은 실험 사례로 대규모의 간섭이 들어가 마법을 쓸 수 있게 만든 세계입니다. 일정 농도가 될 때까지 자동적으로 증식하는 나노머신이 산포되어 있어서 생물의 사념파(波)에 반응해 다양한 현상을 일으킵니다. 화학변화, 물리변화, 그 밖의 모든, 그러니까 여러분의 눈에 마법으로 보이는 현상이지요. 사실 그 세계는 몇 번인가 문명의 붕괴를 거치는 과정에서 모든 기술을 잃어버린 인간이 극소수로 살아남았기 때문에 구제책과 실험을 겸해 저희가 대규모로 관여한 극히 드문 사례입니다만, 나노머신에 의한 유사마법이 지나칠 정도로 만능이어서 어느 정도의 부흥을 이루기는 했으나 여전히 문명의 진보가 정체되어 있어서요. 그래서 대실패라고 판단하여, 지금은 아무도 돌보지 않고 그대로 방치된 세계랍니다……. 저희도 약간의 책임을 느끼고는 있지만, 그곳 사람들은 나름대로 활기차게 생활하고 있으니 그리 나쁜 세계도 아닙니다. 그저 문명이 진보하지 않고 계속 같은 상태에 머물러 있다는 점과 치안이 좀 안 좋고, 위험이 도사리고 있고, 사람 목숨이 파리 목숨과 같을 뿐…….”

‘아니, 그게 ‘그리 나쁘지 않은 세계’라고?’

그렇게 생각한 미사토였지만, 마을 밖으로 빈번하게 나가는 남자들에게나 해당하는 말일 뿐 주로 마을에 있는 여자들은 그다지 위험하지 않을 거라며 자신을 납득시켰다.

원래 모습 그대로 전이하는 것이 아니라 그쪽 세계의 아이로 새 삶을 얻는 것이니 굳이 지금 그쪽 사정에 대해 자세히 물을 필요는 없다. 평범하게, 그쪽 세계의 아이가 되어 느긋하게 배우면 될 일이니까.

미사토는 딱히 이것저것 질문할 생각이 들지 않았다. 그래서 신이 하는 최소한의 설명을 조금 듣고 특별한 질문은 하지 않았다.

“그럼 전생 처리를 시작하겠습니다. 당신의 부모가 될 부부는 자녀가 없을 예정이었으니 원래 태어났어야 할 아이의 영혼 등에 대해서는 걱정하지 않아도 됩니다. 당신을 위해 준비한 수정란이니까요. 그럼 행복한 인생이 되길 기원하겠습니다. ……신을 사칭하는 제가 기원한다니, 말이 좀 이상하지만 말이죠. 어쨌든 당신에게는 진심으로 감사드립니다. 당신 덕분에 언젠가 지구인들은 더욱 고차원적인 존재로 거듭나게 될 것입니다. 그럼, 부디 즐거운 인생을…….”

그래서 지금 미사토는 아스컴 자작가의 외동딸인 아델 폰 아스컴, 열 살……이어야 했다.

그런데 아무래도 상황이 좀 이상했다.

기억이 전부 돌아온 것이 '열 살'이라는 부분은 뭐 그렇다고 치자. 조금 늦은 감은 있지만 열여덟 살의 정신을 담으려면 영유아의 뇌와 신체에 부담이 많이 간다는 점, 유아 플레이는 좀 봐줬으면 한다는 점, 언어를 배우기가 귀찮다는 점 등의 이유로 조금 성장한 후에 기억이 돌아온 것은 미사토로서도 대환영이었으니까.

하지만 모두 합쳐진 '아델의 기억'을 잘 반추해보니…….

2년 전.

이웃 영주가에서 열린 파티에 원래는 아버지와 어머니가 갈 예정이었는데, 당일에 아버지의 몸 상태가 갑자기 나빠졌다. 그래서 아버지 대신 할아버지가 급하게 참석했고, 돌아오는 길에 도적을 만나 할아버지와 어머니가 모두 목숨을 잃고 말았다.

비교적 치안이 좋아 최근 몇 년 동안은 도적이 없었고 사건이 일어난 후로도 그런 사건은 전혀 일이나지 않았는데, 왜 그런지 하필이면 딱 그날만 도적이 나타난 것이다.

장례식이 치러진 바로 그다음 날 자작 저택에 들어온 여자 그리고 그 여자가 데려온 아델 또래의 소녀.

그 후로 파티에는 아버지와 그 여자가 참석했고, 딸로 소개한 것은 여자가 데려온 프리시라는 이름의 소녀뿐이었다. 아델은 그대로 자작 저택에 방치되었다.

하인도 대부분 교체되어 옛날부터 일했던 사람은 요리사 정도밖에 없었다.

"……그렇게 된 건가."

지난 생에서는 부모님과 여동생만이 유일한 마음의 안식처였는데 공교롭게도 이번 생에서는 바로 그 세 사람이 적이 된 것이다. 아버지, 새엄마, 그리고 새엄마가 데려온 아이……라기보다는 아마도 아버지가 바람피워 낳은 자식일 프리시도, 아델을 마치 투명인간처럼 무시하거나 일부러 바보 취급하고 매일매일 괴롭혔다.

하지만 그것도 이제 3일 남았다.

집에서 아예 내쫓을 작정인지 자작과 새엄마는 기숙사로 운영되는 왕도의 한 학원에 아델을 보내기로 결정한 것이다. 그 출발이 3일 앞으로 다가와 있었다.

미사토, 아니, 아델로서는 두 팔 벌려 환영할 일이었다.

그리고 3일 후.

가족의 배웅도 없이 승합마차를 타고 왕도로 향하는 아델.

당연히 자작가의 마차 따위 쓰게 해줄 리 없었다.

짐도 거의 없었는데 갈아입을 옷 몇 벌과 세면도구, 일용품이 전부였다.

그녀의 목적지는 왕도에 있는 애클랜드 학원.

가난한 하급 귀족의 삼남 이하, 중견 상인의 자녀, 그리고 극히 일부로 장학금을 받은 아주 재능 있는 평민이 주로 다니는 학원이었다.

왕도에는 또 다른 학원이 있었는데, 그곳에는 왕족과 귀족의 자제, 대상인의 후계자 등이 다닌다.

사실 새 동생——아마도 아버지의 피를 받았을 테니 친동생——인 프리시는 다음 주부터 그곳에 다닐 예정이라, 부모님은 그때 프리시와 함께 왕도로 향할 것이다. 물론 자작가의 호화로운 마차를 타고. 그리고 왕도에 있는 자작가의 저택에서 통학한다든가.

한가로운 마차 안에서 아델은 생각에 시간을 쓰고 있었다. 달리 할 일이 없었으므로.

'역시 걸리적거리는 나를 배제시키려는 거겠지. 전처의 자식은 필요 없고, 후처의 자식으로 사위를 얻으려는 걸까. 내가 있으면 나이로 추측하여 프리시가 불륜녀의 아이라는 사실이 들통 날 테고, 데려온 아이라고 하면 자작가의 피를 이어받지 않았으니 사위를 맞아 대를 잇게 하는 것이 불가능해져. 그러면 나를 후계자로 삼을 수밖에 없지. 그래서 나를 아예 없는 사람으로 만들고 내 자리를 프리시에게 넘겨주려는 걸까. 뭐, 이직 얼마든지 사내아이가 태어날 가능성이 있지만 말이야. 날 죽이지만 않으면 다행인가. 만일에 대비해서인지, 아니면 정략결혼을 시켜서 어딘가로 보내기 위해선지 몰라도 일단은 살려주려는 모양이니까…….'

사실 입학이 결정될 때 아델은 부모님으로부터 '아스컴가의 이름을 들먹이는 것은 금지'라고 신신당부 받았다. 보아하니 아델을 아예 없는 존재로 만들고, 프리시를 장녀로 세울 계획인 듯했다. 아델은 '어딘가에 쓰임새가 있을지도 모르니 일단 놔두자'는 정도로 생각했을까, 혹은 아무리 그래도 죽이는 것은 양심에 찔렸을까…….

아델은 3년간의 학원 생활로 이 세계에 대해 공부하고, 졸업과 동시에 행방을 감출 계획이었다. 자작령으로 돌아가 봐야 어차피 괴롭힘을 당해가며 평생 썩어 지내거나 아니면 어딘가에 사는 중년 아저씨에게 팔려 갈 뿐이겠지. '정략결혼'이라는 이름의 인신매매로.

어떻게든 수를 써서 도망치기 위한 지식과 자금을 모아야 한다.

그것이 아델의 학원 생활 목표였다.

'그나저나 왜 귀족 집안에서 태어난 거지? 능력이랑 신분 모두 평균치로 해달라고 부탁했……는데……, 아, 아앗!'

아델은 기억이 돌아온 3일 전부터 줄곧 신경 쓰였던 그 의문이 답에 드디어 도달했다.

'왕족, 공작, 후작, 백작, 자작. 노예, 평민, 기사작, 남작, 자작. 위에서 다섯 번째. 아래에서 다섯 번째. 그렇군, 한중간이야…….
하지만 이건 아니잖아! 인구수 분포는 어떻게 된 거야, 인구수 분포는!'

심지어 그것은 평균치는커녕 '중앙치'조차 아니다. 중앙치는 모든 구성요소 중의 중앙이라는 의미이지, 결코 분류항목의 중앙이라는 의미가 아니니까.

'틀릴 거면 적어도 '최빈치(最頻値)' 정도는 해달란 말이야……'

원래는 평균치, 중앙치, 최빈치 중 무엇으로 하든 '평민'이 되어야 할 터였다. 하필 이런 방법으로 정하지 않았더라면 말이다.

생각하기도 질린 아델은 이동한 지 이틀째부터는 주운 나뭇조각을 깎아 인형을 만들었다. 전생에서부터 손재주가 좋아 그런 취미도 있었던 것이다.

쓰는 칼은 귀족 아가씨가 호신용으로 늘 지니고 다니는 작은 것. 말하자면 도적이나 남자가 덮쳤을 때 몸을 더럽히기 전에 이것으로 자결하라는 뜻이다.

아니, 자결하는 데 쓰기보다는 차라리 이것으로 상대를 찌르는 편이 좋지 않나 하고 생각하면서도 아델은 절대 그런 용도로 쓰지 않을 칼로 나뭇조각을 깎았다.

이상하게도 마치 버터 잘리듯 쉽사리 깎였는데, 상당히 질 좋은 칼인지 아니면 원래 그런 종류의 나뭇조각인 건지…….

그렇게 차츰 완성된 나무인형은 소박한 목각인형이라기보다는 '피규어'라고 부르고 싶어지는, 이 세계에는 존재하지 않는 참으로 신선한 모양이었다.

마차 승객들은 어린 소녀가 칼로 사각사각 나뭇조각을 깎는 모습을 보고 안절부절못했다. 저러다가 손가락을 자르는 것은 아닌가 싶어 걱정 또 걱정이었는데…….

왕도로 가는 승합마차 여행, 그 이틀째 되던 밤.

아델을 비롯한 승객들은 대로 옆 초원에서 야영했다.

부자의 여행이 아니었던 것이다. 승합마차로 이동하는 사람들은 그저 잠만 자기 위해서 숙박비를 내는 짓은 하지 않았다.

승객 중에서 남자들은 신사들만 모였는지 마차를 여자들에게 기꺼이 양보하고 풀숲에서 되는 대로 누워 잘 생각인 듯했다.

아델에게도 마차 안에서 자라고 했지만, 그녀는 좁은 마차에서 새우잠을 자는 것이 더 싫어 밖에서 자겠다고 말하고는 마차에서 폴짝 뛰어내렸다.

잠버릇이 고약하거나 코를 지독시리 고는 사람이라도 있으면 견딜 수 없다.

'아, 그러고 보니 시험을 쳤어야 했지…….'

아델은 아버지가 한 말을 떠올렸다.

평민이 학원에 들어가려면 입학시험에 합격해야 한다. 귀족은 입학시험을 치지 않지만 말이다.

이번에 아델은 가문을 밝히는 것을 허락받지 못했기 때문에 원래라면 평민으로 입학시험을 치러야 했지만, 시험 때문에 아델을 왕도에 보내기가 귀찮았는지 아니면 돈이 아까웠는지 아버지는 학원장에게 '귀족의 딸이니 무시험으로 넣어달라. 다만 귀족이라는 사실과 가문을 모두 비밀로 하고 평민 아이처럼 대해달라'는 터무니없는 요구를 해 억지로 통과시켰던 것이다.

어쩌면 아델이 합격하지 못해 집에서 쫓아낼 구실이 사라지면 곤란하다고 생각했을지도 모른다.

어쨌든 그렇게 해서 평민이라고 말하고 다니면서도 시험은 치지 않은 아델은 마찬가지로 시험 없이 입학하는 귀족들과 함께 입학 전 시험을 치르게 되었다.

물론 그것은 입학시험이 아니라 반 편성을 위한 실력 측정에 지나지 않았지만.

귀족과 함께 시험을 치르면 자신의 애매한 입장이 드러나지 않을까? 아델은 그렇게 생각했지만, 어른들은 그 부분을 별로 신경 쓰지 않았나 보다.

이래저래 고민해봐야 뾰족한 수가 있는 것도 아니어서 아델은 일단 마법 연습을 하기로 했다.

마법.

가슴 떨리는 단어였다.

친구가 없었던 미사토에게 마법이란 초등학생 때 봤던 애니메이션, 중고등학교 시절 공부하다가 잠시 쉬면서 조금씩 했던 게임에 나오는 것이었다. 그런데 이 세계에서는 실제로 존재하고, 자신도 쓸 수 있다! 이 얼마나 가슴 떨리는 울림인가, '마법'!

……하지만 미사토는 알고 있었다.

물론 이 세계에는 옛날에 본 애니메이션에 나오는 마법을 쓰는 사람도 있다. 궁정마술사라든가, 마법사단의 단원이라든가, 마술사 길드와 헌터 길드에 소속된 마술사라든가…….

하지만 지금 자신은 그저 열 살배기 꼬마.

아델의 기억에 따르면 자신의 마법은 마술사로서 보통 수준이었는데, 훈련받지 않은 열 살짜리 소녀에게 '보통 수준'이란 다시 말해 무척 김빠지는 것이었다.

지금의 아델은 모닥불을 피울 정도의 불과 세면기 하나 분량의 물을 만들 수 있었다.

　물론 그것도 충분히 대단하다. 어쨌든 여행할 때 물 걱정을 안 해도 되는 만큼 짐을 대폭적으로 줄일 수 있으니까. 마법을 아예 못 쓰는 사람이 훨씬 많으니 불평했다가는 천벌 받을 것이다.

　이 점만큼은 능력이 평균보다 살짝 위에 있는 듯한데, 아델은 거기에 대해 신에게 불평할 마음이 없었다.

　어쩌면 '마법을 전혀 못 쓰는 사람'과 '엄청난 마법을 쓸 수 있는 사람'의 평균치로, '마법을 조금 쓸 수 있는' 능력을 주었을지도 모른다는 생각도 들었다.

　이 세계의 마법은 불마법, 물마법 등 명칭으로 장르를 나눌 수는 있어도 마술사를 불 계통 마술사, 물 계통 마술사와 같이 구분하지는 않는다.

　불의 정령이나 물의 정령 등이 관장하는 것이 아니므로 당연하다.

　마법은 전부 동일 타입인 나노머신에 의해 일어난다.

　그래서 나노머신에 자신의 의사를 주입하고, 그 의사대로 현상을 일으킬 수 있는지 없는지가 전부였다.

　의사를 사념파로 방사할 수 있는가. 나노머신이 수신하고 인식할 수 있는 것인가. 의사 내용은 실현 가능한가. 희망하는 현상에 대한 이미지가 정해져 있는가. 또한 금칙사항에 걸리지는 않는가.

　즉, 마법의 종류에 따라 습득 가능 유무가 갈리는 것이 아니었는데 그래도 특히 잘하는 마법과 약한 마법은 존재한다. 그것은 술사의 이미지 문제다. 사막에 사는 사람은 많은 물, 혹은 얼음의 이미지를 떠올리기 힘든 것이 당연하지 않은가.

하지만 일반적으로 실력이 뛰어난 마술사는 대체로 모든 마법이 다 뛰어났다. 그 반대의 경우도 마찬가지이고 말이다.

마법 행사는 아델로서의 기억에만 있을 뿐, 미사토로서의 기억이 돌아온 이후로 아직 한 번도 쓰지 못했다. 자작 저택에서 써봤다가 자칫 무슨 일이라도 생기면 곤란하므로 시험해보지 않았던 것이다. 왕도에 닿기 전에 한 번쯤 시험해보는 편이 좋으리라.

그렇게 생각한 아델은 물을 만들어보기로 했다.

밤에 불을 만들면 눈에 띄기도 하고, 만일의 사태가 일어나면 곤란하다. 그런 점에서 물이라면 마음이 놓인다. 겸사겸사 몸을 닦을 수도 있으니 딱 좋다. 이 여행 루트는 강에서 떨어져 있기 때문에 물은 음료수로 저장해둔 분량밖에 없었던 것이다.

그렇다면 아델이 모두를 위해 물을 만들어주면 좋았겠지만, 남과 관계를 맺어본 적이 별로 없는 탓에 아델로서도 미사토로서도 거기까지는 생각이 미치지 못했다.

아델은 마차에서 들고 내린 가방에 든 수건을 꺼내, 조금 떨어진 나무 그늘로 이동했다. 그 부근에는 마차가 세워진 쪽과 반대 방향으로 약간 가파른 내리막길이 있었다.

아델은 기억이 돌아오기 전에 자신이 썼던 마법을 떠올리고는 손바닥을 쫙 펴고 주문을 외웠다.

『물이여 모여라, 나에게로! 수구 생성!』

'나노머신 씨, 잘 부탁해!'

미사토로서의 기억이 돌아온 후 처음 해보는 마법 행사였다. 아델은 신에게 들은 나노머신인가 뭔가에게 진심을 담아 인사했다.

……나야말로.

"……음? 지금 무슨 소리가 들렸……."

콸콸콸콰아알!

"꺄아악~!"

갑자기 공중에서 쏟아진 엄청난 양의 물에 휘말려 아델은 비탈길을 따라 떠밀려 내려갔다.

"아푸, 아푸푸푸! 켁켁 푸하, 나, 나 죽네에에!"

갑작스러운 급류에 빨려 들어가 물을 잔뜩 먹은 아델은 넘어지고 또 넘어지며 멀리까지 휩쓸려갔다.

비탈길에서 한참 아래까지 내려가 그대로 널브러진 아델이, 무슨 일인가 싶어 달려온 마차 승객들에게 발견된 것은 그로부터 시간이 한참 지난 후였다.

'이상해. 어째서 그렇게 많은 물이…….'

다른 어른 승객들에게 지겹도록 잔소리를 들은 후 속옷을 갈아

입고, 자신보다 나이 많은 여자가 빌려준 헐렁한 옷을 입고 나서야 겨우 제정신이 든 아델은 생각에 잠겼다.

'주문은 분명 틀리지 않았어. 아니, 애당초 주문을 틀려서 그렇게 많은 물이 나온다면 그건 틀린 게 아니라 틀림없이 더 강력하고 새로운 마법이 탄생한 거겠지……. 아니면 마력량이 너무 많았나? 기억이 돌아온 후로 마력량이 늘어났나? 그것도 말은 되지만, 내 마력량은 '평균치'일 텐데. 아무리 기억이 돌아오기 전의 내가 그다지 집 밖으로 나간 적이 없다고는 해도, 책도 읽었고 공부도 했어. 그런 내 상식으로 볼 때, 이 세계의 평범한 열 살짜리 어린애가 그렇게 많은 물을 만들 만큼 마력량을 지녔을 리는 없다. 설령 또 '중앙치' 혹은 '최빈치'여야 할 것을 잘못했다고 하더라도…….'

곤란한데, 하고 아델은 생각했다.

내일은 왕도에, 그리고 학원에 도착한다. 더는 연습할 시간이 없다.

아니, 또 그런 짓을 했다는 다른 승객들에게 혼날 것이다.

이제는 사색으로 원인을 규명하고, 그대로 실전까지 가는 수밖에 없다.

제2장 애클랜드 학원

다음 날 오후, 승합마차는 무사히 이 나라 브란델 왕국의 왕도에 도착했고 아델은 짐을 들고 곧장 학원으로 향했다. 짐이라고 해봐야 가방 하나가 전부. 그것도 무척 가벼웠다.

프리시가 다닐 예정인 아들레이 학원은 왕성에 가까운 곳, 즉 왕도의 중앙부에 있는 반면 아델이 갈 애클랜드 학원은 왕도 외벽의 북문에 가까운 이른바 왕도의 구석에 있었다. 왕도의 정문은 남문이니, 뒤쪽 구석에 자리 잡은 것이다. 두 학원의 입장 차이가 여실히 드러나는 대목이다.

승합마차의 종착역인 중앙광장에서 한참을 걸어 드디어 애클랜드 학원에 도착한 아델은 입학허가증을 보여주고 문을 통과한 후, 수위 아저씨가 알려준 여자 기숙사로 향했다.

앞으로 신세 지게 될 사람은 엄마처럼 다정한 기숙사 관리 아줌마일까 아니면 엄한 사감님일까. 그에 따라 3년 동안의 운명이 결정된다. 아델은 마음을 굳게 먹고 관리실 문을 두드렸다.

……사감님이었다.

안경을 쓴, 깐깐해 보이는 초로의 여성.

아델이 인사하니 쌀쌀맞게 노려본 후 방 열쇠를 건넸다.

"짐은 그게 다인가요?"

"아, 네, 그, 그렇습니다……."

"내용물은?"

"갈아입을 속옷과 세면도구, 필기구입니다."

"그것뿐?"

"네."

"그렇군요……."

사감님은 잠시 생각에 잠겼다가 다시 입을 열었다.

"혹시 주말에 일하고 싶으면 나한테 와서 말하세요."

어쩌면 의외로 좋은 사람일지도 모르겠다.

그렇게 생각하면서 고개를 꾸벅 숙인 아델은 열쇠를 들고 배정받은 방으로 향했다.

이윽고 도착한 2층 방. 이곳이 앞으로 3년 동안 자신의 성이 된다.

약 2평 정도 되려나. 그중 반이 조금 안 되는 공간을 침대가 차지했고, 그 밖에 책상, 의자, 옷장이 있었는데 그것만으로도 방이 꽉 찼다.

열 살부터 열세 살까지 생활하는 기숙사라 그런가, 어쨌든 독실인 것만으로도 감지덕지인 아델에게는 충분히 만족스러운 방이었다. 적어도 그대로 그 집에서 사는 것보다야 훨씬 마음이 편하겠지.

짐 정리는 40초 만에 끝났다.

세면도구를 옷장 위에 올리고, 속옷을 옷장에 차곡차곡 개켜놓고, 필기구를 책상 위에 두기만 하면 끝이었으니 말이다.

아마 어딘가로 이동할 때 40초 만에 준비를 끝내라고 해도 여유롭게 해내리라.

입학식은 3일 후였다.

모레는 귀족들과 함께 실력 시험을 치르고, 3일 뒤에는 교복과 교과서 배부, 입학식 설명 등이 있다. 자유시간은 내일뿐이었다.

아델은 침대에 벌렁 드러누워 사색을 시작했다.

그때 그 물마법은 원인이 뭐였을까, 하고.

어째서 그렇게 말도 안 되는 양이 쏟아졌을까?

침대에서 뒹굴며 아델은 계속해서 생각했다.

신에게 들었던 마법 설명과 이 세계에서 알게 된 '이 세계의 상식'을 바탕으로 예상 가능한 이유에는 무엇이 있을까?

첫째, 자신의 마력, ……사실은 사념파의 방사 강도와 내구성……이 크다.

……하지만 자신의 마력은 '평균치'일 것이다.

둘째, 자신의 이미지력이 무척 강해서 마법의 발현효율이 높다.

……이건 가능성이 있다. 현대지식에 따른 영향이다.

셋째, 기타 다른 요인.

그때 뭔가 다른 행동을 했었나? 주문 영창 말고 다른…….

아.

'나노머신 씨, 잘 부탁해!'

그러고 보니 마음속으로 그렇게 중얼거렸었다.

설마 나노머신이 거기에 응한 거야?

그런 터무니없는……, 아니야, 일종의 신이라고 자칭하는 존재가 만든 나노머신이라면, 지구에서 연구한 의료용 머신과는 비교도 안 될 성능을 갖췄겠지. 이를테면 하나하나 인공지능 같은 능력을 지녔다고 해도 이상하지 않다. 인간의 사념을 받아들이고 그것을 구현하는 일 따위, 단순한 기능을 가진 머신은 불가능하다.

보통은 특정 대상에게 명령한 것이 아닌 주문의 사념파를 자신에게 원하는 바라고 판단하고 실행하지만, 만약 그렇지 않고 확실하게 자신을 지목한 의뢰를 받았다면?

……가능성은 있다.

하지만 확인할 시간이 없다.

이런 장소에서 폭주할 위험이 있는 마법을 시험할 수는 없고, 아직 입학도 하지 않은 자가 훈련장을 빌리는 것도 부자연스럽다. 게다가 남들 보는 눈도 있고.

"아아, 나노머신한테 직접 물어볼 수 있으면 좋겠는데……."

『질문이 있으시면 대답해드리겠습니다.』

"꺄아아악!"

돌연 귓가에 대고 속삭이는 목소리에 깜짝 놀란 아델은 몸을 뒤로 젖힌 반동으로 벽에 머리를 세게 박았다.

으으윽, 하고 침대 위에서 머리를 감싸고 뒹구는 아델.

『질문이 있으시면 대답해드리겠습니다.』

다시 들리는 의문의 목소리!

하지만 지금 상황에서 이렇게 말할 존재는 그것밖에 없다.

아델은 그 사실을 깨닫고 머뭇거리며 물었다.

"나노머신……, 씨?"

『네. 창조주는 저를 그렇게 부릅니다.』

지구에서도, 빌딩만큼 컸던 컴퓨터가 한 손에 쏙 들어오는 크기가 되기까지 불과 수십 년밖에 걸리지 않았다. 그리고 이미 나노머신의 개발이 진행되고 있었다.

그렇게 생각하면 인류가 탄생하기 훨씬 이전부터 존재하는, 자신을 신이라고 밝힌 존재가 만든 나노머신이 어느 정도의 성능을 지녔는지는 상상도 할 수 없다.

다만 인간처럼 질문에 대답하는 것쯤 간단하다는 사실은 아델도 알 수 있었다. 그냥 프로그램된 대로 대답할 뿐인지, 아니면 정말로 인격을 부여받아 의사를 가지고 대답하는지는 모르지만.

깜짝 놀라면서도 궁금증을 풀 절호의 기회라고 생각한 아델은 별러왔던 질문을 던졌다.

"내 마법이, 엄청난 위력을 보인 이유를 알고 싶은데……."

『잠시만 기다려주십시오.』

그리고 몇 초도 채 지나지 않아 나노머신이 답을 내놓았다.

『데이터 조회 결과, 귀하의 지난 마법 행사는 나노머신에 내린 지시라는 사실이 명확하였기에 평상시보다 효과가 높았던 것입니다.』

'역시 그렇군.'

아델은 원인이 밝혀지자 마음이 놓였다.

"그런데 효과가 얼마나 증폭되었지?"

『약 3.27배입니다.』

"그런……!"

그 수치는 일어난 현상보다 지나치게 적은 배율이었다.

"그, 그럼, 보통 일반적인 열 살짜리 아이가 구사하는 마법에 비해 위력이 이상할 정도로 강력했던 이유는?"

『그건 단순히 당신의 사념파 출력이 그만큼 강했고, 현상의 이미지가 명확하면서도 구체적이었기 때문입니다. 특히 사념파 출력은 이 세계에서 가장 강한 출력을 지닌 고룡종의 절반에 해당했으므로.』

아델은 자신의 귀를 의심했다.

"저기, 뭐가, 뭐의 절반, 이라고?"

『당신의, 사념파 출력, 이, 고룡종의, 절반 정도, 입니다.』

일부러 딱딱 끊어 대답해주는 나노머신.

"이, 인간과 비교하면?"

『마력을 지닌 인간의 평균치보다 약 6천8백 배 많습니다.』

"6, 6천……."

『6천8백 배, 입니다.』

쾅쾅쾅쾅!

아델은 벽에 머리를 마구 박았다.

철푸덕.

그러고는 그대로 침대에 푹 엎드렸다.

"어, 어째서……."

한참 후 겨우 부활한 아델은 나노머신에게 다시 이런저런 질문을 던졌다.

마법은 남들처럼 배우면 되니까 신에게 자세히 캐묻지 않았는데, 이렇게 되면 이야기는 달라진다. 자칫 잘못했다가는 대참사를 불러오게 될 테니, 제대로 물어서 상황을 파악해야만 한다.

『……인간이 마력의 세기라고 부르는 것은 인간이 방사할 수 있는 사념파의 세기, 지속력, 명료성을 모두 합한 것입니다. 목소리로 예를 들면 목소리의 크기, 목이 쉴 때까지의 내구도, 목소리의 명료성이라고 할 수 있습니다. 한편 이미지의 명확성은 마력의 세기와 달리, 그 사용 기술로 분류됩니다. 선천적인 능력이 아니라 훈련으로 길러지는 기술입니다.』

"그리고 나는, 그 모든 것이 뛰어나다는……. 이미지의 명확성은 현대지식 때문이라고 납득할 수 있지만 나머지는 어째서……, 아!"

알아채고야 말았다.

나노머신이 한 말.

『사념파 출력은 이 세계에서 가장 강한 출력을 지닌 고룡종의 절반에 해당했으므로.』

……그 말은 곧, 이 세계에서 살아가는 마력이 0인 자와 마력이 최대인 존재의 딱 중간이라는 소리다.

딱 중간, 최대치와 최저치의 평균.

쾅쾅쾅!

아델은 다시 벽에 머리를 박기 시작했다.

"아니지! 그건 틀렸다고! 평균치의 정의는 그런 게 아니잖아! 나는, 나는, 그냥 평범한 여자애로 살고 싶다고~!"

이번에도 중앙치조차 아니었다.

모든 것의 수치를 비교해서 계산하기가 귀찮았나, 아니면 인간은 상상도 못 할 만큼 막대한 수를 다루는 신에게 '평균'이란 원래 그런 것이었나.

한참 후, 겨우 진정한 아델은 정보 수집을 이어나갔다.

"지금까지 나노머신에게 질문한 사람은 없었어?"

『일단 저희의 존재를 알고 직접 말을 걸었던 사람은 거의 없었습니다. 또한 말을 건다고 해도, 권한이 레벨3 미만인 사람에게는 대답이 금지되어 있습니다.』

"권한이라니?"

『저희를 이용할 수 있는 권리입니다. 인간을 포함한 통상적인 생물은 초기 레벨이 1로 설정되어 있고 고룡은 레벨2인데, 이따금 후천적으로 레벨3이 되는 존재가 있습니다. 과거에 레벨3에 도달한 인간도 있었지만, 극히 희귀한 사례입니다. 그 인간은 늙어서 죽기 직전에 레벨3에 도달했습니다만, 저희를 마법을 관장하는 정령이라고 생각한 모양이었는데 그 이야기를 들은 사람들은 아무도 상대해주지 않았습니다. 저희의 모습은 그 사람의 망막을 자극해서 신호가 뇌에 직접 전달되는 식이고, 목소리도 고막을 직접 진동시켜 전달하기 때문에…….』

"앗, 그럼 그건……."

『네. 다른 사람들은 환각이나 환청이라고 받아들였던 것입니다. 지금 당신도 혼자서 대화하는 미친 사람으로 보일 것입니다.』

"흐에엑!"

『괜찮습니다. 옆방에 아직 아무도 없습니다.』

당황하며 양쪽 벽을 보는 아델에게 나노머신이 알려주었다.

『원하시면 공기를 진동시켜 다른 자들의 귀에도 들리게 하거나, 빛을 굴절시켜 가상의 모습을 보이게 하는 것도 가능합니다만……』

"아니, 지금은, 됐어……."

자신은 평범한 여자아이니까, 정령에게는 용건이 없다.

이것저것 묻는 것도 오늘만이고, 웬만한 일이 일어나지 않는 한 다시 불러내지 않을 것이다.

아델은 그렇게 생각했다.

"아, 그런데 내 질문에 대답했다는 건 내가 레벨3이라는 소리?"

『최고 권한자인 창조주님이 레벨10이고, 당신은 레벨5입니다.』

'아, 그래. 0이랑 10의 한중간인 평균치네. 그럴 거라고 예상했어.'

"그런데 금칙사항이라는 건 뭐지?"

『무제한으로 증식하는 세균과 바이러스, 핵분열, 핵융합, 방사선, 그 밖에 저희 존재와 관련된 것 등은 마법 발동에 제한이 걸리는 경우가 있습니다.』

"아아, 그런 건가……. 당연하겠지, 그건."

그리고 얼마간 질문을 이어간 아델이었는데, 그 후에 큰 수확이 있었다.

바로 아이템 박스다. 시간 경과가 없고 열화가 진행되지 않는 다른 차원의 격납고 마법이 없는지 물어보니, 무수히 존재하는 다른 차원의 세계 속에는 시공 연속체가 압괴(圧壊)된 것이 아주 많이 있는데 그곳에는 시간 개념 자체가 없다고 한다. 그곳으로 연결된 차원의 구멍을 열고 물건을 넣으면 아이템 박스처럼 쓸 수 있다는 것이다. 원래 있는 다른 차원의 공간이므로 유지하는데 에너지를 소비할 필요도 없다. 넣고 꺼내는 일은 나노머신이 해준다.

한편 일정 수준에 도달한 마술사라면 '수납'이라는 마법을 쓸 수 있다고 하는데, 내부에 시간이 흐르고 용량도 제한적이지만 그래도 요긴하게 쓰이는 모양이다. 수납마법인 척하면서 남 앞에서 아이템 박스를 쓸 수 있으니 참 고마운 마법이다. 물론 유사 아이템 박스뿐 아니라 진짜 '수납'마법도 병용할 생각이다.

마법 출력을 일반인 수준으로 하는 비법까지 포함해 대략적인 질문을 마친 아델은 나노머신에게 고마움을 표했다.

"여러 가지로 고마워. 이제 그럭저럭 평범한 여자애로 살아갈 수 있을 것 같아."

『평범한…… 여자아이, 말입니까?』

뭔가 하고 싶은 말이 담긴 듯한 나노머신의 목소리에 아델은 뾰로통하게 볼을 부풀렸다.

"나는 평범한 여자애로, 평범하게 살고, 평범한 행복을 누릴 거야!"

『……건투를 빌겠습니다.』

나노머신과의 대화를 마치고 한숨 돌린 아델은 문득 한 가지 사실이 신경 쓰였다.

지금까지는 별로 이상하게 느낀 적이 없었는데, 갑자기 어떤 불안감이 피어올랐던 것이다.

동전이 있으면 좋았겠지만 공교롭게도 땡전 한 푼 없었다.

다른 단단한 물체를 찾아보았지만 눈에 들어오는 것은 옷장의 금속제 손잡이뿐. 어쩔 수 없이 그것을 손에 쥐고 가볍게 힘을 주니……

흐물흐물.

그래, 힘도 고룡의 절반인가 보네?

웃기지 말라고!

아델은 여러 가지를 받아들이느라 저녁 식사 시간을 놓쳤다.

하지만 끼니를 거르는 데에는 익숙했기에 특별히 문제는 없었다.

그런 것보다도 문제는 앞으로의 일이다.

아델은 지금 무일푼.

부모가 아무것도 주지 않았기 때문이다.

학비는 완납되었고, 그 안에는 급식비도 포함되어 있다. 그래서 하루 세끼 굶을 걱정은 안 해도 된다. 매일 학원 식당에서 먹는다면 말이다.

하지만 간식이고 외식이고 일절 불가능했고, 그 밖의 다른 것도 전혀 살 수 없었다. 옷도 속옷도 비누도. 노트도 펜도 잉크도.

……이래서야 버틸 수 있을 리 없다.

정말 도대체 무슨 생각인 걸까, 아버지와 새엄마는.

그렇게 생각하면서 아델은 다음 날 얼른 사감님을 찾아가기로 하고 이불 속으로 파고들었다.

침대에 누워 점점 졸음을 느끼면서 아델은 생각했다.

이번에는 평범하게 살 것이다.

자신을 특별한 눈빛으로 쳐다보거나 과도한 기대를 거는 것은 이제 진절머리가 난다.

다른 사람과 똑같이, 대등한 입장에서, 대등하게 대화를 나누고, 그리고, 그리고, 친구를 사귀고 싶어…….

"일거리 좀 소개해주세요!"

"뭡니까, 아침 댓바람부터 뜬금없이……. 뭐, 물론 일하고 싶으면 찾아오라고 내 입으로 말하긴 했지만, 그래도 첫날부터……."

"지금 저 가진 돈이 하나도 없어요. 갈아입을 속옷도 두 벌밖에 없고요. 내일은 시험이 있으니 오늘 돈을 벌지 않으면 다시 돈 벌 기회가 찾아오는 주말까지 정말 힘들어져요……."

관자놀이를 누르며 인상을 찌푸리는 사감님.

"……지금까지 일해본 적은?"

"없어요."

아델은 전생(前生)까지 통틀어 아르바이트조차 한 번도 해본 적이 없었다.

"따라와요."

아델이 사감님을 따라간 곳은 어느 빵집이었다.

"아론 씨, 점원으로 쓸 만한 아이를 데려왔는데 어때요?"

사감님이 빵집 주인에게 자초지종을 말했다.

땡전 한 푼 없는 학생이라는 점, 휴일 근무를 희망한다는 점, 일을 해본 경험이 없다는 점 등 있는 그대로 솔직하게.

"으음, 당신 소개라면 틀림없겠지?"

그렇게 말한 빵집 주인은 아델에게 설명을 시작했다.

"우리 빵집은 모두의 식탁을 책임지는 중요한 일을 하니까 단 하루도 쉴 수 없어. 하지만 그러면 우리 몸이 남아나질 않겠지. 그래서 일주일에 하루 정도는 아침에 빵을 굽고 나면 쉬려고 생각해. 우린 일주일에 한 번, 휴일 아침부터 저녁까지 혼자 가게를 봐줄 사람을 찾고 있어. 어때? 너만 괜찮으면 우리 빵집에서 일을 해볼래? 뭐, 해보고 안 맞으면 그때 가서 그만둬도 되니까."

아델에게는 이상적인 일이었다.

빵의 가격만 외워두면 열 살짜리 여자애라도 어려움 없이 해낼 수 있고, 일본의 빵집과 달리 빵 종류도 그리 많지 않다. ……하긴 아델이라면 종류가 많아도 가격쯤이야 금방 외우겠지만.

또한 일주일에 한 번만 근무해도 되는 직업은 그리 많지 않았다.

"꼭 부탁드립니다!"

이렇게 해서 간신히 평범한 학원 생활을 보낼 수 있을 것 같았다.

이 세계는 일주일이 6일이고, 6주가 한 달이다.

한 달 36일이 10개월로 360일.

그리고 연말의 '지나가는 해를 아쉬워하고 감사를 보내는 2일', '지나가는 해와 다가오는 해가 교대하는 하루' 그리고 '새로운 해를 환영하고 축복하는 2일'로 총 5일을 더해 1년은 365일이 된다.

주와 달 모두 나누어떨어지는 수가 많아서 여러 가지로 편리했다.

그 일주일인 6일 중 하루가 학원을 포함한 이 세계의 일반적인 휴일이었으며, 아델이 빵집에서 일하는 날이었다.

아델에게는 휴일이 아니지만 어쩔 수 없다.

그리고 열 살에서 열세 살까지의 아이가 다니는 학원이므로 그렇게 피곤하지도 않고, 숙제도 없다. 기숙사에 돌아가면 자발적으로 공부하는 학생도 있지만 아델은 그럴 필요가 없었다.

오늘은 휴일은 아니지만 바로 실전에 들어가기가 불안하다며 연습 삼아 그대로 일하게 되었고, 사감은 아델을 남겨두고 기숙사로 돌아갔다.

아델의 OJT(실무를 맡기는 방식의 종업원 트레이닝)는 순조로웠다.

이전 생에서 미사토는 누군가를 사귄 적이 거의 없었는데, 그건 미사토가 인간관계에 서툴러서라기보다 그저 '아무도 미사토에게 다가가지 않았다'는 이유일 뿐, 미사토 본인이 원했기 때문은 아니었다.

그리고 미사토로서의 기억을 잃지 않아 일본의 접객술(接客術)을 잘 아는 지금의 아델에게 어린 소녀 점원 연기는 식은 죽 먹기여서, 손님 응대가 상당히 좋았다.

저녁 무렵 학원으로 돌아가는 아델의 손에는 은화 두 닢이 들려 있었다.

'내가 난생 처음 땀 흘려 일해서 번 돈! 노동의 대가! 내가 마음대로 쓸 수 있는 돈!'

아델은 잔뜩 들떴다.

하지만 얼마 가지 않아 갑자기 불안감이 스멀스멀 올라왔다.

'흘리면 어쩌지…… 만약에 도둑맞으면? 강도라도 만나면?'

열 살짜리 소녀를 노리는 강도가 어디 있겠냐만, 그래도 아델은 걱정이 되어 견딜 수 없었다. 머릿속 한 구석에 아직 자신이 열여덟로 있는 듯한 기분이 남아 있는 것이 원인 중 하나이리라.

'그렇지, 아이템 박스!'

아이템 박스에 넣으면 잃어버릴 일도 빼앗길 일도 없다.

아델은 그 묘안에 인상을 풀고, 영창 없이 사념만으로 마법을 행사했다.

스윽, 사라지는 손바닥 속 은화.

그다음 다시 돈을 꺼내보았다.

손바닥 속에 느껴지는 은화의 감촉. 아델은 은화를 아이템 박스에 도로 넣었다.

성공해서 기분이 좋아진 아델은 문득 어떤 사실을 깨닫고 얼굴이 살짝 창백해졌다.

'만약 아이템 박스 마법에 실패했으면 모처럼 번 은화를 날렸을지도 모르잖아! 돌멩이나 다른 뭔가로 먼저 실험해보는 게 정상인데! 바본가, 나…….'

결과적으로는 아무 문제도 없었으니 되었나, 앞으로는 신중을 기하자, 하고 반성하면서 아델은 기숙사로 돌아갔다.

참고로 이 세계는 일본 통화로 환산할 때 동화 한 닢이 십 엔, 소은화는 1백 엔, 은화는 1천 엔, 소금화는 1만 엔, 금화는 10만 엔에 상당하는 가치가 있다.

농산물은 싸고 고기와 사치품은 비싸며, 도구와 장신구류 등은 일본에 비해 턱도 없이 비싸기 때문에 단순히 금전으로 가치를 환산하는 것은 의미가 없지만, 일반인이 평범하게 살아가는 데 필요한 금액이라는 관점에서 보면 그 정도가 타당한 수치리라.

먹여 살릴 가족이 있는 일반적인 직장인이 한 달에 벌어들이는 월급은 대략 금화 세 닢 정도다.

휴일을 뺀 실제 노동일수는 30일이니 일당 1만 엔에 상당한다.

그에 비해 아델의 급료는 하루에 은화 두 닢, 즉 2천 엔이고 시급으로 따지면 1시간에 2백5십 엔 정도밖에 되지 않지만, 아이가 가게를 보는 것으로는 충분한 금액이었다. 그리고 달에 은화 열 두 닢, 즉 1만2천 엔 정도의 돈이면 일용품을 사기에 넉넉했다. 옷을 사기에는 한참 모자랐지만, 학원에서 지급한 교복으로 다니면 된다.

학원은 품위 유지를 위해, 찢어졌거나 사이즈가 심하게 맞지 않는 교복은 무료로 수선해주거나 교환해준다. 무료라고 해도 미리 낸 돈에서 까는 것이겠지만.

속옷은 자기 부담이었지만 다행이 아델은 가슴가리개가 필요하지 않아 부담이 적은 편이었다. 본인은 그것을 전혀 '다행'이라고 생각하지 않지만 말이다.

어쨌든 아델은 간신히 금전적인 위기에서 벗어나게 되었다.

앞으로 아델이 일하는 휴일이면, 빵집 주인은 새벽부터 빵을 만들기 시작해 이웃이 아침식사용으로 갓 구운 빵을 사러 오거나 휴일에도 일터로 향하는 사람이 점심때 먹을 빵을 사러 오면 대응하면서 계속 빵을 만들다가, 아델이 오면 가게를 맡기고 푹 쉬거나 처자식을 데리고 어딘가 놀러갈 계획이었다.

빵집 주인도 자신의 건강과 처자식에게 쌓인 불만이라는 위기에서 드디어 벗어나게 된 것이다.

아델의 첫 아르바이트 다음 날.

오늘은 귀족 자녀들과 함께 반 편성용 실력 측정 시험을 치르는 날이었다.

귀족 자녀라고 했지만, 보통 귀족의 자녀는 새 동생 프리시가 입학할 상급 아들레이 학원에 다닌다. 이 애클랜드 학원에 오는 것은 상당히 가난한 귀족, 그것도 대를 이을 가능성이 희박하고 정략결혼에도 별로 도움이 안 되는 아무래도 좋을 자녀들로, 고만고만한 상인 집안의 자녀에 비해 특별히 장래성이 있는 것이 아니었다. 아직은 유력한 상인 집안과 인연을 만들어 미래를 준비하거나 아들이 없는 상인 집안 딸의 마음에 들기 위한 노력을 해야 할 입장이었다.

하지만 열 살 전후의 아이들에게 그것을 이해하라고 말하기도 어렵다.

특히 자신은 귀족이고 평민과는 다르다는 이상한 특권의식으로 똘똘 뭉친 아이에게는……

시험장에 온 아델은 생각보다 자신이 붕 뜨지 않아서 안심했다.

새 동생 프리시의 옷보다 훨씬 질 떨어지고 승합마차 여행으로 상당히 구겨지기는 했지만 그래도 일단은 귀족의 딸이 입는 옷이어서, 가난한 하급 귀족의 막내와 비슷하게 보였다.

게다가 예의 사건으로 그럭저럭 '세탁'된 상태였다.

심하게 쭈글쭈글하지 않은 것은 갈아입을 옷을 빌려준 언니가 마차 안에서 옷을 쫙쫙 펴주었기 때문이다.

먼저 처음은 필기시험.

나라의 간단한 역사, 왕과 위인의 이름, 이웃나라에 관한 지식, 예의작법, 산수, 일반상식, 기타 등등…….

각성 전 아델의 지식이 상당했기에 그것을 정확하게 기억하는 지금의 아델 역시 문제를 막힘없이 술술 풀어나갔다. 가족들에게 무시당하며 산 아델은 공부 말고 달리 할 게 없었던 것이다.

그리고 산수 따위, 전생의 기억으로 보면 그것이야말로 애들 속임수나 마찬가지였다.

아델은 최선을 다해 문제를 풀었다. 제일 윗반이 아니면 수업 수준이 너무 낮아 따분할 것 같았기 때문이다.

공부를 잘하는 여자아이는 '일반적인' 범주에 속한다. 그리고 시험이란 반드시 누군가가 1등을 하게 되어 있는 법이고.

사실은 이 필기시험으로 반이 거의 정해진다.

교실에서 하는 이론 수업은 학생들의 수준이 엇비슷하지 않으면 교사가 가르치기 어렵다. 중학생 수준인 아이와 고등학생 수준인 아이가 한 반에 섞여 있으면 수업의 난이도를 어느 쪽으로 설정해야 할지 몰라 고민일 테니까.

반면에 실기는 그렇지 않다. 오히려 초보만 모인 반, 숙련자들만 모인 반은 둘 다 가르치기가 무척 어렵다. 모두에게 손이 가기 때문이다.

그런데 초보부터 숙련자까지 골고루 섞여 있으면 어느 정도의 학생은 숙련자에게 맡겨두고 교관은 자신의 지도가 필요한 학생에게 시간을 할애할 수 있다. 또 자신보다 약간 더 수준 높은 사람의 훈련을 보여주는 등 다양한 수업 방법이 나올 수 있다.

다시 말해, 마법과 무술은 숙련도에 따라 나누지 않는 편이 교관에게 더 좋은 것이다. 어느 정도 숙련된 학생의 입장에서는, 편하기는 해도 자기 훈련에 효율이 떨어지니 손해이기는 하지만 말이다.

한편 마법을 아예 못 쓰는 학생도 일단 마법 수업은 받는다.

장차 마술사를 부하나 종업원으로 부릴 가능성도 있고, 병사가 되었을 경우에는 마술사를 상대로 싸울지도 모르는 일이다. 그러니 아무리 자신이 마법을 못 써도, 마술에 관한 지식은 필요하다.

필기시험 다음은 운동 능력 측정이었다.

딱히 운동 특기생 입학 전형이 있는 것은 아니다. 그냥 건강하고, 무술 수업에 문제없이 참여할 수 있는 신체 능력이 있다는 것만 보여주면 된다.

아델은 신중하게 지시받은 항목을 해냈다. 아주 진지하게 말이다.

여기서 이상한 결과를 내서는 안 된다. 절대로.

어쨌든 아델은 '지극히 평범하고 일반적인 여자아이'인 것이다.

그래서 자기 앞에 줄 선 아이의 수치를 참고삼아, 모든 항목이 그 아이와 비슷한 값이 되도록 조절하기로 했다.

다섯 명이 한 조로 나누어 여러 측정이 병행해서 실시되기 때문에 자신의 조에서 두 번째 순서인 아델은 그 아이밖에 달리 참고할 만한 사람이 없었던 것이다.

'내 앞 아이는 남자지만, 아직 입학 전인 열 살짜리니까 여자애나 남자애나 그리 큰 차이가 없을 거야. 그리고 어릴 때는 오히려 여자 쪽이 더 빨리 자라기도 한다잖아……. 뭐, 상식의 범위 내에 있으면 되니까 성적이 좀 더 좋거나 나빠도 상관없어. 어쨌든 일반적인 범위 내에 들어가서 튀지만 않으면 돼…….'

그래서 아델은 단거리 달리기, 중거리 달리기, 멀리뛰기, 턱걸이, 팔굽혀펴기, 창던지기 등 모든 항목을 앞의 남자애와 똑같은 수치로 해두었다.

그렇게 하면 여자애치고는 상당히 좋은 결과일지도 모르지만, 그래도 '보통 아이'처럼 보일 것이다.

마지막은 드디어 마법 측정이었다.

마법을 조금이라도 쓸 수 있는 사람은 30퍼센트 정도. 그중에서 마법으로 먹고살 수 있을 사람은 그 3분의 1 정도. 그러니까 전체의 약 10퍼센트 전후였다. 마법을 쓸 수 있는 나머지 3분의 2는 아궁이에 불을 붙일 때 편리하고, 물통을 들고 다니지 않아도 되어 편리한 수준이었다.

각성 전의 아델은 훈련하면 장차 그 10퍼센트 안에 간신히 들어갈 수 있을까 말까 한 수준이었지만, 그래도 이 세계에서는 축복받은 일부에 속했다. 어쨌든 사막이나 황야를 여행하는 마차에 아델이 타고 있으면 무슨 일이 일어났을 때 살아 돌아올 수 있는 가능성이 훨씬 높으니까. 충분한 밥벌이가 된다.

하지만 지금 아델의 마법은…….

안전을 위해서라면 마법을 아예 안 쓰는 편이 낫다. 그 사실은 아델도 잘 안다.

하지만 그러면 불편할 것이다. 모처럼 마법을 쓸 수 있으니 조금은 편해지고 싶다. 게다가 아예 못 쓰는 척을 했을 경우, 오다가다 자기도 모르게 썼거나 어쩔 수 없는 상황에 빠졌을 때 등 들킬 위험이 있다.

역시 마법을 쓸 수 있는 다른 학생만큼은 쓸 줄 안다고 하는 편이 상책이리라.

그렇게 생각한 아델은 이번에도 바로 앞 학생이 쓰는 마법을 유심히 지켜본 후, 자신의 차례가 됐을 때 거의 동등한 위력이 나오도록 신중하게 조절했다.

'위력은 6천8백 분의 1이 인간의 평균치니까 1만 분의 1 정도로 한 다음 살짝 조정해 더 낮춰서, 아까 그 아이 정도의 세기로, 자아, 얍!'

화라락!

딱 적당한 크기의 불덩어리가 튀어나와 아델은 안도의 한숨을 내쉬었다. 도저히 공격마법이라고 할 수 없는, 맥 빠지는 불씨 정도의 수준이었다.

……하지만 교관을 포함한 모두가 아델을 뚫어지게 쳐다보았다. 입을 반쯤 벌리고서.

"무, 무영창, 이라니……."

'……아, 주문 영창을 깜박했다…….'

사실 사념파 방사만 가능하면 주문 영창 따위는 아무 상관없다.

하지만 발현 현상을 논리적으로, 그러니까 분자의 운동량이라든가 화학변화라든가 산소 공급 등과 같은 관점에서 이미지를 퍼뜩 상상하지 못하는 사람들에게는 '불꽃이여 소용돌이를 일으켜, 불덩어리가 되어 적을 쳐부숴라!' 하는 식으로 발현의 흐름을 사념파로 만들 필요가 있다. 그러려면 목소리로 내는 것이 가장 간단하고도 확실했다.

물론 영창 없이 마음속으로만 명령하는 것도 가능하지만, 그렇게 하면 아무래도 사념이 안에 갇혀버려 방사 위력이 대폭으로 떨어지는 데다가 마음속으로도 어차피 똑같은 흐름으로 주문을 외워야 하므로 발동에 걸리는 시간에 그리 큰 차이가 없어 기습 공격 정도밖에 쓰임새가 없었다.

그런데 아델은 발현 현상을 그대로 이미지로 상상했기 때문에 표정 하나 변하지 않고 순간적으로 마법을 발동시켰다. 앞 순서인 남자아이와 거의 똑같은 위력으로 말이다. 그것은 같은 '무영창'이라고 하더라도 이 세계의 사람이 말하는 것과는 의미가 전혀 달랐다.

지켜보던 사람들이 그렇게 자세하게는 몰라서 다행이었지만, 그래도 아델이 나이에 비해 마법을 훨씬 잘 쓴다는 점을 알리기에는 충분하고도 남았다.

'아차차, 사고 친 건가……. 아니, 하지만 무영창으로 마법을 쓸 수 있는 사람은 많아. 다들 무영창을 별로 쓰지 않긴 하지만……. 난 그냥 불덩어리를 만드는 마법을 잘하고, 그 마법만은 무영창

으로도 나름대로 쓸 줄 알 뿐인, 그냥 평범한 여자아이라고! 그 래, 맞아!'

신입생들은 모두 첫 대면이라 아직 서슴없이 말할 사이가 아니 었기 때문에 서로 쑥덕거리지는 않았고, 교사들은 시험 중이라는 부분도 있어서 깜짝 놀란 표정이면서도 그냥 넘겼다.

여러 가지로 특별한 문제없이 반 편성을 위한 실력 시험이 끝 나고 학생들은 훈련장에서 바로 해산했다. 아델 역시 기숙사로 돌아갔다.

그리고 훈련장에는 한 소년이 남아 있었다.

가난한 남작가의 다섯째 아들, 켈빈 폰 벨리엄.

벨리엄가는 가난했다. 그런데도 혈기왕성했던 남작은 아내와 의 사이에 삼남 일녀를 두고, 시녀에게 손을 대 또 이남 일녀를 만들었다.

남작은 여자관계가 복잡했을 뿐, 그리 나쁜 인물은 아니어서 아이를 낳아준 시녀에게도 섭섭지 않은 돈을 쥐어주며 후하게 대 우했고, 시녀가 낳은 자식들도 저택에서 살게 해 자기 아이로 거 뒀다. 본부인과 그 자식들 역시 그들을 딱히 미워하지 않고 가족 으로 보듬어 아껴주었다.

하지만 유감스럽게도 남작은 돈이 없었다.

본부인이 낳은 남자아이들은 상급인 아들레이 학원에 보낼 예 정이었지만, 시녀가 낳은 아이들의 학비까지 내기에는 힘이 부 쳤다.

장남은 대를 이어야 했고, 차남은 장남의 신변에 무슨 일이 일어났을 경우에 대비해야 했다. 또 삼남은 기사단에 들어가거나 근위병 혹은 고급 관료가 되면 돈을 벌 수 있었고, 운만 좋으면 아들이 없는 남작가나 자작가에 양자로 들어갈 수 있다는 기대가 있었다.

여자아이는 보통 아들레이 학원보다 10분의 1 정도 적은 학비면 되는, 하급 애클랜드 학원에 갔다. 단, 기량이 좋아 귀족가의 후계자나 대상인의 아들에게 시집 갈 가능성이 있고 특히 외모가 뛰어나다면 그 가능성을 조금이라도 더 높이기 위해 무리해서라도 더 좋은 학원에 보내는 경우가 있었다. 모 아니면 도라는 승부를 걸어 어려운 처지에서 벗어나고 싶어 하는 가난한 귀족이라면 더더욱.

그런데 시녀가 낳은 딸은 용모가 무척 빼어났다. 남작가의 딸이라도 충분히 중급귀족의 안방 자리를 노릴 수 있을 만큼.

시녀가 낳은 딸이 상급 학원에 가는데, 본부인이 낳은 장녀를 하급 학원에 보낼 수는 없는 노릇이었다. 그렇게 했다가는 자칫 장녀에게 무슨 하자가 있는 게 아닌가 하는 오해가 생겨 제대로 된 혼담이 들어오지 않을 테니 말이다. 가난한 남작가로서는 무리해서라도 두 딸을 모두 상급 학원에 보낸 다음, 차녀를 좋은 집안으로 시집보내는 데 승부를 걸 수밖에 없었다.

결과적으로 하급 애클랜드 학원에 가는 사람은 시녀가 낳은 넷째 아들과 다섯째 아들 켈빈이었다. 그렇게 될 예정이었다.

그런데 또, 넷째 아들은 놀랍게도 마법에 재능이 있었다.

그 길을 걸어 충분히 먹고 살 수 있을 정도로. 아니, 어쩌면 궁정 마술사나 마법사단까지 들어갈지도 모를 만큼의 재능이.

부모는 뛸 듯이 기뻐했다. 그래서 갑작스럽게 넷째 아들도 상급 아들레이 학원에 가기로 결정되었고, 결국 애클랜드 학원에 가게 된 사람은 다섯째인 켈빈뿐이었다.

일곱 형제자매 중 유일하게 자신만.

어째서! 왜!

켈빈은 세상의 불합리함을 원망하며 거칠게 굴었다.

하지만 속으로는 알고 있었다. 그래도 어쩔 수 없다는 사실을.

아이를 상급 학원에 보내려면 가난한 귀족에게는 결코 가볍지 않은 금전적 부담이 생긴다.

비싼 입학금을 시작으로 3년 치 수업료, 교재비, 식비, 기숙사비, 옷값, 기타 등등. 그것이 일곱 명분. 도저히 감당할 수 없는 금액이다. 아마도 두 딸의 학비가 추가되어 아슬아슬한 참에 예상에도 없었던 넷째의 학비까지 들게 되어 상당히 궁핍해졌으리라. 어쩌면 부인의 보석을 팔거나 빚을 지게 되었을지도 모른다. 그렇게까지 해서 시녀가 낳은 아이의 가능성에 도박을 건 것이다.

그렇게 힘든 상황에서도, 아무리 하급이고 상급 학원보다 비용이 10분의 1 수준이라지만 어쨌든 학원에 보내주었다. 시녀가 낳은, 외모가 빼어나지도 마법을 잘 부리지도 않는 자신을 말이다.

정실인 부인도 불평은커녕 오히려 미안하다고 사과해주었다. 거기에 대고 볼멘소리를 했다가는 천벌 받을 것이다.

그래, 그렇다면 자신은 이곳에서 최고가 되겠다!

최강의 늑대가 되어 안온하게 살아온 상급 학원 출신 놈들을 다

날려버리고 위로 올라가 보이겠어! 그렇게 해서 출세하면 아버지와 어머니, 그리고 부인께 은혜를 갚겠다!

형들의 도움으로 단련해온 이 몸에는 좀 자신이 있다. 먼저 입학할 때의 실력 시험에서 내 힘을 보여줘야지!

켈빈은 그렇게 생각했다. 그런데…….

자신이 최고의 달리기를 선보인 직후, 그 모습을 물끄러미 바라보던 그 여자아이가 같은 기록을 내버렸다.

턱걸이도 한계가 올 때까지 열심히 했는데, 그 모습을 물끄러미 바라보던 그 여자아이는 같은 횟수를 해냈다. 게다가 아직 여유로워 보였는데도 갑자기 지친 척하면서 자신과 같은 횟수에서 딱 멈추는 것이 아닌가.

창던지기도, 멀리뛰기도, 팔굽혀펴기도.

전부 자신의 기록에 맞춰 멈추었다. 더 할 수 있었으면서.

그런데 마법까지 쓸 수 있다니!

젠장, 젠장, 젠장!

사람을 얕보고 있어!

반드시 넘어주지. 저 여자아이를 뛰어넘어 보일 테다!

켈빈 폰 벨리엄.

학원 생활 3년 동안의 목표가 생긴 순간이었다.

* *

실력 시험을 치른 다음 날.

아델이 기다리고 기다리던 교과서 지급일.

별로 교과서를 빨리 받고 싶어서는 아니었다. 진짜 이유는 교과서와 함께 지급되는 옷 때문이었다.

교복 하복과 동복이 두 벌씩, 운동복 역시 하복과 동복이 두 벌씩, 각각의 신발과 양말, 기타 등등.

이제 드디어 단벌 처지에서 벗어날 수 있다.

교복이라면 매일 그것만 입어도 그다지 이상하지 않다.

게다가 교복과 운동복은 몸이 성장해서 사이즈가 맞지 않게 되거나 심하게 망가졌을 경우 무료로 교환해준다. 교환 횟수가 너무 많으면 다른 학생이 사이즈가 안 맞아 교환하려고 반납했던 중고품이 올 때도 있다고 하지만 아델는 그래도 전혀 상관없었다.

지급품을 한 번에 다 옮기기는 무리여서 몇 번에 걸쳐 방으로 짐을 옮긴 아델은 재빨리 교복으로 갈아입었다. 성장기인 것을 감안하여 약간 큰 옷이 지급되었는데, 그게 또 신입생다워 보여 좋은 느낌이 났다. 상당히 낡은, 지금까지 입었던 유일한 사복은 아이템 박스에 소중히 넣어 보관하기로 했다.

"친구 백 명 사귈 수 있을까?!"

전생까지 포함하여 아직 친구를 사귄 적 없는 아델은 기대에 가득 찬 표정을 지었다.

오후에 알림판이 있는 곳으로 가니 반 편성표가 붙어 있었다.

오후에는 정해진 반에 따라 줄을 서서 입학식 연습을 해야 한다. 그리고 내일은 입학식과 반에서 서로 얼굴 익히기, 기타 일정이 있었다. 수업은 모레가 휴일이므로 쉬고 다음 주부터 본격적으로 시작된다.

아델은 예상대로 A반이었다.

실제로는 알파벳 A가 아니었지만, 이 나라에서 글자를 배울 때 제일 첫 글자이므로 편의상 'A'라고 해둔다.

오후의 입학식 연습, 그리고 다음 날의 입학식은 특별히 언급할 것도 없이 평범하게 끝났다.

입학식에는 가족이 온 사람도 있었지만, 대부분 집에 금전적 여유가 없거나 '아무래도 상관없는 애' 취급이어서 멀리서 온 아이는 가족이 오지 않은 경우가 많았다. 물론 아델도 그중 하나였다.

또 가족이 얹어지면 코 닿을 거리에 살아도, 상급 아들레이 학원에 입학하는 아이의 입학식에는 가지만 하급 애클랜드 학원에 입학하는 아이의 입학식에는 창피해서 못 오겠다는 하급 귀족도 적지 않았다.

식이 끝나자 그대로 교사의 인솔에 따라 각자 교실로 이동했다.

입학식 연습 때나 입학식 중에는 대화를 나눌 수 없었는데, 드디어 반 친구들과 교류가 시작되는 것이었다. 아델의 가슴은 기대와 불안감으로 가득 찼다. 친구를 잘 사귈 수 있을까? 또 지난 생처럼 되는 것은 싫은데, 하고 말이다.

"나는 A반 담임으로 1년 동안 너희를 돌봐줄 에이브 폰 바제스다. 내년에는 2학년 A반을 맡을 예정이니 내년에도 내가 돌봐야 할 녀석도 있겠지만, 진급 시에 또 성적으로 반을 나누니 성적이 떨어진 학생은 그것으로 이별이야."

A반 담임은 서른 전후에 탄탄한 체격의 남자였다.

교사라기보다 헌터 길드의 중견 헌터라고 표현하는 편이 더 잘 어울릴 것 같은, 조금 나이 든 형님 같은 느낌이었다.

이름에 '폰'이 들어감으로 알 수 있듯 귀족인 것은, 학원 내에서는 신분 상관없이 모두가 평등하다는 원칙을 이해하지 못하는 명청이 귀족 자녀들을 누르기 위해서겠지.

"자, 일단 자기소개부터 시작할까? 너부터 순서대로 하도록."

"네엣! 제 이름은 마카스이고, 뷰익 상회의 셋째 아들입니다. 왕도 출신으로 특기는……."

지명당한 제일 앞 줄 왼쪽 끝 남자애부터 자기소개를 시작했다. 그렇게 해서 남자 열두 명과 여자 열여덟 명, 총 서른 명인 A반 학생들의 이름, 출신, 특기, 취미, 장래 목표 등 전형적인 자기소개가 이어졌다.

A반에 여자가 더 많은 이유는 하급 귀족이나 상인 집안에서는 남자를 상급 학원에 보내고 좋은 가문에 시집보낼 아이를 제외한 대부분의 여자애를 하급 학원에 보내는 경우가 많았기 때문에 전체적으로 여자 비율이 더 많다는 점, 남자는 무술 훈련에 힘쓰는 사람이 많으므로 전반적인 학력은 여자가 더 높다는 점 때문이었다.

사실 아델은 무슨 이유에서인지 사람 얼굴을 잘 기억하지 못하는 편이었지만, 이번에는 친구를 사귀기 위해 필사적으로 얼굴을 기억하려고 자기소개를 하는 아이의 얼굴을 뚫어지게 응시했다. 그러자 시선이 왠지 신경 쓰인 아이가 볼을 붉히며 동요했다.

아델은 그것이 자기 탓이라고는 꿈에도 생각하지 못했다.

"켈빈 폰 벨리엄. 장래희망은 기사다. 특기는 검. 취미도 검. 이곳에서의 목표는 강해지는 거야!"

그전까지 무난했던 자기소개와는 조금 다른 그 내용에, 아델은 살짝 관심을 보였다. 아주 살짝만 말이다.

물론 운동 능력 측정 때 자신이 참고했던 남자애라는 사실은 전혀 눈치채지 못했다.

그리고 켈빈이 아델 쪽을 노려보았다는 사실도…….

자기소개가 계속 진행되어 드디어 아델의 차례가 왔다.

"아델입니다. 특기는 딱히 없습니다. 저는 어디에나 있는, 지극히 평범한 아이입니다."

((((뻥치고 있네에에엣!))))

교실 안에서 아델을 제외한 모든 사람의 마음이 하나가 되었다. 마음이 잘 맞는, 단합이 끝내주는 반이었다.

무영창으로, 신입생 중에서 최상위급 마법 실력을 가진 여학생의 영창마법과 거의 동급의 위력을 지닌 공격마법을 태연하게 펼쳤던 소녀.

마찬가지로 신입생 중 단연 최강의 신체 능력을 지닌 귀족 가문 다섯째 아들의 기록을 여유만만하게 따라잡아 놓고 딱 거기서 기록을 멈춘 소녀. 아마도 남자애의 면목을 세워주기 위해서였겠지만, 오히려 그런 행동이 그의 체면을 구기게 했다는 사실을 전혀 모르는 모습은 순진한 것일까, 아니면 일부러 순진한 척하는 것일까……?

그 사실은 실력 시험을 마친 귀족 자녀들의 입을 통해, 기숙사 휴게실과 식당 등에서 이미 소문이 쫙 퍼져 있었다.

"왕도는 처음 와봅니다. 취미는 독서와 맛있는 음식 먹기입니다. 지금까지 친구가 없었기 때문에, 여러분, 앞으로 친하게 지내요."

아델은 그렇게 말하고 생긋 웃었다.

'좋아, 완벽해! 무서울 정도로 완벽한, '평범한 여자아이의 평범한 자기소개'였어! 오늘부터 내, '평범한 여자아이'로서의 즐거운 학원 생활이 시작되는 거야!'

경험이 부족해 연기가 서툰 아델은 실력 측정 시험에서 힘을 감추는 연기가 다 들통 났다는 사실도, 자기 앞에 서 있었던 학생이 공교롭게도 각각의 분야에서 최상위급이었다는 사실도 전혀 눈치채지 못한 채, 자신은 그저 평균적인 여자애로 무사히 반에 녹아들 수 있으리라고 굳게 믿고 있었다.

그리고 평민이라면서 입학시험을 치르지 않는 귀족만 받는 실력 측정 시험을 했다는 것, 평민은 비싼 책을 가질 기회 자체가 없는데도 '취미는 독서와 맛있는 음식 먹기'라고 당연하게 말한 것을 반 아이들이 어떻게 받아들일지 등을 전혀 고려하지 않았다.

애초에 평범한 평민 아이가 열 살이 되도록 친구가 없었다는 것 자체가 말이 안 되는데 말이다.

자기소개 뒤에는 오리엔테이션이 기다리고 있었다. 학원이 돌아가는 구조, 규칙, 학습과 실기 훈련 방법 등에 대해 교사 바제스의 설명을 듣고 휴일인 내일 쉰 후 새로운 한 주가 시작되는 모레부터 할 수업에 대한 주의사항을 전달받았다.

그 후에는 해산. 오늘은 오전에 마치니, 오후 시간과 내일은 생필품을 사러 가거나 주변 환경을 정리하라고 했다.

하지만 아델은 아무 상관없었다. 내일은 아르바이트하러 가야 했고, 어차피 여러 가지 물건을 살 돈도 없었다. 반드시 필요한 물건, 즉 비누와 노트, 잉크만 사도 저번에 받은 아르바이트비가 바닥난다. 사치품인 그것들은 비쌌던 것이다. 그리고 그것들을 사기에는 1분이면 충분하리라.

내일 받을 아르바이트비는 만일의 사태에 대비해 쓰지 않는 편이 좋다. 갈아입을 속옷도 두 장 정도 더 사고 싶었지만, 다음 기회로 미루었다.

그렇게 생각하며 자리에서 일어서려고 하는데 몇몇 남학생들이 주위를 둘러쌌다.

"아델, 같이 필요한 물건 사러 안 갈래?"

"그러지 말고 나랑 가자. 난 왕도 출신이라서 가게에 빠삭하거든!"

"아니야, 나랑!"

아델은 반사적으로 경계했다. 하지만…….

'앗? 나도 모르게 경계하긴 했는데 아무래도 악의는 없는 것 같고, ……지금 혹시 나 인기 있는 거야? 왜?'

아델은 이상하게 여기며 이런저런 생각에 잠겼다.

솔직히 말해서 얼굴은 미사토일 때가 훨씬 미인이었다.

지극히 평범하게 생긴 부모님에게서 태어났는데도 불구하고 미사토는 샤프하고 깔끔한 생김새에 말하자면 부잣집 딸 같은 느낌의 미인이어서, 연예계에서 스카우트 제의가 들어와도 전혀 이상하지 않을 정도였다. 하지만 학교에서는 인기가 하나도 없었다(사실은 화중지병(畫中之餠)과도 같아서 아무도 쉽게 말 걸지 못한 것이었지만······).

반면 아델은 균형 잡힌 이목구비이기는 했으나 그다지 특징 없는 평균적인 외모였다. 미인이라기보다는 그냥 안심이 되는 차분한 느낌의······.

'아앗!'

그때 아델은 떠올렸다. 옛날에 봤던 텔레비전 방송을 말이다.

'많은 사람의 얼굴을 합성해 평균화하면 미남미녀가 된다'는 내용의 방송.

결코 두드러지게 굉장한 미인이 되지는 않지만 모두가 호감을 가질 만한, 보고 있자면 마음이 놓이는 매력적인 얼굴이 된다는 이야기였다.

평균화하면. 평균화하면. 평균화하면······.

'아니야! 내가 말한 '평균적인 외모'는 말 그대로 평범하고, 그다지 눈에 확 띄지 않고, 군중 속에 묻어갈 수 있는 의미의 '평균적'이지, 미인을 의미하는 '평균 얼굴' 따위가 아니라고, 절대로!'

"미, 미안해요. 전 이미 살 건 다 사서!"

각성 후의 아델치고는 드물게도, 얼굴이 새빨개져서 허둥지둥 당황하는 모습이 또 남자아이들의 뭔가를 자극했는지, 점점 격화되는 쟁탈전.

"남학생들, 적당히 해!"

반장 기질을 보이는 여자아이의 일갈에 남학생들이 주춤하는 사이, 아델은 그 여자아이에게 감사 인사도 하는 둥 마는 둥 그대로 달아났다.

전생까지 포함해서 지금까지 '숙제 좀 보여줘' 이외의 말을 반 남자아이에게서 들어본 적이 거의 없었던 아델은 적잖이 당황했다.

기숙사로 돌아가 세면장까지 직행한 그녀는 그냥 금속을 갈아 다듬었을 뿐이라, 잘 보이지 않는 거울에 자신의 얼굴을 비춰보았다.

표준보다 살짝 작은 키. 어머니를 닮아 찰랑거리는 은발. 그리고 미사토처럼 눈에 띄는 미인은 아니지만 깔끔하고 왠지 마음이 놓이는 친숙한 얼굴이다.

'……인기 있어? 인기 있는 거야, 나?'

헤벌레, 하고 차마 눈 뜨고 보기 힘든 미소를 짓는 아델.

그때 기숙사로 돌아온 여자아이들이 그 얼굴을 봐버려, 당황해서 시선을 돌렸다.

'아니야! 지금 나 인기 있어? 할 때가 아니지! 난 그냥 평범한 여자애니까 남자 친구는 한 명만 있으면 돼! 그리고 그것도 성인이 된 후에 생기는 걸로 충분해! 지금 이상한 남자애들이 막 따라다니는 건 싫다고!'

아델은 고개를 마구 휘저으며 상념을 떨쳐냈다.

'하지만 이상하네. 왠지, 가슴이 작은 것 같은데……'

이 세계에서도 여자는 빠르면 일고여덟 살 무렵부터 가슴이 커지기 시작한다. 미사토도 여덟 살 때부터 부풀기 시작해 열여덟 때는 C컵이 되었다. 그런데 지금의 아델은 그럴 기색이 전혀 없다. 반의 여자애들도 의외로 눈에 띨 만큼 큰 아이가 몇 명 있는 만큼 지금 아델의 수준이 '평균치'라고는 도저히 생각할 수 없었다.

어째서일까…….

'어머니랑 할아버지가 돌아가신 후 2년 동안 식사를 자주 걸러서 성장이 더뎌졌나? 이래서야 꼭 엘프나 드워……프……, 서, 설마!'

아델은 아연실색했다.

인간, 엘프, 드워프를 모두 합해 인간족이라고 부른다.

만약 신이 그 모두를 같은 종족이라고 여겼다면?

평균으로 해달라고 했는데, 명백하게 작은 키.

부풀지 않는 가슴.

아니아니아니, 그래도 엘프와 드워프는 인간보다 수가 적다. 평균화된다고 해도 영향이 미비할 것이다.

……일반직으로는 말이다.

그런데 만약 일반적이지 않다면?

이를테면 만약 눈앞에 '인간의 평균치', '엘프의 평균치', '드워프의 평균치'가 있는데, 전부 다시 조사하기 귀찮으니까 간단하게 평균을 내자고 생각했다면?

그 세 수치의 평균이면 되겠지, 하고 생각하는 바보가 정말 존재했다면?

잠깐. 잠깐잠깐잠깐잠깐잠깐잠깐잠깐잠깐잠깐!

그럴 리 없어. 설마 그럴 리 있겠어?!

그렇게 휘청휘청 자기 방으로 향하던 아델은 문득 생각했다.

'오크랑 고블린이 인간족에 속하지 않아서 다행이야……'

쾅쾅쾅쾅!

복도 벽에 머리를 마구 박아대는 아델을 같은 반 여자아이들이 겨우 붙잡아 말린 것은 그 직후의 일이었다.

"뭐, 드워프 여자애가 귀여워서 다행이네……."

겨우 방에 돌아와 침대에 누운 아델은 혼자 중얼거렸다.

엘프는 남녀 모두 날씬하고 키가 크다.

반면 여자 드워프는 인간보다 키가 작고 살짝 둥글둥글한 인상은 있지만, 별로 극단적인 변화는 찾아오지 않는다. 남자처럼 심하게 땅딸막하고 옹골찬 느낌이 아니고, 물론 수염도 자라거나 하지도 않는다. 인간에 비유하자면 아직 성인이 되지 않은, 살짝 오동통하고 체구가 작은 소녀라고 할까…….

그래서 엘프의 체격과 서로 상쇄하는 부분이 많아, 결과적으로 아델의 체격에 큰 영향을 미치지는 않았고 그저 키가 약간 작은 정도가 되었던 것이다.

다만 가슴은 그 단점을 서로 증폭하는 결과가…….

아니, 아직 그렇게 단정 지을 수는 없다.

이것은 전부 단순히 상상에 지나지 않으니까.

나노머신에게 물어보면 진실을…….

"내가 물어보나 봐라! 물어봤는데 진짜 그렇다고 하면 어쩔 건데! 무섭단 말이야! 너무 무섭다고오!"

『부르셨습니까?』

"안 불렀거든!"

자기도 모르게 빽 소리 지른 아델.

허거걱…….

퍼뜩 정신이 들어 당황해서 양쪽 벽을 쳐다보았지만, 다행이 두 곳 다 아직 주인이 방에 돌아오지 않은 모양이라 자신이 낸 소음에 불평이 돌아올 기색은 없었다.

제3장　친구

　　새로운 주가 시작되어 등교한 아델은 기분이 좋은 상태였다. 휴일 아르바이트로 은화 두 닢을 번 데다가 팔고 남은 빵을 한 아름 받아, 상태 변화가 일어나지 않는 아이템 박스에 보관해놨기 때문이다.

　　하지만 교실에 들어서는 순간, 몸이 굳어버리고 말았다.

　　"아델, 좋은 아침이야!"

　　"휴일에는 뭐 했어?"

　　"오늘 점심, 같이 먹자!"

　　남자들의 공격!

　　사실 아델은 상당한 우수한 목표물이었다.

　　A반에 들어갈 만큼의 획력, 귀족 여성을 호위하는 여기사도 충분히 될 수 있는 운동 능력에 뛰어난 마법 재능. 또, 그 모든 능력을 감추려고 하는 속 깊은 성격.

　　게다가 평민이라면서 무시험으로 입학이 결정되었다는 점, 장학금 없이 평범하게 집에서 학비를 대주는 듯한 부분……. 그리고 무엇보다도 귀여운 미소녀였다.

　　열 살이라고는 해도 모두 3년 후에는 사회에 나가고, 거기서 또 2년이 지나면 성인이 된다. 머리 좋은 사람이 모인 이 반에서, 미래를 위한 인맥 혹은 반려자 후보를 점찍어두려는 사람은 결코 드물지 않았다.

"너희들, 또 그러네! 저 봐, 아델이 곤란해하잖아!"

지난번에 도와줬던 반장 기질의, 그냥 반장이라고 할까, 반장이 또다시 도움의 손길을 뻗쳤다.

"고, 고마워요. 저, 남자애랑 말해본 적이 별로 없어서⋯⋯."

반장에게 고맙다는 인사를 하고 잠시 대화를 나누던 아델은 순간 알아차렸다.

'이, 이거, 꼭 친구 같아! 친구 같다고!'

전생까지 포함해 아델의 첫 친구였다.

아델의 말에 남학생 대부분은 '너무 강하게 밀고 나가는 건 역효과인가⋯⋯' 하고 생각해서 조금 거리를 두었는데, 일부는 오히려 '남자한테 면역이 없으니 더 강하게 밀어붙여야겠군!' 하며 더욱 다가오려고 해서 아델이 노골적으로 피하게 되었다는 것은 후일담이다.

학기가 시작된 첫 주는 이론 수업뿐이었다.

역시 처음부터 무턱대고 무술이나 마법 실기를 배우지는 않았다.

일반교양 이외에도 무술과 마법의 이론, 안전에 대한 수업이 이어졌다. 실기 수업은 다음 주부터다.

아델에게 이론 수업은 너무 쉬웠다. 역시 수백 년 넘게 진보한 세계에서 18년 동안 산 기억이 있으므로 수업을 못 따라갈 입장이 아니다.

　사고력과 기억력은 미사토일 때 그대로였다. 미사토의 의식이 남아 있는데 머리가 나빠지는 것은 아무래도 문제가 있다는 신의 판단이었을까? 아니면 이 세계는 마법 때문에 문명이 진보하지 않은 대신 인간의 지능은 나름대로 높을지도 모른다.

　아델은 마법 이론 등 수업에서 교사가 가르쳐준 내용에 틀린 부분이 있어도 지적하지 않고 평온한 일상을 보냈다.

　그리고 맞이한 휴일 전날.

　"아델 씨, 나중에 좀 할 이야기가 있는데요."

　두 친구를 뒤에 대동한, 남작가의 셋째 딸인 마르셀라의 말에 아델은 잔뜩 들떴다.

　친구! 친구와의 약속!

　"그, 그래요! 장소는 어디가 좋을까……, 아, 제 방이 넓은데 거기도 괜찮아요?!"

　"넷? 아, 아아, 아무 데나 상관없어요……."

　아델이 신나서 대답하자 살짝 당혹스러운 듯 대답하는 마르셀라였다.

　남작가의 셋째 딸 마르셀라, 중견 상인 집안의 차녀 모니카, 장학금을 받아 입학한 평민 올리아나는 옆에서 보기에 꼭 귀족의 딸과 그 추종자들처럼 보였다.

　전형적으로 콧대 높은 귀족 아가씨 타입인 마르셀라. 하지만 사실 마르셀라는 남을 잘 돌보는 성격이었는데, 평민 올리아나가 학원에 들어와 뭘 어떻게 해야 할지 몰라 힘들어 하자 입학하기 전부터 친구이자 남작가를 드나드는 업자의 딸인 모니카와 함께 여러 가지 도움을 줬다. 어려움을 겪고 있는 평민을 도와주는 것은 귀족의 의무라면서 말이다.

그렇게 해서 지금은 대체로 세 명이 함께 다니게 되었다.

"그런데 자기 방이 넓다니, 도대체 무슨 말일까요? 방 넓이는 다 똑같을 텐데……."

"그러게 말예요. 가보면 알겠죠. 어쨌든 저 건방진 아이에게 뜨거운 맛을 보여주자고요!"

""그래요!""

마르셀라는 마음에 들지 않았던 것이다. 저 아델이라는 여자애가.

직접 보지는 않았지만, 입학 전 실력시험 때 뛰어난 재능을 보였다고 했나…….

그것은 괜찮다. 인간은 저마다 장점이 있기 마련이니까.

하지만 조금 귀엽다고 해서 남자애들이 떠받들어도 된다고 생각하는 것은 용납할 수 없다.

이쪽은 졸업하면 영지로 돌아가 신부 수업을 받고, 그로부터 2년 후에는 잘해봐야 중년 귀족의 후처가 되거나 귀족과 인연 맺기가 목적인 부자의 아내, 운이 나쁘면 어떤 유력 귀족의 정부 신세를 면치 못할 것이다. 그때가 오기 전까지 자신의 힘으로 좋은 남자를 사로잡지 않으면…….

이 학원의 여학생들 과반수가 그런데, 자기 힘으로 지위를 올릴 수 있는 재능을 가지고 있으면서 남자들까지 독점하다니, 절대 용서할 수 없다. 한마디 따끔하게 해줘야지.

그렇게 생각하며 잔뜩 열을 올리는, 가난한 남작가의 딸 마르셀라였다.

모니카와 올리아나는 상인의 딸과 평민이라는 점도 있어서인지, 그렇게까지 다급하지는 않았지만 자신을 도와주는 마르셀라를 그냥 따라가는 것뿐이었다.

똑똑.

노크 소리에 아델은 부리나케 달려가 문을 열었다.

"어, 어서 오세요! 사양 말고 들어오세요!"

자기 방에 반 친구가 찾아오다니, 전생에서도 없었던 생전 처음 경험하는 일이라 기쁨과 긴장감이 교차하는 아델이었다.

그러고 보니…….

'아차! 의자가 없어!'

깜박했다.

손님을 침대에 앉히자니 미안하고, 친구 셋을 침대에 앉히고 혼자 의자에 앉는 것도 왠지 자기가 높은 입장이 되어 모두를 내려다보는 것 같고, 3대 1 같은 구도도 싫었다.

그렇게 생각한 아델은 당황하며 말했다.

"미, 미안해요. 의자를 준비한다는 걸 깜박했네요! 밑에 있는 오락실에 가서 의자를 빌려올 테니 잠깐만 기다려주세요!"

그리고는 대답도 듣지 않고 방에서 뛰쳐나가는 아델.

"참 어수선한 아이네요!"

"그러게 말이에요……. 그런데 방이 넓다는 말의 의미는 대충 알겠어요."

마르셀라의 말에 그렇게 대답하는 모니카.

그렇다, 확실히 넓긴 넓었다.

다른 사람들과 같은 크기의 방이기는 했으나 들인 가구 하나 없고, 가져온 짐을 넣을 트렁크도 없고 장식품, 촛대, 인형이고 뭐고 있는 것이 없었다. 텅 빈 그대로, 하나도 바뀌지 않은 방이었다.

"멋질 만큼 아무것도 없네요……."

올리아나가 감탄사를 흘렸다.

평민인 올리아나의 방만 해도 짐을 넣어 가지고 온 캐리어 가방, 시내에 나가 산 값싼 중고 가구, 그리고 마을 사람들이 준 여러 가지 소품들이 놓여 있다.

그때 마르셀라가 붙박이장의 손잡이를 확 움켜쥐었다.

"아, 아가씨! 아무리 그래도 그건 좀!"

당황하며 막으려는 모니카를 무시하고, 옷장 문을 여는 마르셀라.

"사복이 없어……."

그곳에 있었던 것은 학원에서 지급해준 교복과 운동복뿐이었다.

다음으로 아래 서랍을 열려고 손을 뻗는 마르셀라.

"아, 안 돼요! 그건 진짜 안 돼요!"

모니카가 초조해하며 마르셀라의 손을 붙들려고 했지만, 서랍을 여는 마르셀라의 손이 더 빨랐다.

"없어……."

그 안에도 아무것도 없었다.

"흑……."

그 순간 간신히 억누르는 듯한 신음이 들려 손을 멈추고 뒤돌아본 마르셀라와 모니카의 눈에 비친 것은 마르셀라를 따라 책상 서랍을 연 올리아나가 눈물이 맺힌 채 서랍 안을 응시하는 모습이었다.

"뭐가 나왔어요?!"

거침없는 기세로 책상에 다가가 서랍 속을 들여다보는 마르셀라와 죄책감에 살짝 망설이면서도 그녀를 뒤따르는 모니카.

그렇게 서랍 안을 본 두 사람은.

""흑…….""

아연실색하며 그대로 얼어붙은 마르셀라. 눈가에 눈물이 맺힌 모니카. 그리고 올리아나는 이미 눈물이 뺨을 타고 흘러내렸다.

서랍에 들어 있던 것은 두꺼운 뼈였다.

접시 위에 올려둔, 살점은 하나도 붙어 있지 않은, 그저 뼈 하나.

주방에서 얻어온 것인지 몇 번이고 갉아먹은 흔적이 있는 뼈 하나.

"이게, 그 아이의, 간식……?"

마르셀라의 입에서 멍한 중얼거림이 새어 나왔다.

아델이 오락실의 간이 의자 두 개를 가지고 방에 돌아왔을 때,

서랍은 이미 원래대로 닫혀 있었고, 여자아이들의 눈물도 흔적 없이 전부 닦인 상태였다.

"미안해요, 기다리게 해서……."

"괘, 괜찮아요. 이 정도쯤이야……. 그것보다도 물어보고 싶은 게 있어요."

아델은 빌려 온 의자와 원래 있던 의자를 살짝 곡선이 되게 배치했다. 그리고 자신은 침대에 걸터앉았다. 아무리 아무것도 없는 방이라지만, 그래도 의자 네 개를 일렬로 놓을 공간은 없었다.

"네, 무슨 질문인가요?"

"무시험으로 입학했다고 들었는데, 그럼 아델 씨는 귀족인가요?"

아아, 역시 알고 있네, 하고 생각하면서도 모처럼 방에 놀러와준 친구에게 거짓말을 할 수는 없었던 아델은 솔직하게 대답했다.

"네, 뭐……. 하지만 가문의 이름을 밝히면 아마 저는 죽임을 당할 거예요. 아버지 그리고 재혼해서 아이를 데리고 들어온 새엄마한테……."

으흐윽, 하고 이상한 소리를 내뱉는 모니카.

"……그, 그렇군요. 그럼, 아델 씨는 혹시 무술이나 마법이 장기라든가?"

귀족에게는 자주 있는 일이라며, 필사적으로 자제하며 평정을 가장하는 마르셀라.

올리아나는 소리도 못 내고 얼굴이 창백해졌다.

"네? 아, 저는 평범한데요? 실력시험도, 저보다 앞 순서였던 사람이랑 거의 비슷한 수준이었고……."

이 아이, 어리바리하잖아?!

마르셀라는 다른 사람들이 쑥덕거리던 내용이 드디어 이해되었다. 아마 아델은 자기 앞에 있던 사람이 신입생으로서 각각의 분야에서 최상위급이었다는 것을 전혀 몰랐으리라. 고의로 실력을 숨기고 거기에 맞춰 한 연기가 다 들통났다는 사실까지도…….

실력을 숨긴 것은 자신의 능력이 뛰어나다는 사실이 밝혀지면 새 동생에게 방해가 된다며 부모에게 배제될 테니까?

"그, 그렇군요. 펴, 평범하네요……."

"네! 참 좋죠, 평범하다는 건!"

""""…………."""""

마르셀라는 그제야 겨우 생각해냈다.

당초의 목적을 이루어야 한다고.

"아델 씨, 아델 씨는 남학생들과 사이가 좋은 것 같던데……."

그 말에 아델이 기다렸다는 듯이 덤벼들었다.

"맞아요, 바로 그거 말인데요! 어떻게 좀 안 될까요……? 저, 남자를 대하기가 어렵거든요. 아버지 이외의 남자와는 거의 말해본 적이 없어서…… 남자 친구 따위, 지금은 만들 여유도 없고요. 그런 건 어른이 되어 혼자 힘으로 충분히 살아갈 수 있게 된 후에 사귀어도 되는데……. 어떻게, 절 좀 내버려두게 할 방법 같은 거 없나요……?"

""""엥……."""""

진심으로 고민이라는 아델의 호소에 어이없어하는 세 사람.

처음에 따지려던 말 따위는 어느새 저 멀리 날아가버렸다.

어떻게든 자연스럽게 이야기를 이어나가려고 마르셀라가 순간 떠올린 화제는…….

"그, 그래서 내일은 어디에 나가거나 할 건가요?"

"아, 네, 휴일에는 온종일 아르바이트를 해요. 무일푼이어서 생활비고 뭐고 아무것도 없거든요……. 내일 돈 받으면 어떻게든 속옷 한 벌은 살 수 있을 것 같아요!"

기쁘게 말하는 아델을 본 세 사람은 이제 한계에 도달했다.

새파랗게 질린 얼굴로 바들바들 떠는 올리아나.

반대로 얼굴이 새빨개져서 입술을 깨물며 눈물을 겨우 참는 모니카.

그리고 필사적으로 평정을 가장하는 마르셀라.

"그, 그럼 우리가 너무 오래 있으면 방해될 테니, 스, 슬슬 가볼게요……."

"앗, 좀 더 느긋하게 있다가……."

아델이 붙잡으려 하자, 마르셀라가 자리에서 일어서며 대답했다.

"시간이야 충분히 많잖아요? 앞으로 3년이나 있으니까."

"……네엣!"

기뻐하는 아델의 배웅을 받으며 세 명의 소녀는 각자의 방으로 돌아갔다.

"해냈어! 친구 방문 이벤트를 체험했어! 친구가 셋이나 늘었다고!"

아델은 뛸 듯이 기뻐했다.

세 사람이 돌아가는 길에 아무 말도 나누지 않았다는 것은 당연히 알 리 없었다.

냐옹.

"아, 왔다 왔어……."

열어둔 창문 틈으로 검은 고양이 한 마리가 스르륵 들어왔다.

아델이 서랍에서 접시를 꺼내 책상 위에 올리자 검은 고양이는 접시에 담긴 굵직한 뼈를 갉아먹기 시작했다.

"그런데 너, 그 뼈 되게 좋아하는구나……. 다음에 새것으로 또 받아 올게."

새로운 한 주가 시작되고 이틀 후, A반 교실.

"아델 씨, 잠깐 괜찮아요?"

"아, 마르셀라 씨!"

자기를 부르자 기뻐하며 다가온 아델에게 마르셀라는 종이 꾸러미를 내밀었다.

"사이즈를 잘못 사버렸지 뭐예요. 아델 씨한테는 맞을 것 같아서."

"앗, 저 주는 거예요?"

건네받은 종이 꾸러미는 비교적 컸다.

"고마워요! 열어봐도 돼요?"

"아, 안 돼요! 방에 가서 혼자 열어보세요!"

81

마르셀라가 살짝 얼굴을 붉히는 것으로 보아 대충 내용물이 짐작이 갔다.

그것은 일반적으로 여자아이가 사이즈를 착각할 만한 물건이 아니었다.

"마르셀라 씨……."

감동이 밀려온 아델은 마르셀라를 와락 껴안았다.

"가, 갑자기 왜 이래요! 아델 씨, 놓아줘요!"

새빨개진 얼굴로 바동거리는 마르셀라였지만, 무의식중에 힘이 들어간 아델의 포옹에서 벗어나기란 불가능했다.

그리고 그 모습을 부러운 듯이 지켜보는 반 아이들.

다음 날부터 어째서인지 반 아이들은 남녀를 불문하고 아델에게 과자, 말린 고기 등을 건네기 시작했다.

아델은 이상하게 여기면서도 감사히 받았지만, 너무 감동한 나머지 상대방을 껴안는 일은 없었다.

"어째서? 어째서 아델이 나는 안 안아주는 거지? 응? 이째서?"

"내, 내가 어떻게 알아요, 그런 거!"

여자아이들에게 둘러싸여 난처해하는 마르셀라.

근처에 있던 다른 여학생들도 가세했다.

"마르셀라, 도대체 뭘 줬기에 아델이 껴안아준 거예요?"

"벼, 별것 아녜요!"

"별것 아닌 게 아니잖아요! 도대체 뭘 줬는데 그래요?!"

"모, 몰라요!"

"부탁이에요, 가르쳐줘요! 나도 아델한테 안기고 싶단 말예요!"

"나도! 나도 아델한테 포옹받고 싶어요!"

"나도!"

"나, 나도……."

"""""남자는 찌그러져 있어!"""""

제4장 훈련

다음 날, 첫 무술 실습 시간.

"자, 지금부터 무술 훈련을 시작하겠다!"

담임 바제스는 무술 훈련 교관이기도 했다.

학생들은 모두 운동복 위에 가죽 방어구를 착용했다. 가죽 방어구는 개인 지급이 아니라 무술 수업 때에만 빌려주는 공용품이었다. 상급인 아들레이 학원이라면 무기와 방어구 등도 전부 개인에게 지급되겠지만…….

가죽과 타인의 땀 냄새가 섞여 조금 견디기 힘들었지만, 팔자 좋은 소리를 할 때가 아니었다.

"원래는 기초 체력을 키우고 기본적인 휘두르기 연습부터 시작해야 하지만, 어차피 너희는 그런 따분한 훈련을 싫어하겠지. 그래서 일단 모의 대결부터 벌여서 기초의 중요성을 와 닿게 하겠다. 먼저 시범부터 보일까……. 경험자가 있으면 앞으로 나오도록!"

바제스의 지시에 몇몇 남학생들이 나갔다.

"누가 시범을 보여봐!"

하지만 아무도 적극적으로 나서려고 하지 않았다.

별수 없어 바제스가 한 명을 지목하려던 찰나에.

"제가!"

남작가 다섯째 아들 켈빈이 한 걸음 앞으로 나왔다.

"오오, 켈빈인가! 좋아, 해봐라! 대결 상대는 네가 골라도 좋아."

학원에서는 신분에 따라 상하를 두지 않기 때문에 교사는 귀족 학생도 이름으로 불렀다.

켈빈이 경험자들을 힐끗 훑어보자 다들 시선을 회피했다.

무술 경험자들은 대부분 귀족 자제로, 켈빈의 실력은 실력시험 때 보아 이미 알고 있었다.

켈빈은 천천히 둘러본 후 손가락을 들어 한 사람을 가리켰다.

"너야! 너랑 대결하겠어!"

"앗? 어째서 저를?"

갑작스레 그가 자신을 가리키며 선언하자, 황당해하는 아델.

"저기, 저는 경험자가 아닌데요……."

아델은 그렇게 말하며 도움을 요청하는 눈으로 바제스를 바라보았다.

하지만…….

"오, 아델인가! 좋아, 재미있을 것 같으니까 그렇게 해라!"

아델에 대해 교사들 사이에서도 이야기가 오갔던 터라 그렇지 않아도 실력을 확인하고 싶었는데, 예상 외로 기회가 빨리 찾아와 바제스가 히죽 웃었다.

"네에~……?"

켈빈에게 느닷없이 지명당한 것도 모자라 교관마저 모의 대결에 나서라고 지시하니 아델은 적잖이 당황했다.

자신을 지명한 소년에 대해서는 이제 겨우 얼굴과 이름을 외운 정도였다.

아델이 문득 시선을 느끼고 돌아볼 때마다 항상 자신을 뚫어지게 쳐다보던 소년.

한때는 '나한테 반했나?' 하고 생각했지만, 아무래도 그것과는 다른 분위기였다.

마치 라이벌이라도 보듯 험악한 시선이었던 것이다.

라이벌로 삼을 거면 자신같이 평범한 아이 말고 좀 더 재능 있는 아이 쪽이 나을 텐데, 하고 생각한 아델이었다.

"저기, 살살 부탁합니다……."

목검을 잡은 아델의 말에도 켈빈은 아무 대꾸 없이 검을 쥐고 자세를 취할 뿐이었다.

'우왓, 진심으로 할 건가 봐……. 아무리 목검이라고 해도 가죽 방어구로는, 세게 맞으면 아플 텐데…….'

아델의 방침이 정해졌다.

평범한 여자아이 모드, 그러니까 각성 전 신체 레벨로 상대했다가는 순식간에 패배하리라. 그렇게 되면 앞으로 있을 실습에서도 그 정도 수준을 연기해야만 하고, 제대로 된 훈련을 받을 수 없을 것이다. 그래서는 곤란하다.

힘과 스피드는 있지만 기술은 전혀 없는 아델은 졸업 후에 대비해 성실하게 훈련 받을 필요가 있었다. 그러려면 힘을 조금 드러내서 그럭저럭 강한 남학생과 모의 대결도 펼쳐보고 교관에게 나름대로의 지도를 받아야 한다.

그리고 제대로 맞으면 얼마나 아프겠는가.

어쨌든 몸에 맞지 않도록 검으로 공격을 받거나 피할 것이다.

어느 정도 상대하는 모습을 보여준 다음 적당한 지점에서 검을 힘껏 날려 떨어뜨리거나, 최대한 안 아플 것 같은 공격을 한 방 맞아주고 끝내야지.

아델은 그렇게 생각하고 모의 시합에 임했다.

"시작!"

교관 바제스의 신호와 함께 켈빈이 아델에게 달려들었다.

여기서는 일본의 검도처럼 스치듯 걷기라든가 밀어걷기 같은 개념이 없었다. 아마 기본적으로 싸움터에서 다수의 적을 상대로 뛰어다니는 싸움이 주안이기 때문이리라.

한순간 간격을 좁혀 상대가 미처 반응하기도 전에 위에서 검을 내리치는 켈빈. 아무래도 여자를 상대하는 만큼 얼굴과 머리 쪽을 겨누기 꺼려졌는지 방어구를 착용한 어깨 쪽을 노렸는데, 검도 용어로 말하면 '가사베기(어깨부터 비스듬히 베는 기술)'였다.

'이겼다!'

켈빈이 그렇게 생각한 순간.

휘익!

"아……."

자신 있게 내리친 검을 허무할 만큼 쉽게 피해버리자, 순간 동요한 켈빈.

하지만 그는 그 정도로 빈틈을 보일 만큼 미숙하지 않았다. 그는 재빨리 검을 들어 올린 다음 왼쪽으로 피한 아델의 몸통을 향해, 오른쪽에서 수평으로 목검을 휘둘렀다.

타악!

아델이 검으로 그의 공격을 받았다.

가사베기를 피하면서 자세가 흐트러졌는데도, 자기 방향에서 봤을 때 왼쪽 옆구리로 들어오는 재빠른 참격(斬擊)을 거뜬히 받았던 것이다.

켈빈은 그 후로도 참격을 계속 가했고, 아델은 그것을 계속 받았다.

'젠장, 어째서! 자세도 움직임도 초보자 같은데, 왜 저렇게 빨라! 왜 내 모든 공격을 받아내는 거야!'

점차 조바심이 난 켈빈과 마찬가지로 아델 역시 초조해하고 있었다.

'으헥! 공격이 점점 세지잖아! 안 아프게 질 타이밍을 못 잡겠네!'

마침내 몸이 달은 켈빈이 승부수를 띄웠다.

'전부 검으로 받아낸다면 처음부터 검을 노리고 힘으로 튕겨내 주지!'

아델이 쥔 검의, 자루보다 약간 윗부분을 향해 날린 참격.

켈빈의 검은 끝에서 3분의 1 정도로, 휘두르는 반동이 붙어 힘이 가장 많이 실린 부분인 반면 아델의 검은 정지 상태에 있는 자루 바로 윗부분이었다.

'튕겨 나가겠는데!'

아델은 자기도 모르게 긴장해서 손에 힘을 주었다.

끼익…….

아델의 목검이 삐거덕거리며 귀에 거슬리는 소리를 냈다.

우당탕탕!

켈빈이 휘두른 목검이 아델의 목검 자루 근처에 강하게 부딪힌 순간, 저린 손에서 떨어진 검이 요란하게 땅 위를 굴렀다.

"앗……."

아무것도 쥐지 않은 자신의 양손을 아연한 표정으로 바라보는 켈빈.

'아…….'

망했다, 하고 생각한 아델이었지만 이미 늦었다.

아델의 근력 역시 마력과 마찬가지로 인식의 차이인지 계획 착오인지 아니면 고의인지는 몰라도 신 때문에 엄청난 수준이었다.

하지만 일상생활에서는 무의식중에 안전장치가 작용하여, 각성 전과 같이 '평범한 소녀로서의 힘의 범위'로 자유롭게 쓸 수 있었다. 아델이 각성한 후 며칠 동안 이상할 만큼 알아채지 못했던 것도 그 때문이다.

하지만 아델이 의식해서 힘을 내려고 하는 경우나 무의식중이라도 강력하게 힘을 실었을 경우에는 나오는 힘의 범위가 완전히 달라진다.

자동 변속 차량의 기어를 올린다고 설명하면 이해가 쉬울까…….

이 경우, 원래 가진 마력의 차원이 다르기 때문에 토크(자동차 엔진을 회전시키는 힘) 부족을 염려할 필요는 없다.

이렇게 인간의 범위에서 벗어난 힘으로 잡은 목검을 치면 어떻게 될까.

보통 검으로 때리면 상대방의 검에 충격이 가 움직이면서 힘이 분산된다. 그런데 만약 있는 힘껏 쳤는데도 상대가 전혀 움직이지 않는 바람에, 그 반동으로 모든 힘이 고스란히 자신의 팔로 돌아온다면?

마치 쇳덩어리를 있는 힘껏 때린 것과 같아서, 팔에 진동이 와 검을 놓칠 가능성이 매우 높아진다. 지금처럼 말이다.

"거기까지!"

"아, 아니, 방금 그건 그냥 손이 미끄러진 거예요!"

시합 종료를 선언한 바제스에게 반론하는 켈빈.

하지만 바제스는 어이없다는 듯 입을 열었다.

"호오, 전쟁터에서 검을 떨어뜨렸을 때도 그렇게 말할 건가? 방금 그건 손이 미끄러진 것일 뿐이니 주울 때까지 기다려달라, 그렇게 적군한테 부탁이라도 할 셈인가?"

"윽……."

'위험해! 상당히 위험한 전개야!'

눈치가 없는 편인 이델노 지금 상황이 썩 좋지 않다는 사실은 잘 알았다.

자신만만해 보였던, 그러니까 상당히 강했던 남자애에게 처음부터 이기고 말았다. 검을 처음 잡아본다는 설정이었건만…….

이러면 안 된다. 지극히 평범한 여자애로서, 좋지 않다.

"저, 저기! 저는 계속해도……."

"호오?"

재미있네, 하는 표정을 짓는 바제스.

"어떻게 할래?"

바제스가 묻자 켈빈은 잠자코 검을 쥐며 자세를 바로잡았다.

'어쩐담? 검을 떨어뜨리면 일부러 그러는 것처럼 보일 테고, 역시 좀 아프더라도 그냥 맞아줄 수밖에 없나⋯⋯.'

각오를 다지고 다시 승부에 임하려 목검을 쥐는 아델.

그리고 켈빈의 파고드는 공격부터 시작해 검 대결이 재개되었다.

짧은 시간이어서 아까의 피로가 회복되지 않았지만, 그것은 상대도 마찬가지였다. 여자 쪽의 체력이 더 약한 만큼 소모도 심했을 터. 그렇게 생각한 켈빈은 공격 공세를 퍼부었다. 그리고 그것을 하나하나 받아넘기고 처리하는 아델.

대결이 계속되어도 피곤한 기색이 전혀 없는 아델의 모습에 켈빈은 다시 초조함이 일기 시작했다. 계속 공격만 하다 보니 자신의 몸에 슬슬 한계가 왔다. 지쳐서 목검을 휘두르는 악력이 점점 약해지는 것을 느꼈다. 숨도 거칠어졌다.

'어째서야⋯⋯, 왜 내가 못 이기는 거야! 왜 내 일격이 안 먹히는 거냐고! 이런 초짜한테!'

패배는 용납할 수 없다.

⋯⋯누구한테 패배하는 것을? 누가 용납할 수 없는가?

'나 자신, 인 게 뻔하잖아아아!'

한편 아델은 어떻게든 최대한 고통 없이 자연스럽게 질 수 있도록 그럴싸한 기회가 오기만을 호시탐탐 엿보면서 반사적으로 격렬한 칼싸움을 이어가고 있었다.

　방어구를 차지 않은 곳이나 이음매 부분, 가죽이 얇은 곳 등을 맞는 것은 아파서 싫고, 아까 그렇게 세게 맞았을 때도 목검을 떨어뜨리지 않았는데 이제 와서 너무 쉽게 떨어뜨리는 것도 부자연스럽다. 그렇게 생각하면서 계속 칼을 주고받은 아델은 그것이 속도, 위력, 그리고 지속력 등 모든 부분에서 평범한 열 살짜리 여자아이가 할 수 있는 범위가 아니라는 사실을 전혀 깨닫지 못하고 있었다. 애초에 대전 상대인 켈빈이 신입생 중에서 두드러진 능력을 가졌다는 사실조차…….

　그렇게 칼싸움이 얼마간 이어진 후.

　'지금이다!'

　살짝 자세가 흐트러진 켈빈에게서 뿜어져 나온 그 참격은 지금까지의 공격에 비해 턱없이 약했다. 이 절호의 기회를 놓치지 않겠다며, 아델은 자신의 검을 천천히 움직여 켈빈의 검이 정확히 자신의 방어구 가죽이 두꺼운 부분에 닿도록 몸을 이동했다.

　'좋아, 방어가 힌빌 늦은 척하면서 여기에 닿게 하면!'

　그리고 아델은 타격에 의한 고통에 대비해 몸에 힘을 주며 눈을 꼭 감았다.

　'……엥?'

　아무리 기다려도 느껴지지 않는 충격에 아델이 다시 눈을 떴다. 그러자 눈앞에는 새빨개진 얼굴로 몸을 부들부들 떠는 켈빈과 아차, 하는 표정의 바제스가 있었다.

"웃기지 마!"

켈빈은 그렇게 소리치며 목검을 땅에 내팽개치고 뛰쳐나가버렸다.

영문을 몰라 어리둥절하게 서 있는 아델.

"너 말이야……. 조금은 남자애의 체면 같은 것도 좀 생각해주지그래……."

바제스의 말에 고개를 끄덕이며 동조하는 반 아이들.

'응? 내가 뭘 어쨌는데?'

"뭐, 됐다. 조금 전 일은 화내는 것도 무리가 아니니, 수업시간에 무단이탈한 켈빈에게 징계는 내리지 않겠다. 자, 그럼 너희들도 두 사람씩 짝을 지어 가볍게 대결을 펼치도록."

반 아이들은 각자 조를 짜서 연습을 시작했는데, 켈빈이 빠져 홀수가 되었기 때문에 아델과 짝이 되려는 아이는 아무도 없었다. 마르셀라마저도 눈을 마주치지 않으려고 노력했다.

"어쩌다가 일이 이렇게……."

아델이 혼자 멀뚱히 서서 만지작거린 목검은 자루가 아델의 손가락 모양으로 함몰되어버려 더는 못 쓰게 되었다.

* *

오늘은 마법 실습이 시작되는 날이었다.

오늘은 무술 실습 때처럼 실패하지 않겠노라고 굳게 마음을 다지는 아델.

　반 정원 서른 명 중 마술사의 재능이 보인다고 판단되는 사람은 여섯 명, 집안일 할 때 편리한 수준인 사람이 아홉 명이었다. 평균보다 상위 수준인 사람의 비율이 높았지만, 마술사 수준으로 마법을 쓸 수 있으면 어떻게든 학원에 보내 미래에 기대를 걸어 보는 것이 당연하니 하나도 이상하지 않다.

　"일단은 마법을 쓸 수 있는 사람과 쓸 수 없는 사람 모두, 이론 시간에 배웠던 대로 해봅시다. 형태만이라도 좋으니, 마법을 쓴다는 것을 체험하면 장차 어떤 일이든 도움이 될 테니까요."

　학생들은 마법 실기 교관인 미셸라의 말에 따라 마법 주문을 외기 시작했다.

　아델 옆에는 마르셀라 삼인조가 열심히 집중하고 있었다.

　마르셀라는 '집안일에 편리한 정도', 모니카와 올리아나는 재능이 아예 없는 그룹에 속했다.

　마술사의 가치는 한 번에 쓸 수 있는 마법의 위력과 연속해서 쓸 수 있는 양, 그리고 다시 쓸 수 있을 때까지의 회복 능력으로 결정된다.

　아무리 강력한 마법을 쓸 줄 알아도 일회성으로 끝나서야 마음대로 마법을 부리기 힘들고, 다시 쓸 수 있을 때까지 시간이 너무 걸려도 불편하다. 그에 비해 설령 위력이 약하더라도 연속 사용이 가능하고 회복도 빠르다면 나름대로 활용할 수 있다.

　예컨대 한 번에 10리터의 물을 만들 수 있는 대신 하루에 한 번만 가능한 것보다는 한 번에 5리터의 물밖에 못 만들어도 세 번 연속으로 만들 수 있다든가, 2리터 밖에 못 만들어도 회복이 빨라 1시간마다 만들 수 있다든가 하는 편이 훨씬 도움이 된다.

전투 시에 쓰는 공격마법의 경우 한 방의 위력과 연사 가능 횟수 중 어느 쪽이 유리한가는 그때의 상황에 따라 다르므로 일률적으로 말할 수는 없지만……

'……으음?'

아델은 주문을 계속 외는 세 사람의 모습에 약간 위화감을 느꼈지만 지금은 수업 중. 그 부분은 나중에 다시, 하며 의식에서 밀어냈다.

그 후 미셸라 선생님은 마법을 쓸 수 있는 사람 전원에게 마법을 쓰게 하고, 마법을 못 쓰는 학생들에게도 '마법을 쓰는 것'에 대해 인식시켰다. 교사로서 상당히 뛰어난 인물 같았다.

다만 아델이 지극히 평범한 마법을 쓰는 모습에는 기대가 엇나갔는지 살짝 실망스러운 눈치였다.

"저기, 방과 후에, 시간 좀 내줄래요?"

"아, 아아, 그럼요."

아델이 진지한 표정으로 그렇게 부탁하면 도저히 거절할 수 없다. 수업 후에 만나자는 아델의 부탁을 마르셀라는 흔쾌히 승낙했다.

그리고 그날 방과 후.

"미안해요, 이런 데까지 오게 해서……"

아델을 따라 세 사람이 간 곳은 무려 왕도의 북문을 빠져나와 얼마간 걸어간 숲속이었다.

"뭐, 뭐예요. 왜 굳이 이런 곳으로……."

"미안해요. 좀 확인하고 싶은 게 있어서……. 다만, 지금부터 제가 하는 이야기는 아무에게도 말하지 않겠다고 약속해줄 수 있어요?"

"아, 아아, 그거야 상관없지만……."

모니카와 올리아나도 고개를 끄덕였다.

"다름이 아니라 여러분이 마법 연습을 하는 걸 봤는데, 방법이 좀 이상한 것 같아서……."

아델의 말에 세 사람은 무슨 소리인지 모르겠다는 표정을 지었다.

"저기, 여러분은 주문을 외우는 것에 집중하는 듯 보였는데 요……."

"네. 마법을 쓰려면 주문이 제일 중요하잖아요?"

"아니에요."

"""네에?"""

아델이 마르셀라의 말을 부정하자 깜짝 놀라는 세 사람.

"주문 따위, 마법의 이미지를 쉽게 떠올리게 하기 위한 수단에 불과해요. 그러니까 어떤 말이든 해도 상관없고, 이미지만 생긴 다면 영창하지 않아도 상관없어요. 마법을 쓰는 사람의 주문이 다 다르고, 무영창이라는 방법도 있잖아요?"

"하, 하긴 그건 그러네요……."

아델의 설명에 마르셀라가 살짝 고개를 끄덕였다.

"그래서 중요한 건 머릿속에서 어떤 마법을, 어떤 식으로 쓰고 싶은지 강하게 염원하고 그걸 머리 밖으로 방사하는 듯한 느낌으로 하는 거예요. 주문은 그냥 이미지에 맞는 말을 적당히 외쳐서 기운을 북돋우기만 하면 돼요."

"그, 그런 말은 처음 들어봐요! 무영창은 그냥 목소리로 내지 않는 것이지, 머릿속으로 똑같이 영창해서 마법을 발동하는 거라고 배웠는데요! 그리고 방사는 또 뭐예요?!"

지금까지 배운 내용과는 전혀 다른 아델의 설명에 멍한 표정을 짓는 삼인조.

아델은 사념의 방사, 라는 개념에 대해 세 사람에게 설명해주었다.

"그리고 이미지는 말이죠…… 물을 만들어낼 때는 공기를 꼭 비틀어 물을 짜낸다, 는 이미지를 떠올려보세요. 젖은 수건의 물기를 짜듯이……. 한번 해보지 않을래요?"

아델의 말에 세 사람은 반신반의했다.

그러다가 세 사람 중 가장 호기심이 왕성하고 마법은 아예 못 쓰는, 상인의 딸 모니카가 제일 먼저 시도해보았다.

"으음, 물, 물, 공기를 짜서 물이여 나와라~!"

첨벙첨벙.

"아얏……."

마법을 전혀 못 쓰는 모니카의 눈앞에서 10리터 정도의 물이 흘러나와 지면을 적셨다. 그것은 '집안일에 편리'한 수준이 아니라,

마술사가 될지도 모르는 실용 수준에 가까웠다. 여기서 모니카에게 마법사가 일반적으로 구사하는 연속횟수와 회복속도만 있다면. 그리고 조금 더 훈련을 쌓는다면…….

"거짓말……."

아연해하는 모니카.

상인에게 물마법은 무척 이로웠다.

인간은 적어도 하루에 2리터의 물이 필요하다. 살인더위 속에서 여행이라도 하게 되면 물론 더 많은 양이 필요할 것이다. 그리고 말은 하루에 30~40리터의 물을 필요로 한다.

지금, 두 마리의 말이 끄는 마차 한 대에 마부와 세 명의 호위병사가 타고 있다고 가정해보자.

물 보급이 불확실한 20일간의 여행에서, 물만 생각하면 적재량이 얼마나 될까?

약 1,600리터, 즉 1.6톤이다. 거기에 식량과 말 사료까지 더하면 장사할 물건을 실을 여분의 공간이 큰 압박을 받는다.

그런데 만약 1시간에 10리터의 물을 만들어낼 수 있는 자가 있다면?

중견 상인의 딸로 아버지의 인맥도 어느 정도 되고, 게다가 거대한 물통도 되어주는 귀여운 소녀.

방금 상인에게 모니카의 가치가 대폭적으로 상승했다.

적어도 이제는 아무리 언니 오빠가 있다고 한들, 유력자의 정부로 보내질 가능성은 크게 감소했다. 못해도 독립한 소규모 상인의 아내 정도는 될 수 있으리라. 어쩌면 더 위, 그러니까 중견 상인의 후계자도 사정권 내에…….

"거짓말……, 거, 거짓말……."

땅에 무릎을 꿇고 주저앉는 모니카.

그 모습을 본 올리아나가 곧바로 소리쳤다.

"무, 물! 공기에 숨은 물이여, 꼭 짜여 우리 눈앞에 그 모습을 드러내라! 수구, 소환!"

뭔가 이상한 책에서 본 듯한 올리아나의 주문.

참방.

모니카만큼 많지는 않지만, 평생 물통이 필요 없을 정도로는 도움이 되리라. 장기간 여행에서도 매일 몸을 닦을 수 있다든가, 요리할 때 우물까지 다녀오지 않아도 될 정도로는.

"아하, 아하하……."

"그, 그런……."

두 사람의 마법에 어이없어하던 마르셀라도 정신을 차리고 주문을 외워보았다. 원래 어느 정도 물을 만들 수는 있었다. 그렇다면 그보다 더 많이!

"물이여! 공기에서 짜여 나와 창이 되어라! ……거침없이 날아가 적을 관통하라!"

콸콸콸!

10미터 정도 떨어진 나무에 부딪쳐 사방으로 흩어지는 물줄기.

나무를 관통할 힘은 없었지만, 적을 일시적으로 행동불능 상태로 만들기에는 충분한 그것은 훌륭한 공격마법이었다.

"해, 해냈어……. 공격, 마법……."

마르셀라의 목소리가 떨렸다.

마법 실력으로 밥을 벌어먹고 살 수 있는 자는 10퍼센트 정도. 하지만 그 대부분은 물통 대신이거나 연료 대신 등 비전투직이었고, 공격마법을 쓸 수 있는 사람은 수십 명 중 한 명꼴이었다.

다만 물과 불을 만들 뿐인 마법에 비해 공격마법은 문턱이 높았다. 마법으로 만들어낸 것들을 더욱 응축하고 운동 에너지를 가해 투사해야 하기 때문이다. 그것도 충분한 양과 충분한 속도로 말이다.

진짜 마법 발동의 원리, 물리법칙 등을 하나도 모르는 자가 적당한 주문을 읊으며 무의식 속의 사념 방사로 마법을 부리려면 상당한 재능이 필요했다.

입 밖으로 내뱉고 안 내뱉고는 그렇다고 치더라도, '힘 있는 언어'가 마법을 발현시킨다고 굳게 믿는 이 세계 사람들에게는 발현시킬 현상을 구체적으로 떠올리는 것이 아니라 그것을 나타내는 단어를 구성하는 데 의식을 집중하는 것이 중요했기 때문에 동시, 혹은 연속적으로 현상을 발현시키기란 무척 어려웠다.

누가 생각이나 할까? 바라는 효과를 소리 내어 외는 주문이 아니라, 말이라는 형태 없이도 자신의 사고를 간파하고 그것을 이루어주는 존재가 있다는 사실을.

말로 내뱉은 소망은 확실히 발현되므로 다들 그 효과를 높이는 방법 연구에 집중하는 것도 무리가 아니다. 물론 어느 정도 효과를 올려주는 것이 사실이니까. 설령 그것이 부차적인 요인 때문이라고 하더라도.

그런 이유로 공격마법을 발현시키는 사람은 사념의 내용이 불명확해도 힘으로 강하게 사념을 방사해 마법을 발현하거나, 방사는 그리 강하지 않아도 이미지가 비교적 명확해서 마법을 발현하거나 둘 중 하나였는데, 둘 다 '의식적인 사념 방사'가 아니라 주문 영창 시 무의식의 사념이 다른 사람보다 강력했거나 조금 더 구체적이었기 때문이다.

그래서 생활에 도움 될 수준은 아니었고, 더 복잡한 현상을 일으키는 '공격마법'은 쓸 수 있는 자가 상당히 적었다.

그것을 지금 마르셀라가 해낸 것이다. 아주 쉽게 말이다.

과연 얼마나 되겠는가? 공격마법을 쓸 수 있는 귀족 미소녀가.

만약 아내로 맞으면 파티 회장이든 사적인 자리든 침실에서든 항상 옆에 뛰어난 호위무사를 거느린 것과 같은 효과를 누릴 수 있다. 게다가 아이와 자손에게도 그 재능이 대물림될지도 모른다.

적이 많은 귀족에게 그것은 얼마나 가치 있는 일인가…….

조건 좋은 혼담이 들어올 것이 분명하다.

중년 아저씨의 후처가 되는 미래가. 유력귀족의 정부가 되는 미래가.

사라져간다…….

"우, 우와아아앙."

친구가 되어준 것, 그리고 속옷 선물의 사례로 살짝 서비스했다고 생각했을 뿐인 아델은 그녀들의 인생을 크게 변화시켰다는 사실을 알지 못하고, 흐느껴 우는 소녀들의 모습에 당황했다.

아델은 자신이 뭔가를 잘못했나, 하고 생각하기 시작했다.

"저, 저기, 이번 일은 비밀로……. 마법은 다음 실기시간에 각각 개별적으로 '뭔가 갑자기 해냈다!'는 느낌으로 부탁할게요. 그리고 주문 중에 '공기에서'라는 문구는 말로 하지 말고, 그 부분은 머릿속으로만 생각해주세요……."

겨우 조금 진정된 세 사람은 아델이 하는 말의 의미를 잘 이해했다.

마법을 쓸 수 있는 자와 쓸 수 없는 자의 절대적인 차이가 사실은 아주 근소한 차이에 지나지 않으며 간단히 극복할 수 있다는 것. 그리고 마법을 쓸 수 있는 자의 수준이 아주 사사로운 힌트 하나로 올라갈 수 있다는 것.

만약 이 사실이 알려지면 큰 소동이 일어날 것이고, 발안자는 그 지식을 전부 공개하게끔 나라에 신병이 확보되거나 아니면 존재가 밝혀지는 것을 싫어하는 아버지와 새엄마의 손에 죽게 되거나…….

"무, 물론이죠! 은인…… 아니, 친구를 배신하는 사람은 절대 귀족이라고 할 수 없어요!"

"약속을 지키지 않는 상인에게는 파멸이라는 미래밖에 없다고요!"

"음, 그러니까, 으음……, 평민은 거짓말 안 해요!"

"……아하."

""아하하.""

"""푸하하하하!"""

2일 후, 마법 실기수업 중에 세 학생이 차례대로 재능을 꽃피

우자 교관 미셸라는 몹시 기뻐했다. 자신의 교육 성과라며 말이다.

특히 어엿한 마술사라고 해도 지장 없을 능력을 보인 마르셀라에게 흥미가 생긴 반면 평범한 견습 마술사 정도의 마법밖에 못 부리는 아델에 대해서는 완전히 흥미를 잃었다.

＊　　＊

입학한 지도 1년 하고 2개월.

특별한 사건 없이 순조롭게 2학년이 된 아델은 평온한 학원 생활을 보냈다. 반 아이들 대부분은 그대로 올라가 A반이 되었고, 성적이 내려가 반이 바뀐 사람은 몇 명밖에 없었다.

생일이 빠른 아델은 벌써 열두 살이 되었다.

1년이 조금 넘은 시간 동안 받은 아르바이트비는 은화 백마흔네 닢. 그중 절반은 아이템 박스에 저금했다. 마르셀라에게 속옷을 산뜩 선물 받지 않았더라면 이렇게 모으지는 못했으리라. 드로어즈는 상당히 비싸니까.

가슴 쪽은 전생의 열두 살 때에는 미치지 못하지만, 그래도 조금 부풀었다. 조금은…….

1년 넘게 전에 마르셀라가 준 속옷 선물에는 가슴가리개도 있었는데 구겨진 사복, 은화와 함께 아이템 박스에 잠들어 있다가 이제 드디어 활약할 때가 온 것이다.

다만 가슴 부분이 두툼하게 만들어진 것을 골라준 마르셀라의 마음씀씀이에는 눈물이 앞을 가렸다.

이론은 상위권. 무술은 기술은 형편없지만 완력과 재빠른 몸동작으로 보완하는 파워 플레이어. 마법은 지극히 평범한 '마술사의 자질이 보이는' 수준. 입학 시의 무영창 마법은 아주 약한 불꽃마법 하나밖에 못할 뿐.

이것이 지금 아델에 대한 학원의 평가였다.

한편 마르셀라는 마법을 꽃피운 이래 전성기가 도래하여 최고 유망주로 인기를 끌었다.

공격마법을 쓸 수 있다는 사실을 안 집안에서는 '성급하게 굴지 마라', '가난한 귀족 아들 따위는 상대하지 마라'는 내용의 편지를 몇 번이고 보냈다. 최대한 높은 가문에 시집보내야겠다고 생각하는 것은 당연하지만, 마르셀라 본인이 '마음에 드는 멋진 남자가 아니면 싫다'고 나왔기 때문에 아직 혼담 등이 나오지는 않았다.

"이게 다 아델 씨 덕분이에요. 설마 제가 약혼자를 선택하는 주도권을 쥐게 될 줄은 꿈에도 생각하지 못했어요."

"아니에요, 저야말로 마르셀라 씨가 남자들의 공격을 떠맡아줘서 항상 고맙게 생각해요."

서로의 얼굴을 보며 생긋 웃는 마르셀라와 아델.

모니카도 실용 수준의 물마법을 쓸 수 있다고 알려진 다음부터는 장차 독립을 생각 중인, 자기 집의 수완 좋은 종업원이나 거래처 아들 등으로부터 결혼 이야기가 솔솔 나오는 모양이었다.

하지만 모니카는 '상인은 흥망성쇠가 심해. 5년 전에 덜컥 약속했다가 상대방이 망하기라도 하면 어쩔 거야!'라며 혼인하려고 하지 않았다. 역시 상인의 딸다웠다.

올리아나는 장학금을 받고 있기 때문에, 미래에는 공공기관에서 근무하거나 교사가 되거나 둘 중 하나였다. 다소 쓸 수 있는 마법도 '집안일에 편리'한 범주였다.

그래도 마법을 쓸 수 있게 된 올리아나는 행복했다. 평생 물 걱정은 하지 않아도 되니까. 만약 조난을 당해도 마실 물은 보장된다. 그리고 아델에게서 살짝 몰래 '물을 순식간에 시원하게 만드는 마법'을 배웠다. 그것도 할 수 있다.

냉각마법은 원래부터 있었지만 뭐랄까, 아델이 가르쳐준 방법은 '효율'이 좋았다. 집안일에 편리한 정도인 올리아나의 마력으로도 마실 물을 시원하게 만들거나 고기와 생선을 차게 할 수 있다. 그러니 아주 쓸 만하다…….

"어이, 알고 있겠지!"

"아, 네. 승부의 날이죠."

아델 일행에게 다가와 대뜸 말을 건 켈빈은 아델의 대답을 듣자마자 꽁한 표정으로 사라졌다.

"그나저나 참 질리지도 않나 봐요, 저분도……."

"하하하, 그러게요……."

마르셀라의 말에 쓴웃음으로 대답하는 아델.

켈빈은 입학 직후에 있었던 그 모의 대결 이후로 한 달에 한 번의 빈도로 아델에게 대결을 신청했다. 교관 바제스에게 부탁해서 무술 실기수업 때 연습 시합으로 치러졌기 때문에 특별한 문제는 되지 않았지만, 아델은 상당히 괴로웠다.

노력한다는 것도 알고 기분 역시 모르는 바는 아니지만, 어쨌든 그가 보내는 적의에 가득 찬 눈빛과 지고 난 후 뭐라고 형용할 수 없는 그 표정이 보기 싫었다. 같은 반이니까, 하고 아델은 꾹 참고 매번 상대해주었지만 유쾌한 기분은 아니었다.

다른 아이에게는 평범하게 대하는 꽤 좋은 녀석 같은데, 어째서 아델에게만 그런 태도를 보일까…….

그렇게 생각하자 아델의 마음속에 점점 불쾌한 감정이 축적되었다.

'잘 들어, 절대 일부러 지는 짓은 하지 마라! 다음에 또 그런 짓을 했다가는 켈빈 녀석, 진심으로 꼭지가 돌아버릴 테니까. 정말, 너라는 녀석은. 조금은 남자의 체면도 생각해주란 말이야…….'

이렇게 바제스에게서 장시간에 걸쳐 '남자의 섬세함'에 대해 개인수업을 받은 탓에 일부러 지는 짓도 못하게 되어버렸다.

매번 시합이 끝난 후 켈빈의 그 눈빛과 표정을 보는 것이 힘들다.

하지만 바제스의 '남자라는 동물에 대한 강의'는 아델에게 도움이 되었다. 아주 크게 말이다.

그리고 무술 실습시간.

늘 그래왔듯 수업에 들어가자마자 아델과 켈빈의 대결이 진행되었고, 여느 때와 다름없이 아델의 승리로 끝났다.

기술은 켈빈이 한참 위였지만, 그럼에도 압도적인 파워와 스피드 차이는 어쩔 수 없었다.

물론 인간을 초월한 힘을 내지는 않았지만 그래도 나이에 맞는 보통 여자애 수준인 '평범 모드'를 해제한 아델에게, 아무리 재능이 있다 해도 고작 열한두 살 정도의 소년이 이길 수 있을 리는 없었다. 아델이 일부러 지지 않는 이상은.

그리고 일부러 지는 것은 바제스가 금했을 뿐 아니라 지금은 아델 자신도 자신의 발연기를 자각하고 있었다.

평소대로 자신을 노려보는 켈빈의 시선에 아델은 짜증을 느꼈다. 늘 변함없는, 저 불쾌한 눈빛.

'왜 자꾸 노려보는데? 내가 뭐 잘못이라도 했나?'

십여 차례 대결이 반복되면서, 그때마다 그냥 넘겼던 표정과 눈빛에 왠지 지금은 화가 치밀어 올랐다. 마치 지금까지 쌓였던 것이 한 번에 폭발하기라도 한 것처럼.

"이제 그쪽이랑은 시합 안 해요. 이번이 마지막이에요!"

"뭐……?"

일순, 무슨 소리인지 이해하지 못하고 멍한 표정을 지었던 켈빈은 금세 얼굴을 붉히고 성을 내기 시작했다.

"무, 무슨 헛소리야?! 난, 너한테 이길 때까지…….."

"그건 그쪽이 마음대로 정한 기죠! 나랑은 아무 상관없잖아요?"

아델은 켈빈의 말을 중간에 뚝 끊고 말을 이었다.

"애초에, 이길 때까지 한도 없이 대결하다가 어쩌다 한 번 이기면 '내가 더 강해' 하면서 만족할 수 있나요? 1승 12패라도, 어쩌다가 이기면 그때 가서 멈추고 '내가 이겼다'라고? 무슨 그런 바보 같은 일이 다 있죠?"

"야……."

"그리고 저한테 이기면 뭐가 어떻게 되는데요? 딱히 기사를 꿈꾸는 것도 아닌 나를 이겨서 기사 면접시험에서 이렇게라도 말할 셈인가요? '내 3년간의 학원 생활은 빵집 알바생인 여자애한테 이긴 것이 전부였습니다. 지금 그 아이는 신부 수업을 받고 있습니다'라고!"

푸후훕!

반 아이들 중 몇 명이 웃음을 터뜨렸다. 교관 바제스는 필사적으로 참고 있다. 학생을 생각하는 마음이 깊은 바제스는 여기서 웃어서는 안 되었다. 절대로 말이다.

"애초에 난 마술사 타입이지 검은 잘 못 쓴다고요. 그쪽도 알잖아요? 역시 면접에서 말할 건가요? '검에 약한 마법사한테 계속 검 대결을 신청해서 열다섯 번째에 겨우 승리를 거머쥐었습니다!' 하고, 당당하게!"

푸하앗! 콜록콜록콜록!

마침내 학생을 생각하는 마음이 깊은 바제스도 무너졌다.

"무, 무슨……."

"그쪽이 하는 짓이 바로 그런 거예요! 내가 잘하는 마법 실습시간 때는 한 번도 도전장을 낸 적이 없으면서, 자기가 잘하는 무술 시간에만 덤벼들고. 마술사한테 검 실력으로 이기면 뭐가 기쁜데요?"

"나……."

"나?"

"나, 나는, 나는……, 우아아악~~!"

켈빈은 그대로 자리를 박차고 뛰쳐나갔다.

"아델, 너……."

곤란한 기색이 역력한 바제스.

"세상에는 아무리 타당해도 해서는 안 되는 말이란 게 있어……. 잠깐 얘기 좀 할까?"

결국 무술 실습의 남은 시간은 바제스와 반 아이들이 아델에게 '남자를 대하는 마음가짐에 대하여'라는 수업으로 마저 채웠다.

"……내가 잘못한 거야?"

"이번에도 켈빈에 대한 처벌은 없다. 그렇게 말하면 나라도 못 참을 거야."

바제스의 판정에 반 아이들이 모두 동의했다. 아델만 제외하고 말이다.

"남은 것은, 그렇지……."

바제스는 마르셀라 쪽을 향해 말했다.

"원더 쓰리, 좀 다독여줘라."

"워, 원더 쓰리? 지금 저희한테 말씀하시는 거예요? 그게 뭐예요……?"

이상한 별명으로 불려서 어리둥절해하는 마르셀라 일행.

"아아, 미안미안. 교사들 사이에서 그렇게 부르거든, 너희를. 평민, 상인의 딸, 귀족이 서로 신분이 다른데도 친하게 지내고,

믿기 힘들지만 동시에 마법의 재능을 꽃피웠잖아? 마법을 관장하는 정령의 마음에 들었다는 둥 신분을 초월한 우정에 여신님이 축복을 내렸다는 둥 하면서 원더 쓰리, 미라클 쓰리, 매직 쓰리 등등 다양한 이름으로 부르고 있단다."

"""엥⋯⋯.""""

깜짝 놀라 얼굴을 붉히는 세 사람.

"그러니까 인기 많은 'A반 미소녀 삼인조 플러스 원'인 너희가 상처 입은 섬세한 소년을 위로해줬으면 한다는 거지."

"뭐예요, 그게⋯⋯."

황당해하는 세 사람이었지만 하기야 켈빈의 그런 모습을 목격한 이상 거절하기도 힘든 노릇이었다.

"별수 없네요⋯⋯. 하지만 이건 저희한테 '빚'지시는 거예요."

반 친구를 위해 일단 받아들이지만, 제대로 된 대가를 요구하는 면에서 역시 고생을 많이 한 가난한 귀족 셋째 딸이었다.

"어쩔 수 없군⋯⋯. 다음에 무슨 일이 있으면 융통성을 발휘해주마."

"약속했어요! 그런데⋯⋯."

"응? 뭐?"

"그러니까, '플러스 원'은 무슨 뜻이에요?"

"아, 저 녀석이다. 장본인을 데려가면 곤란하겠지?"

그렇게 말한 바제스는 아델을 가리켰다.

그렇게 세 사람이 어떤 미라클로 원더한 매직을 부렸는지, 켈빈은 오후 수업에는 제대로 출석했다.

오후 마지막 이론 수업이 끝나고 교사가 교실을 빠져나간 직후, 켈빈이 아델의 자리로 찾아왔다.

귀찮은 일이 벌어질 듯한 예감으로 인상을 찌푸리는 아델.

'이제 좀 적당히 해라!'

그렇게 생각하자 점점 더 화가 났다.

"나는 질 수 없어! 난 벨리엄 남작가의 다섯째 아들로서 가문의 이름을 걸고 너를……."

"뭐라?"

아델의, 상당히 언짢은 듯한 저음이 조용한 교실에 울려 퍼졌다.

그리고 반 아이들은 동시에 이해했다.

아아, 오전에 한 시간이 조금 안 되게 했던 교육은 전부 허사로 끝났구나, 라는 사실을.

"……너, 누군데?"

((((뭐어어어어엇?!))))

그리고 너무도 예상 밖인 아델의 말에, 어이없어하는 켈빈뿐 아니라 반 아이들 전원이 소스라치게 놀랐다.

"시, 지금, 무, 무슨, 말을……."

동요를 필사적으로 억누르며 말하는 켈빈을 무시하고, 아델이 말을 이었다.

"나는 지고 또 져도 그때마다 더 단련해서 다시 도전하는, 우리 반의 켈빈이라는 남자애를 상대해왔어. 이유 모를 원망을 사고,

매번 증오로 가득한 눈빛으로 쏘아봐도 꾹 참고 말이지. 그런데 뭐야? 내가 지금까지 상대했던 게, 켈빈이라는 이름의, 기사를 꿈꾸며 노력했던 우리 반 남자애가 아니라 '남작가의 다섯째 아들'인가 뭔가 하는, 나랑 아무런 상관도 없는 생명체였다는 건가?"

"뭐……?"

"남작가의 다섯째 아들이 뭐? 그렇게 대단한가? 어떤 의미라도 있나? 어차피 귀족이란 거, 그전까지는 평민에 불과했던 자가 먼 옛날 선조가 어떤 공적을 세워서 귀족이 된 것일 뿐이잖아. 그는 분명 훌륭했지만, 그렇다고 그 자손인 너까지 훌륭한 건 아니잖아? 아니면 뭔가, 몸속에 평민과는 다른 색깔의 피가 흐르고 있나?"

((((우와아아아~!))))

신랄한 귀족 비판에 입이 쩍 벌어지는 반 아이들.

"저기 말이야, 귀족은 처음부터 귀족으로 태어나는 게 아니야. 태어난 후에 '귀족이 되는' 거지. 부모를 보고 자라면서 귀족으로서의 교육을 받고, 귀족의 정신인 노블레스 오블리주, '고귀한 자의 의무'를 가슴에 새기고."

((((아, 그래도 일단은 감싸는 말도 들어갔다…….))))

살짝 안도하는 반 아이들.

"그런데 지금 너는 뭐야? 평민과 함께 공부하는, 아직 귀족으로서의 마음가짐도 생기지 않은, 나라와 백성들에게 아무런 공헌도 못하고 세금을 축내기만 할 뿐인 네가, 귀족의 자손으로 뭘 선언할 셈이지? 그건 정말 귀족의 이름을 쓸 만한 일이고, 너한테는 소중한 가문의 이름을 쓸 자격이 있니? 정말로? 가문의 이름을 더럽힐지도 모른다는 각오는 되어 있어?"

"윽……."

(((((아아앗, 이럼 안 되는데!)))))

무섭게 추궁당하는 켈빈의 모습에, 불안해하는 반 아이들.

이대로라면 오전의 전철을 그대로 밟게 된다.

"……네 마음은 불타고 있어?"

"뭐라고……?"

아델이 한 말의 의미를 몰라 멍한 표정을 짓는 켈빈.

"네가 지금까지 했던 훈련에 대한 열의는, 네가 정말 스스로 바라고 한 거야? 아니면 귀족의 다섯째 아들인가 뭔가 하는 신분의 자존심을 지키기 위해 의무감으로 어쩔 수 없이 한 거야? 단련하는 게 즐거워? 강해지는 게 기뻐? 아니면 괴롭고 힘든데 참고 꾸역꾸역하는 거야? 그때 네 마음은 어둡고 차갑게 식어 있니? 아니면 신분이든 가문의 이름이든 상관없이, 강한 힘과 빛나는 미래를 믿으면서 뜨겁게 끓어오르고 마구 불타올랐니?"

아무 말 없이 점점 얼굴이 빨개지는 켈빈.

"나한테 넌 '귀족의 아들'이라든가 '남작가의 다섯째 아들' 따위가 아니야. 자신의 힘을 믿고 자신의 의지로 끊임없이 단련하고, 신분 따위 상관없이 자신의 힘으로 올라가기 위해 도전을 거듭하는, 한 남자아이지. 그렇게 생각했기 때문에 매번 시합에 응했던 거야. 알아? '켈빈'이라는 건 어떤 나라에서 쓰는 온도의 단위야. 그건 얼음은 0도, 물이 끓는 온도는 100도, 뭐 이런 식으로 안이

113

한 개념이 아니야. 영하 273도. 그건 모든 물질이 얼어붙고 시간마저 얼어버리는, 시간이 멈춘 세계야. 그걸 영도, '절대영도'로 삼는 아주 무서운 단위지. 그리고 고온의 경우 바위와 철까지도 녹여 증발시키는, 작열하는 세계야!"

아델은 검지를 들어 켈빈을 향해 가리켰다.

"너는 '남작가의 다섯째 아들'이라는 꼬리표를 달았을 뿐인, 그거 말고는 아무런 가치도 의미도 없는 남자니? 아니면 그런 것과는 상관없이 불타오르는 마음과 눈부시게 빛나는 영혼을 가진 한 남자, 그래, '작열하는 남자, 켈빈'이니?"

"나, 나는, 나는……."

눈물을 뚝뚝 흘리기 시작하는 켈빈의 모습에 그제야 제정신으로 돌아온 아델이 주위를 둘러보자, '믿기 어려운 광경을 봤다'는 듯 얼빠진 표정을 짓는 반 아이들이 있었다.

'야, 야단났네? 설마, 나 사고쳤나?'

초조해진 아델이 마르셀라를 쳐다보자 마르셀라는 어깨를 으쓱해 보인 후 잠자코 문 쪽을 가리켰다.

그 굉장히 적확한 충고대로 아델은 급히 교실을 빠져나갔다.

다음 날 아델이 어슬렁어슬렁 교실에 들어오니 의외로 교실 안 분위기는 차분했고, 아델에게도 평소와 다름없는 인사가 날아들었다.

그제야 안심하는 아델.

하지만 이변은 그 후에 찾아왔다.

아니, 별로 안 좋은 일은 아니다.

그냥 왠지 모두 상당히 의욕적이었다.

이론 수업, 무술, 그리고 마법 실기도.

열심히 몰두했고 적극적으로 질문을 던졌다. 특히 귀족의 자녀에게서 그런 경향이 강하게 나타났다.

그것은 좋은 일이었다. 다만, 바로 전날까지와 확연히 다른 모습에 아델은 당혹스러웠다.

그리고 켈빈도 웬일인지 차분하게 평소대로 수업을 받고 있었다. 어제까지 신경이 곤두섰던 모습이나 흥분한 모습을 조금도 찾아볼 수 없었다.

교사 바제스는 원더 쓰리의 솜씨에 감동하여 교사들에게 '저 셋은 쓸 만하다'라는 소문을 퍼뜨렸다. 그래서 마르셀라 일행은 교사들로부터 여러 가지 부탁을 받게 되어 굉장히 난감한 상황을 맞았다.

"……왠지 요즘에, 겨우 마르셀라 씨 쪽으로 돌린 일부 남자애들의 공격이 다시 제 쪽으로 돌아온 것 같지 않아요?"

아델의 물음에 마르셀라는 어깨를 움츠리며 대답했다.

"자업자득, 이라는 단어를 아는지 모르겠네요, 아델 씨……?"

제5장 여신의 현현

교실 소동이 일어나고 며칠 후. 아델은 빵집에서 한창 아르바이트를 하고 있었다.

이 빵집은 직업적인 의무감으로 휴일도 빵을 팔지만, 휴일은 평일보다 매출이 적었다.

당연한 일이다. 휴일은 대부분 쉬니까, 일하는 엄마도 시간을 내어 가족에게 세끼 밥을 전부 해 먹인다. 그래도 식사의 메인이 빵집에서 사 온 빵일 경우도 있겠지만, 빵을 필요로 하지 않는 경우가 더 많다. 그중에는 직접 빵을 굽는 사람도 있고 말이다.

그리고 당연히 직장에서 점심용으로 먹을 빵을 사는 사람도 적다.

하지만 빵을 찾는 일부 사람을 위해 빵집은 휴일에도 문을 열었다. 독신의 아군이자 게으름뱅이 주부의 편이다.

또, 보다시피 '휴일은 평일보다 매출이 적었다'는 과거형이다.

아델이 일을 시작한 후로 어째서인지 휴일 매출이 서서히 늘어나더니, 지금은 평일과 다름없는 매출을 올리고 있었다.

왜 그럴까?

"앗, 저기, 이거 주세요!"

볼을 붉히며 빵 몇 개를 내미는, 열네다섯 정도의 이웃 상점 견습생.

"항상 감사합니다! 총금액은 소은화 두 닢 하고 동화 세 닢입니다."

미소로 그렇게 말하면서 소년이 가져 온 바구니에 빵을 담아주고 소은화 세 닢을 받아 거스름돈을 건네는 아델. 그 과정에서 손가락이 살짝 닿자 소년의 손이 움찔했다.

"감사합니다!"

"저, 저기, 가게 일 끝난 후에, 시간 있어?"

"죄송해요, 가게 문 닫으면 바로 돌아가야지 저녁밥을 먹을 수 있거든요. 기숙사 통금시간도 있고……. 저녁 시간에 맞춰가지 않으면 따로 음식을 사 먹을 돈도 없고, 사감님의 호의로 여기서 일하게 되었으니 절대 통금시간을 어길 수도 없고요……."

"그, 그렇구나……."

용기를 쥐어짜 아델에게 물었던 견습 소년은 아쉽다는 듯이 말한 후 살짝 고개를 숙였다.

"그럼 또 오세요!"

"으, 으응, 또 올게!"

영업용 미소를 지으며 아델이 말하자, 볼이 발그스레해진 소년이 돌아갔다.

아델은 외모도 귀엽지만, 일본식 접객 태도는 이 세계에서 더욱 정중하게 느껴져 여자를 잘 모르는 소년들이 '이 아이, 나한테 마음이 있나 봐!' 하는 착각을 해도 탓할 수 없었다.

그리고 상급 학원과 비교하면 아래 취급이지만, 애클랜드 학원 역시 서민들에게는 동경하는 학원이다. 그 학원 교복을 입고 빵집에서 일하고 있다. 그 말인즉슨 장학금을 받아 입학한 무척 재능 있는 평민이라는 의미이며, 평민이라면 자신에게도 기회가 있다.

장차 돈을 좀 벌어들일 듯한, 머리 좋고 귀여운 여자애가 바로 눈앞에 있는 것이다. 게다가 항상 자신에게 미소 지어준다. 여기에 혹하지 않을 남자는 없었다.

그래서 휴일이 되어도 빵을 밥 대신 먹거나 다음 날 분을 휴일에 미리 사러 오는 남자들이 점점 늘어났다. 그리고 그들은 결코 돈을 딱 맞게 내밀지 않았다. 반드시 잔돈이 남는 금액의 빵을 골라, 액수가 큰 화폐를 건넨다. ……그렇게 하면 손이 닿을 가능성이 두 배로 올라가니까.

"옹홍홍, 아델은 나쁜 여자구먼……."

견습생이 돌아가자 이웃 할머니가 아델을 놀렸다.

"어머나, 할머니. 지금 무슨 말씀을 하시는 거예요……."

전생에서 할머니 할아버지와 좋은 추억이 없는 아델이었지만, 이곳에서는 노인들과 친하게 지냈다.

"아니아니, 할멈 말이 맞제. 이대로 가다가는 남자 돈으로 가게 하나 내는 것도 꿈이 아니겠구먼."

"아! 할아버지까지!"

휴일의 빵집은 근처 노인들의 아지트로 변했다.

손자가 다 자라 독립하고 외로워진 노인들이 그녀를 눈여겨보았던 것이다. 아델 역시 말벗이 생겨 기뻤기 때문에 문제는 없었다. 구애하는 남자들의 방파제 역할을 해주는 것도 도움이 되고.

아델의 불만은 딱 한 가지였다.

요즈음에는 문 닫기 전에 빵이 다 팔릴 때가 많은데, 그럴 때는 남은 빵을 싸갈 수 없다는 점뿐이었다.

그날 아르바이트를 마치고 기숙사로 돌아오는 길, 언뜻 보니 앞쪽 대로변에 사람들이 진을 치고 있었다.

"저기, 무슨 일이 있나요?"

"아아, 셋째 공주님의 마차가 지나가실 거야. 혹시나 공주님의 존안을 뵐 수 있을지도 몰라 이 난리지. 운이 좋으면 창문을 열고 손을 흔들어주실지도 모르니까 가능성은 있어."

아델이 묻자 아주머니가 그렇게 알려주었다.

듣기로 셋째 공주님은 왕궁에서 잘 나오지 않아 그 모습을 본 자가 별로 없다고 한다.

'모처럼 온 기회니까 나도 보고 갈까? 시간도 아직 충분하니까.'

공주님을 볼 기회는 자주 찾아오지 않는다. 아델은 작은 체격을 활용해 사람들 틈새를 요리조리 파고들어 겨우 제일 앞줄에 도착했다.

그리고 얼마 후, 대로의 건너편에서 공주님의 행차로 보이는 집단이 모습을 드러냈다.

선두에는 허리에 칼을 차고 손에 창을 든 병사 네 명이 섰다. 뒤이어 말에 올라타 마상창을 장비한 병사가 셋. 그 뒤에 호화로운 마차가 있었고, 마지막에도 기병과 보병이 보였다.

왕도 내에서의 이동이어서 공주님의 마차가 천천히 움직였기에 선도하는 역할과 적에 대한 대처가 용이한 보병을 앞뒤로 배치했으리라.

마차와 호위 병사들의 행렬이 점차 다가와 선두 병사가 곧 아델의 정면에 들어오려고 할 때, 구경꾼들의 압력에 떠밀렸는지 대여섯 살로 보이는 남자아이가 대로 쪽으로 튕겨 나왔다.

"무례한 놈이!"

비틀거리는 남자아이 때문에 진로가 막힌 전방 경호 병사가 창을 들어 올려 칼날이 없는 부분의 쇠가 박힌 끄트머리로 남자아이를 때렸다.

있는 힘껏 배를 차여 악 소리도 못 내고 날아간 남자아이는 땅에 처박힌 채 꼼짝도 하지 않았다. 앞쪽으로 날아가는 바람에 아이의 몸이 마차의 진로를 완전히 막자, 병사는 다시 창을 사용해서 남자아이를 진로 밖으로 튕겨 내보내려고 점점 다가갔다.

'……저대로라면 죽어!'

정신을 차렸을 때 아델은 이미 몸을 움직여 쓰러진 남자아이 쪽으로 달려가고 있었다.

'뭔가, 기시감이……. 전에도 이런 일이 있었지. 나, 또 죽을까…….'

그렇게 생각하면서도 몸이 멈춰지지 않아, 그대로 남자아이의 몸 위를 덮어 감싼 아델은 속으로 강하게 빌었다.

'격자력, 배리어!'

콰앙!

병사가 힘껏 휘두른 창은 공중에 나타난 반투명 벽에 의해 아델의 바로 앞에서 도로 튕겨 나갔다.

격자력. 이는 격자에너지를 말하는데, 결정격자를 구성하는 원자와 분자, 이온 등이 기체에서 고체 결정으로 바뀔 때 나오는 응집 에너지다.

뭔가 방어해야 한다고 생각한 아델은 애니메이션에 흔히 등장하는 방어벽을 상상했지만, 애니메이션을 본 것만으로는 그 원리를 전혀 파악할 수 없었다. 적당히 생각해도 나노머신이 어떻게든 해줄지 모르지만, 혹시 몰라 일단 어떤 이미지를 떠올리고 싶었던 아델은 자신의 지식 중에 그나마 방어 같은 힘이 없는지 생각한 결과, 전생에서 쉴 때 읽었던 책에 나왔던 '격자에너지'라는 단어가 불현듯 떠올랐던 것이다.

격자. 응집에너지. 뭔가, 정사각형 모양에 블록 같은 울림이 느껴지는 단어.

그것이 정말로 의미하는 것이 무엇인지는 몰라도, 아델은 어쨌든 그것이 막아주리라는 느낌을 받았다.

'격자'라는 말에서 각진 이미지를 떠올렸기 때문에 나타난 방어벽은 부드러운 반원 모양 돔이 아니라 유리판을 이어붙인 듯 각진 형상을 띠었다.

"뭐야……."

경악한 병사는 창의 손잡이 끝부분으로 몇 번이고 방어벽을 깨려고 했지만, 방어벽은 꿈쩍도 하지 않았다.

"비켜라!"

어느 틈에 기병 중 하나가 말에서 내려 다가왔다.

장비와 태도를 보아 아무래도 보병보다 신분이 높은 자 같았다. 말을 타고 있었으니 기사인가…….

말 위에서 모든 것을 지켜본 그 기사는 손에 쥔 창을 번쩍 들어 올리더니 아델을 향해 힘껏 내리쳤다. 칼날 쪽으로 말이다.

콰아앙!

"이게 무슨…….."

'안 되는데, 이러면 안 되는데!'

아델은 안절부절못했다.

왕족의 호위 무사들에게 싸움을 건 이 상황도 그렇지만, 죽기 싫어서 자신도 모르게 펼친 '격자력 배리어' 역시 문제였다.

이러한 마법은 이 세계에서는, 적어도 아델이 아는 범위에서는 알려지지 않았다.

마법 공격을 막기 위해 마법을 없애는 마법은 존재했다. 또한 검과 창, 활 등을 막기 위해 흙을 일으키는 방어 마법이나 물과 바람에 의한 방어 마법도 있었다. 하지만 그러한 매개물도 없이 강력한 물리 공격을 완전히 막아내는 마법은, 책에서 읽어보지도 영웅담에서 들어보지도 못한 것이었다.

이러한 마법이 한순간에 발동 가능하다면 전쟁 시 적수가 없다. 상대방의 공격은 일절 통용되지 않고, 이쪽에서 마음껏 일방적인 공격을 가하게 될 테니.

그러니 틀림없이 아델을 왕궁까지 데려가려고 하리라.

……그 이전에, 어쩌면 왕녀 습격범으로 처형될 가능성도 있다.

'큰일이네! 마법이 들통 난 데다 왕녀 일행에게 범한 무례까지, 더블 핀치! 뭔가 좋은 방법은…….'

남자아이를 감싼 채 어떻게든 계책을 찾으려고 필사적으로 생각하는 아델. 하지만 점점 더 초조해지기만 할 뿐, 아무것도 떠오르지 않았다.

"네, 네놈은 정체가 뭐냐! 마족인가 아니면 악마인가!"

자기도 모르게 몇 발자국 뒤로 물러난 기사는 공포에 질린 표정으로 소리쳤다.

'……악마? 마족은 그렇다고 쳐도, 그런 건 존재…… 아, 그렇지!'

드디어 계책을 떠올린 아델은 배리어를 해제했다.

빠지직, 하고 유리에 금이 가는 소리와 함께 부서져, 공기 중에 녹듯 사라져가는 '격자력 배리어'의 파편들.

설령 갑작스러운 공격이 들어오더라도 아델이 마음만 먹으면 창을 얼마든지 막을 수 있으니, 방어벽을 해제해도 그리 위험하지는 않았다.

아델은 천천히 일어서서 표정을 지우고 기사 쪽을 쳐다보았다.

"신의 매개인에게 위해를 가하려 하다니, 이 무슨 무례인가!"

"""엥?"""

"내가 깃든 매개인에게 해를 입히려 하다니 제정신이냐고 묻고 있다!"

(((((에에엥?))))

무슨 일이 벌어졌는지 전혀 이해하지 못해, 기사도 병사도 그리고 모여든 군중들도 모두 어안이 벙벙한 표정이었다.

아델의 거만한 태도에 기사는 격앙되었다.

"무, 무슨 뚱딴지같은 소릴 지껄이는 게냐! 여봐라, 어서 저놈을 붙잡아라!"

기사의 명에 따라 병사들이 주뼛주뼛 아델에게 다가가려고 할 때.

"천둥이여, 신에게 칼을 겨누는 저 아둔한 놈들에게 분노를 드러내라!"

우르르 쾅쾅!

아델의 말이 끝나기가 무섭게 네 줄기의 번개가 내려와 병사들의 창끝을 때렸다.

""""""으아아악!""""""

허둥지둥 창을 내던지고 엉덩방아 찧는 네 병사들.

"이, 이게 무슨……."

불꽃 마법이 아니라 하늘에서 떨어진 진짜 벼락이었다.

마법이 아닌 다른 어떤 힘.

"신의……, 힘……?"

기사는 경악해서 몸이 굳었다. 그것은 싸움을 생업으로 삼은 자가 보여서는 안 될 빈틈. 그대로 선 채 꼿꼿이 얼어붙은 것이다.

아델은 구름의 아래쪽에 음전하, 위쪽에 양전하를 모으고 땅에 모은 양전하를 창끝으로 유도하여 낙뢰를 일으킨 것이다.

창 손잡이에서 땅까지 전기 저항이 낮은 전기회로를 연결하고,

창을 쥔 병사의 손바닥에는 절연 피복을 형성하게 해서 전기 쇼크는 받아도 생명에는 지장이 없도록 배려한 아델은, 다음 무영창 마법으로 들어갔다.

'좋았어, 다음은 광선 굴절, 산란! 수분 응결, 냉각시켜 결정화, 형성! 중력 중화, 형성 유지…….'

아델은 이미지를 굳혀 구체적인 현상과 완성형을 사념으로 방사했다.

그러자 곧 아델의 몸 주변에 눈부신 빛의 입자가 흩날리기 시작했고, 등 뒤로는 하얗고 보송보송한 눈의 결정이 모여들었다.

"여……신……, 이라는……."

기사가 작게 중얼거린 대로 그의 눈앞에는 등에 은백색 날개를 달고 온몸에 눈부신 빛의 입자를 휘감은 소녀의 모습이 있었다.

"신에게 받을 벌은 어느 정도가 좋으냐? 왕궁을 통째로 날려버리면 만족하겠느냐? 귀족과 왕족 그리고 병사들의 씨를 말리면 만족하겠느냐? 아니면 모든 국민을……."

"잠깐만요!"

말에 탄 채 만류하는 두 기사를 뿌리치고, 호화로운 마차에서 뛰어내린 소녀가 젖 먹던 힘을 다해 달려왔다.

열네다섯 정도로 보이는 금발머리 소녀는 셋째 공주, 제3왕녀였다.

기사의 옆까지 온 왕녀는 그 자리에서 한쪽 무릎을 꿇고 고개를 숙였다.

"여신님, 부디 용서해주세요! 이 마차는 저를 위한 것. 그러니

그 벌도 저 혼자 받을 터이니, 다른 자들은 너그러이 용서해주시옵소서!"

"고, 공주님, 지금 무슨 말씀을! 이것은 온전히 호위대장인 저의 불찰, 책임은 제가 지는 것이 당연하옵니다! 공주님은 그저 마차에 타고 계셨을 뿐이지 않습니까!"

"아닙니다, 책임은 그 자리에서 지위가 가장 높은 사람이 지는 게 상식입니다. 내 말이 틀렸습니까?!"

'으음, 책임을 서로 떠넘기는 게 아니라 서로 지려고 하네…….
둘 다 그렇게 나쁜 사람은 아닌가 봐…….'

분위기가 점점 혼란스러워졌는데, 아델의 목적은 남자아이를 구하고 이 상황을 어떻게든 얼버무려서 아무 일도 없었다는 듯 수습하는 것이었다.

남자아이의 상처는 이미 무영창으로 치료마법을 발동시켜 놓았다. 특히 머리 부분에 손상과 내부 출혈 등이 없는지, 창 아래 부분에 찔린 부분의 뼈와 내장은 꼼꼼히 확인해서 치료하도록 사념했다.

"조용히 하라! 나는 소란스러운 것을 좋아하지 않는다! 어쩔 수 없구나. 이 자리는 신하를 생각하는 공주의 갸륵한 마음을 봐서 용서해주마. 다만, 다음은 없다. 알겠느냐!"

"명심, 또 명심하겠습니다! 관용을 베풀어주셔서 정말 감사드립니다……."

공주님에게 이런 태도라니.

들키는 날에는 참수형에 처해질 것이 분명하다.

'그럼, 마지막 마무리를.'

아델은 다리에 힘이 풀려 주저앉은, 남자아이를 찍어 날린 병사에게 말했다.

"거기 너. 맡은 직무에 충실하려는 마음을 모르는 바도 아니나, 그건 아니지 않은가. 네놈이 저지른 비도덕은 장차 공주가 저지른 비도덕으로 사람들의 입에 오르내릴 것이다. 각 나라에 '그 나라 셋째 공주는 어린아이가 방해된다고 죽이려 드는 비도덕한 공주다'라는 소문이라도 퍼지면 어쩔 셈인가? 너는 그 책임을 질 수 있는가?"

아델의 지적에 비로소 자신이 저지른 행동의 의미를 깨닫고 아연해하는 병사.

"그럼 나는 이만 물러가겠다……. 아아, 그렇지! 이자는 내가 자기 몸에 깃들었다는 사실을 모를 것이다. 절대로 알려 줘서는 아니 되니라. 알겠느냐! 그리고 이 일은 절대 그 누구에게도 발설해서는 안 된다!"

그렇게 말하며 병사들뿐 아니라 주위 군중들까지 노려보는 아델.

모두들 창백한 얼굴로 고개를 끄덕였다.

"여, 여신님! 한 가지 부탁이 있시옵니다!"

"무엇이냐?"

"국왕 폐하께만은 이 사실을 고할 수 있게 부디 허락을……."

호위대장의 부탁에 아델은 잠시 생각에 잠겼다가 결국 허락하기로 했다.

여러 병사가 알아버렸으니 국왕에게 고하지 않을 수는 없으리라.

"어쩔 수 없구나. 허락한다. 다만 국왕에게만이다. 다른 귀족들은 안 돼."

"네, 반드시……."

그때 아델의 머릿속에 묘안이 번뜩 스치고 지나갔다.

아델은 호위대장을 보면서 살짝 곤란한 표정을 지었다.

"이보게, 그런데 이자는 가난하여 영양이 좀 부족한 것 같구나. '용기에 감복했다'와 같은 적당한 이유를 붙여, 그대의 주머니로 이자를 조금 지원해줄 수는 없는가?"

"하, 하핫, 그렇게 하겠사옵니다!"

탕탕, 하고 살짝 자학적으로 자신의 가슴을 가볍게 때리며 말하는 아델에게 두말없이 따르는 호위대장.

……거절할 수 없는 것이 당연하다.

'예스, 해냈다! 이렇게 해서 지원금도 얻었고! 남은 건 마무리…….'

아델은 입꼬리가 실룩거리는 것을 겨우 참으며 남자아이에게 양손을 얹었다.

"치료의 빛이여, 상처를 치유하라!"

남자아이의 몸이 빛의 입자에 휩싸였지만, 그것은 그저 형식적일 뿐이었고 효과는 단지 깨우는 것이었다. 치료는 아까 다 끝났다.

아델은 빛의 입자와 등의 날개를 지운 후 남자아이 위에 엎드려, 조금 전 '격자력 배리어'를 외쳤을 때의 자세로 돌아갔다.

"으음, 이런 느낌이었지. 그럼 모두 약속은 반드시 지켜야 하느니라!"

고개를 끄덕이는 병사와 군중들을 스르륵 훑어본 아델은 잠시 눈을 감았다가 수차례 깜박거리더니 갑자기 깜짝 놀란 표정을 지었다.

"……어, 어라? 안 아프네? 창은? 병사는?"

아델은 그렇게 말하며 주위를 두리번거렸다.

1년 전과 비교했을 때 연기력이 조금 나아진 것 같다.

"음냐음냐, 앗? 누나는 누구야?"

마법 효과로 눈을 뜬 남자아이는 이렇다 할 고통이 없는 모양이었다.

그 모습을 본 사람들은 술렁거렸지만 경솔하게 입을 놀려서는 안 되기에 크게 소란스러운 분위기로 번지지는 않았다.

"저, 저기…… 아니, 거기 아가씨!"

"네? 저 말씀하시는 거예요?"

천연덕스럽게, 살짝 주먹 쥔 양손을 입가에 대고 눈을 크게 뜨는 아델.

이번에는 순진해서가 아니라 완전히 순진한 척하는 것이다.

"그, 그래. 내 부하의 지나친 행동을 간하고, 그 소년을 지키려고 했던 용기가 매우 훌륭하다. 상으로 이것을 주겠다."

그렇게 말하며 품에서 주머니를 꺼내는 호위대장.

'좋았어, 계획대로야!'

아델이 웃음을 겨우 참느라 애쓰고 있는데, 호위대장은 놀랍게

131

도 주머니를 통째 건넸다.

주머니의 두툼함에 깜짝 놀라는 아델.

하지만 문득 깨닫고 보니.

모두가 지켜보고 있었다.

자신과 그 옆의 가난해 보이는 남자아이를.

아무리 봐도 학원 교복을 입은 자신보다 훨씬 가난해 보이는 남자아이.

그 옆에서 자신이 돈을 받고 떠난다?

문턱이 너~무 높아…….

"이, 이거 가지고 가렴!"

"엥?"

"기사 아저씨가 무섭게 해서 미안하다고 이걸 주셨어!"

"정말 그래도 돼? 고마워!"

'아아아아, 모처럼 생긴 도망 자금이…….'

아델은 창자가 끊기는 심정으로 주머니를 남자아이에게 건넸다. 손이 조금 떨렸다.

그 모습을 본 호위대장은 안절부절못했다.

여신님의 지시를 어긴 것이 되니 당연했다.

얼굴이 새파랗게 질렸지만, 그렇다고 주머니가 남자아이의 손에 들어가는 것을 막을 수도 없는 노릇이었다.

호위대장이 식은땀을 줄줄 흘리고 있는데, 바로 그때 도움의 목소리가 들렸다.

"그럼 용감한 소녀에게는 호위대장 대신 부호위대장인 내가 상을 내리겠소."

'살았다아아! 부호위대장, 이 은혜는 반드시 갚겠다!'

목숨을 건져 안도하는 호위대장이었다.

'러키! 도망 자금이 대폭적으로 늘어나겠어!'

아이를 돕기 위해 반사적으로 '이 세계에 알려지지 않은 마법'인 배리어를 쓰고 만 아델은 오히려 뻔뻔하게 이 세계에 알려지지 않은 마법을 연발함으로써 '마법이 아닌 신의 조화'라고 생각하도록 여신 흉내를 냈던 것이다.

그리고 그 위광에 힘입어 사건을 강제적으로 '없던 일'로 만들었다.

순간적인 기지로 펼친 작전이 잘 먹혀든 것도 모자라 도망 자금까지 손에 넣어 천진난만하게 기뻐하는 아델.

물정을 모른다.

경험이 부족하다.

인간의 다소 교활한 면을 잘 모른다.

이러한 결점들이 전부 드러난 순간이었다.

*　　*

사건이 있던 날 저녁, 왕궁.

주변 사람들을 전부 물리친 국왕의 집무실에서 세 남녀가 이야

133

기를 나누고 있었다.

국왕, 호위대장인 베글, 그리고 제3왕녀인 모레나였다.

"……그것이 전부 사실이란 말이냐?"

"이런 거짓말을 고해 무엇하겠사옵니까?"

"아버님, 믿어주세요!"

"으으음……."

국왕은 잠시 고민에 빠졌다가 생각을 굳혔다.

"좋다. 그 소녀를 왕궁으로 불러들이겠노라."

"아버님!"

"폐하, 그것은!"

깜짝 놀라 어쩔 줄 모르는 제3왕녀와 베글에게 국왕은 태연한 얼굴로 말했다.

"그리도 많은 사람에게 목격되었다면 정보가 새어 나가지 않는 것이 오히려 이상하다. 그런데도 그러한 중요인물을 방치할 수는 없는 노릇이니라. 언제 어느 귀족, 혹은 다른 나라 첩자가 알아차 릴지 모르는 것을……. 여신님에 대한 것만 함구하면 되지 않느냐? 그저 자신의 몸을 방패막이 삼아 아이를 구하여, 왕녀가 오명을 덮어쓸 뻔한 일을 막아준 소녀에게 감사를 표하고 싶다는 이유로 불러들이면 될 것이다. 이에 무슨 문제라도 있는가? 왕으로서, 애비로서, 지극히 당연한 일이 아니겠는가?"

""아…….""

"모레나. 너를 오명으로부터 지켜준 그자에게 감사하며, 꼭 친 구가 되어달라고 직접 부탁하도록 하라."

"네, 네에, 그건 저도 바랄 나위 없이 좋은 일이므로 기꺼이……."

"좋다. 그럼 베글, 그 소녀의 얼굴을 아는 너에게 소녀를 찾아오는 임무를 내리노라. 지금 즉시 조사를 시작하라."

"명을 받들겠나이다!"

소녀 찾기는 싱겁게 종료되었다.

그도 그럴 것이 아델은 그때 교복을 입고 있었고, 호위 병사는 애클랜드 학원과 아들레이 학원 교복 정도야 잘 알고 있었다. 그리고 아델의 멋진 은발은 확실히 튀었다. 그러니 당연한 일이다.

호위대장 베글은 곧바로 학원장을 만나 아델의 신분을 확인했다.

왕의 칙명을 받은 근위 기사에게 거짓을 고할 수는 없는 일이라 일개 자작이 함구하라고 신신당부한 것 따위는 물론 무시되었고, 학원장의 입에서 아델의 진짜 신분과 풀네임이 줄줄 흘러나왔다.

학원장은 그렇게 하면 아델의 입장이 호전될 것이라고 생각했을 뿐 악의는 전혀 없었다. 이를 계기로 한 소녀가 영달의 길을 걸어갈 수 있으리라고 믿어 의심치 않았던 것이다.

그렇게 해서 호위대장 베글은 왕에게 조사 결과를 보고했고, 아스컴 자작가의 아가씨를 즉시 왕궁으로 초대하기 위한 사자를 보냈다.

* *

"······그런 연유로, 국왕 폐하께서는 아스컴 자작가의 아가씨를 반드시 초대하시고 싶어 하십니다. 이것이 초대장입니다."

사자로 온, 아무개인가 하는 이름의 자작이 그렇게 말하며 내민 봉투를 보고 아델은 머리를 감싸 쥐었다.

'어쩌다가 일이 이렇게 됐지······.'

아무리 여신님의 명령이었다고 해도 고의와 깜박 잊은 경우까지 포함하여, 그렇게 사람이 많았으니 비밀이 잘 지켜질 리 없었고 왕족과 귀족이 '여신님이 깃든 소녀'를 방치할 리도 없었다. 그런 것에도 생각이 미치지 못하고 느긋하게 평소대로 생활하려고 생각했던 아델은 오후 수업 중에 교사에게 불려가서 사자로 온 자작과 단둘이 응접실에 앉아 어찌할 바 모르고 있었다.

'무슨 수를 쓰지 않으면 안 되겠어. 잘하면 속박, 포위고 나쁘면 연금이나 해부되려나? 내 배를 갈라도 여신님 같은 건 안 나오는데! 어쩌지어쩌지어쩌지어쩌지······ 생각해야 해, 생각을······. 좀 돌아가라, 나의 잿빛 뇌세포야!'

필사적으로 생각을 짜낸 아델은 문득 알아차렸다.

사자로 온 자작은 당시 그 자리에 없었다는 사실을 말이다.

과연 이렇게 배가 볼록 튀어나온 기사는 그곳에 없었다.

그리고 아까부터 한 이야기에는 여신에 대한 것도 어제 사건 자체에 대해서도 일절 들어 있지 않았고, 단순히 '제3왕녀의 은인' 취급만 했다는 사실까지도.

여신님에 대한 일을 알아도 아델에게 말하지 않겠지만, 태도가 너무도 자연스러운 것을 보아 아마도 모르는 눈치였다.

'여신님에 대해서도, 어제 일도 하나도 못 들은 것 아니야? 이 사람, 아무 사정도 모르는 그냥 사자인 거야!'

그렇다면 손쓸 방법이 있다. 요즈음 자신감이 붙기 시작한 연기력으로!

"엥? 그럼 제가 그걸, 자작가 아가씨께 전해드리면 되나요?"

"네?"

상상을 초월한 아델의 대꾸에 멍한 표정을 짓는 사자.

"아니, 그러니까, 아들레이 학원에 재학 중이신 아스컴 자작가 아가씨께 그 초대장을 전달하라는 거 아닌가요?"

"네? 네에에?"

혼란스러워하는 사자를 보며 아델은 굳히기에 들어갔다.

"아스컴 자작가 아가씨는 여기가 아니라 상급인 아들레이 학원에 다니시는데요. 저는 아스컴가에서 학비를 받아 이곳에 들어오게 되었지만, 그 가문의 이름을 댈 수 있는 사람이 아니에요. 그런 짓을 했다가는 살해당할지도 몰라요. 아마, 누군가가 착각했나 봐요."

"그, 그런!"

"오해해서 저에게로 잘못 찾아온 건 비밀로 해주세요. 자작님의 심기를 건드려서 학비 지원이 끊기면 곤란하니까요."

"아, 알았다! 이 일은 아무에게도 말하지 않을 테니 안심하거라. 정말 미인하게 됐다……."

그렇게 말하며 사자로 온 귀족은 서둘러 돌아가버렸다. 아마 아들레이 학원으로 향하겠지.

'초대는 내일 점심 전이랬지……. 이제 끝이 온 건가.'

아델은 학원에서 떠나기로 결심했다.

교실로 돌아가니, 수업 중에 흥분한 교사를 따라간 아델이 궁금했던 반 아이들이 질문 공세를 퍼부었지만, '사람을 착각했대' 하는 아델의 한마디에 급 진정되었다.

걱정했던 마르셀라 일동은 아델이 작은 목소리로 "새 동생" 하고 속삭이자 겨우 안심했다.

수업이 끝나고 기숙사로 돌아간 아델은 재빨리 준비에 들어갔다.

먼저 편지 작성.

마르셀라 삼인조 앞, 반 친구들 전원 앞, 사감님 앞으로 빵집 아론 씨에게 갑자기 일을 그만둬서 죄송하다는 말과 감사 인사를 전해달라는 부탁, 그리고 학원 앞으로 보내는 자퇴서.

중간에 저녁 시간이 끼어 있어서 상당한 시간을 들여 편지를 다 쓰고 나니 벌써 밤이 깊었다.

'그럼 다음 준비는……. 음, 없나?'

1년 남짓한 시간 동안에도 아델의 짐은 거의 늘지 않았고, 갈아입을 속옷과 받은 음식물 등은 전부 아이템 박스 속에 있었다. 방 안은 여전히 텅 빈 그대로였다.

아델은 잠시 고민한 후 대여품인 교복과 운동복도 가져가기로 했다. 둘 다 상당히 많이 입은 티가 났기 때문에 다른 학생에게 가지 않고 곧바로 폐기 처분될 테니 가지고 가도 되겠다고 판단했던 것이다.

어차피 가지고 가지 않으면 달리 입을 옷도 없다.

이곳에 왔을 때 입었던 옷은 역시나 1년 넘게 시간이 흘러 조금 성장한 아델에게 너무 작아 맞지 않았다.

책상 위에 편지를 나열해놓고 마지막으로 침대에서 모포 한 장만 빌려 아이템 박스에 넣은 아델은 방안을 한번 둘러보았다.

……훌륭할 정도로 아무것도 없었다.

"잘 있어!"

그렇게 중얼거린 후, 문득 생각나 책상서랍에서 뼈가 담긴 접시를 꺼내고 편지는 침대 위로 옮겼다.

'원래 길고양이였으니 괜찮겠지. 그리고 다른 애들이 먹이를 준다는 까망이, 금눈이, 흰 꼬리, 벌레잡이, 기타 여러 가지 이름의 고양이들, 그거 전부 너지?!'

고양이는 간섭하는 인간을 싫어하므로 너무 보살피지 않고, 그저 원하면 귀 뒤나 목덜미, 얼굴 등을 간질여주거나 침대 위에서 마음대로 자게 해주는 아델의 방이 마음 편했는지 자주 머물렀었다.

하지만 먹이에 대해서만큼은 뼈밖에 나오지 않는 아델의 방이 불만이었는지 다른 여학생의 방을 순회한다는 사실을 아델도 알아차렸다.

어째서인지 여학생 방에만 가고 남자 기숙사에는 가지 않는 모양이지만…….

"자, 그럼 탈출!"

다음 날 아침, 수업시간이 되어도 교실에 나타나지 않는 아델을 걱정한 교사가 수업이 없는 다른 교사에게 부탁해 여자 기숙사에 가보라고 했고, 결국 주인이 떠나고 텅 빈 방과 네 통의 편지가 발견되어 큰 소동이 빚어졌다.

이러니저러니 해도 아델은 학교의 명물로 학생들과 교사들에게 두루 사랑받았던 것이다. 본인은 지극히 평범한 일반 학생으로 있을 셈이었겠지만.

개봉한 편지에 의하면 모습을 감춘 것은 본인의 의지였고, 학원 앞으로 자퇴서를 쓴 만큼 학원 측에서 할 수 있는 일은 아무것도 없었다. 기껏해야 후견인에게 연락을 취하는 일 정도였다.

"어떻게 된 일이야!"

"뭐가?"

안색이 변한 켈빈의 추궁을 받은 마르셀라는 언짢은 표정으로 그렇게 되물었다.

"아델 이야기인 게 뻔하잖아! 어디로 간 거야! 왜 가버린 거야!"

여전히 혈기가 넘치는 남자였지만, 예전 같은 시비조가 아니라 아델이 진심으로 걱정되어 머리에 피가 쏠린 것이라는 사실을 잘 아는 마르셀라는 어쩔 수 없이 상대해주기로 했다.

반 아이들 앞으로 쓴 편지에는 인사도 못하고 갑자기 학원을 떠나게 되어 미안하고 지금까지 고마웠다는 내용뿐으로 자세한 사정은 담겨 있지 않아서, 따로 편지를 받은 마르셀라 일동에게 물으러 오는 것은 당연하다면 당연했다.

"집안 사정이야. 후계자 문제. 귀족에게는 자주 있는 이야기지.

그다지 드문 일도 아니잖아?"

"……그 녀석이 뒤를 잇는 건가?"

"아니, 그 애는 방해되는 쪽. 제거될 것 같아서 먼저 모습을 감춘 거야."

"그런…….""

말문이 막히는 켈빈을 보고 마르셀라는 코웃음 쳤다.

"뭘 걱정해? 그 애가 겨우 그 정도로 어떻게 될 것 같아? 분명 귀찮은 가문의 이름 따위 다 벗어던지고 자유롭게 살 수 있다며 기뻐하고 있을걸? 너, 1년이 넘는 시간 동안 그 애의 뭘 본 거야?"

"……. 하지만 난 아직 녀석한테 사과하지도, 고맙다는 말도 못 했는데……."

"그 애, 항상 '평범하게 살겠다'고 입버릇처럼 말했지만, 넌 그 애가 그게 가능할 거라고 생각해? 분명 어딘가에서 실패하고 표면으로 튀어나올 거야. 넌 그때 그 애 앞에 나설 수 있을 만큼의 남자로 성장하기만 하면 되지 않을까?"

"………….""

아무 말 없이 돌아가는 켈빈을 다정한 눈빛으로 배웅하는 마르셀라.

그 모습을 본 한 남학생이 불쑥 중얼거렸다.

"마르셀라……. 참 좋은 여자애야……."

그 말에 주변에 있던 남자아이들은 전부 고개를 끄덕였다.

왕궁 알현실에는 국왕, 제3왕녀 모레나, 그리고 많은 귀족이 있었다.

다른 사람들의 알현이 끝나고 마지막으로 예의 소녀가 남았을 뿐인 시점에서 모레나는 국왕의 옆자리에 앉아 준비에 들어갔다.

처음에는 다른 방에서 단둘이 먼저 만나야겠다고 생각했지만, 앞으로 소녀를 중용하여 왕녀 옆에 있게 하려면 모두의 앞에서 왕녀와의 관계를 보여주는 편이 더 분쟁이 적을 것이라는 판단에 알현자의 말미에 이름을 추가한 것이다.

"아스컴 자작, 그리고 아스컴 자작의 딸은 안으로 드시오!"

안내인의 목소리에 자작과 딸 프리시가 서둘러 입실했다.

그리고 곧장 앞으로 나아가 알현 위치에서 한쪽 무릎을 꿇고 고개를 숙였다.

두 사람은 한껏 들떠 있었다.

어제 갑자기 성에서 사자가 와서 '제3왕녀님이 아스컴 자작의 따님을 꼭 왕궁으로 초대하고, 가능하면 친구가 되고 싶다고 하셨다'는 말을 전했기 때문이다.

왕녀님의 친구.

왕궁 안에서의 인맥은 물론이거니와 왕자와 국왕 폐하에게 직접 목소리를 전할 수 있는 강력한 연결. 어쩌면 왕자가 첫눈에 반할 가능성도 충분히 있다.

어디서 자신을 눈여겨봤는지는 모르지만, 어쩌면 올해 학원에 입학한 제4왕자님이 희망했을 가능성도…….

그렇게 생각하자 점점 꿈이 커져만 가는 두 사람이었다.

"고개를 들라."

국왕의 말에 눈을 반짝거리며 고개를 드는 자작과 그의 딸 프리시.

국왕은 제3왕녀 모레나 쪽으로 시선을 옮겼다.

하지만 모레나는 어리둥절한 표정을 짓고 아무 말도 하지 않았다.

"음? 왜 그러느냐?"

"아, 그게, 그분은 어디에?"

"뭐라? 아스컴 자작의 딸이라면 저기 있지 않느냐?"

"네? 전혀 모르는 분인데요…….."

국왕과 제3왕녀의 대화로, 무슨 착오가 있느냐며 술렁이기 시작한 참석자들. 자작 부녀는 상황 파악이 되지 않아 멍하게 있었다.

"베글은 어디에 있느냐?"

"그것이, 아까 알현 대기실에 가셨다가 갑자기 급히 어딘가로 나가셨습니다."

국왕의 물음에 근위병이 곤란한 표정으로 대답했다.

그때 참석자들 사이에서 목소리 하나가 들렸다.

"폐하, 발언을 윤허해주시겠습니까……?"

"음? 그대는 본햄 백작이 아닌가? 좋다, 발언을 허락하노라."

"황공하옵니다."

참석자들 사이에서 돌연 발언을 요청하는 목소리에 뭔가 아는 것이 있나 싶어 허락한 국왕.

본햄 백작은 아스컴 자작의 딸 프리시를 향해 말했다.

"아가씨, 어머니는 지금 어디에 계시나요?"

"어머니라면 아스컴가의 왕도 저택에 계시는데요……."

"흐음……. 당신의 그 아름다운 금발은 어머니께 물려받은 것입니까?"

"네, 그런데요……."

의미는 모르겠으나 질문에 대답하는 프리시.

본햄 백작은 이번에는 국왕을 향해 고했다.

"소신의 아내는 아들레이 학원 시절부터 아스컴가의 따님과 친하게 지냈고, 12년 전 따님이 태어났다는 연락을 받았을 때 소신은 아내와 함께 아스컴가를 방문한 적이 있사옵니다. 그때 보았던 아기는 어머니를 쏙 빼닮아 찰랑거리는 은발이었지요……. 그리고 그 어머니는 3년 전에 사고로 운명하였다고 들었사옵니다. 그것이 뭔가 이상하다는 생각이 들어서……."

"그런 거, 우리 집안사람이 아니에요!"

갑자기 프리시가 소리를 빽 질렀다.

"전처의 딸 따위, 우리 아스컴가에는 필요 없어요! 그래서 가문의 이름을 들먹이는 것을 금하고 집에서 내쫓았다고요! 그런데……."

아스컴 자작이 당황해서 프리시의 입을 막았지만 이미 늦었다.

"……딸을 어떻게 대하든 그것은 아버지의 자유일지도 모르지만, 이 경우에는 좀 문제가 있다고 판단되옵니다."

본햄 백작이 말을 이었다.

"조금 전에 제가 아뢰었지요. '제 아내는 아들레이 학원 시절부터 아스컴가의 따님과 친분이 두터웠다고'요. 다시 말해서 자작은 데릴사위입니다. 아스컴가의 피를 이어받은 것은 아스컴 자작도 여기에 있는 그의 딸도 아니고, 쫓겨난 전처의 딸이 유일하옵니다."

"탈취다!"

"가문을 빼앗다니! 귀족으로서 최악의 행위야!"

"극형에 상당하는 중죄라고!"

웅성거리는 알현실에서 점차 높아지는 비난의 목소리.

아스컴 자작은 새파랗게 질린 얼굴로 굳어버렸다.

"이게 어떻게 된 일인가, 아스컴 자작!"

국왕의 목소리도 딱딱했다. 모두 잠자코 자작의 변명을 기다렸다.

하지만 아스컴 자작은 입을 꾹 다물고 있을 뿐 아무런 대답도 하지 않았다.

험악한 침묵이 번지며 얼마간 시간이 지난 후, 알현실 문이 활짝 열리며 한 명의 기사가 들어왔다.

"오오, 베글! 이게 다 무슨 일인가!"

국왕의 말에 베글은 품에서 서신을 꺼내며 설명했다.

"네, 예의 소녀가 기다렸어야 할 알현 대기실의 상태를 보러 가자 전혀 처음 보는 아가씨가 있었기에, 착오가 생긴 듯하여 급히 소녀가 다니는 학원으로 향했사옵니다. 그런데 소녀는 오늘 아침 행방을 감추었고, 네 통의 편지만 남아 있었다고……. 세 통은 반 친구들과 교사에게 쓴 일반적인 편지였으나, 가장 친한 벗으로 보이는 소녀들에게 쓴 것에는 상세한 사정이 적혀 있었사옵니다. 그 아이에게 도움이 되는 일이라는 조건, 그리고 반드시 돌려주 겠다는 조건으로 그 편지를 받아왔사옵니다.”

“내용을 읊어보라.”

베글의 손에 들린 편지를 보며 국왕이 명령했다.

“네. 내용을 간단히 간추리면 가문의 이름을 들먹이는 것이 금 지되었는데도 불구하고 그 이름으로 부르는 자가 나타나 자신을 왕궁까지 데려가려 한다. 그렇게 되면 자신도 어머니와 외할아버 지처럼 죽임을 당할 것이다, 비록 도망치지만 어딘가 한적한 시 골마을에서 행복하게 살아갈 테니 너무 걱정하지 말라, 는 내용 이옵니다.”

“어머니와 외할아버지처럼 죽임을 당할 것이라고?”

국왕의 신음하는 듯한 목소리에 본햄 백작이 대답했다.

“선대 아스컴 자작과 그 딸은 도적의 공격을 받아 그리 되었는 데, 그 근방에서 도적에 의한 피해는 딱 그 한 건 뿐이었사옵니 다. 심지어 딸 부부가 아니라 선대 자작과 그 딸이라는, 굉장히 드문 조합이었을 때, 때마침 우연히……. ……아내는 의심하였으 나 증거도 없이 남의 가문을 비방할 수도 없는 노릇이라 지금까 지 줄곧 원망만 해오고 있었지요…….”

아스컴 자작의 얼굴은 창백함을 넘어서서 새하얗게 변했다.

"저 둘을 지금 당장 감옥에 처넣어라! 자작 저택에도 즉시 병사를 보내 후처도 포박하라. 선대와 전처 사건에 대해서는 관계자 전원을 재조사하라. 과실이 있거나 비리에 연루된 자는 전원 공범자로 간주한다. 아스컴 자작령은 정통 후계자가 대를 이을 준비가 될 때까지 왕의 직할로 대관을 세운다. 베글! 정통 후계자를 찾아오라. 기껏해야 소녀의 발이다. 반나절 하고 조금 더 되었으니 금방 따라잡을 수 있을 것이니라. 인원은 몇 명을 써도 상관없다. 반드시 보호하라, 정중하게 말이다. 모두 당장 시작하라!"

국왕의 신속한 지시를 받은 자들이 알현실에서 재빨리 뛰어나갔다.

참석했던 귀족은 이례적인 국왕의 과감한 지시에 살짝 놀랐지만, 늘 온화하던 국왕도 할 때는 한다며 호감으로 받아들였다.

그 누구도, 국왕의 마음속에서 날뛰는 초조함을 알아채지 못한 채…….

남아 있던 귀족들까지 전부 알현실에서 나간 후.

"아버님, 그분은……."

"아무 말도 말거라……."

제3왕녀의 물음에 국왕은 머리를 감싸 안았다.

'부탁한다, 베글. 반드시 찾아내다오…….'

제6장 신출내기 헌터

12일 후. 아델의 모국 브란델 왕국이 아닌, 어느 나라의 어느 지방 도시.

방패 모양 바탕에, 교차한 창과 검과 지팡이가 그려진 간판의 건물.

……그곳은 대장간도 무기상도 아니었다.

그렇다. '헌터 길드' 건물이었던 것이다.

그 앞에서 서성이는 한 소녀가 있었다.

상으로 받은 주머니 속에 금화가 무려 세 닢이나 들어 있었기에, 그 돈으로 상의와 바지, 가죽으로 된 가슴보호대를 사 입었다.

그리고 무기상에서 산, 통에 꽂혀 있어 헐값으로 팔았던 중고 검.

일반적인 검은 소녀가 마음먹고 휘두르면 너무 쉽게 부러졌기 때문에 부득이하게 가공이 들어갔다.

체격에 맞게 약간 짧은 검을 산 다음, 강변 모래사장에서 나노머신에게 명령해 사철 등을 모아 가공한 것이다. 사철은 일본도의 원료로, 질 좋은 옥강(사철을 숯불에 녹여 만든 철)의 성분이었다.

원래는 장인의 기술로 여러 가지 손질이 들어가야 하지만, 흙마법이라는 이름으로 나노머신에게 직접 결과만 지시해 간단하게 만든 검이다.

'잘 부러지지 않고, 잘 휘지 않는 검으로 만들어줘. 칼이 드는 정도는 보통으로. 재질의 균등화, 최적의 탄소 함유율 같은 건 다 알아서 해줘! 그리고 미스릴이라든가 아다만타이트라든가 오리하르콘이라든가 히히이로카네라든가, 그 밖에 이 세계에 존재하는 굉장한 금속이 있다면 써도 전혀 상관없어. 분자 구조라든가 결정 구조 같은 걸 세공할 필요가 있으면 그것도 적당히 해주고. 다만 어쨌든 겉보기는 평범한 검으로!'

그렇게 해서 완성된 비밀의 검.

그 정체는 소녀 자신도 잘 몰랐다.

처음부터 모든 것을 스스로 만들지 않았던 이유는 손잡이와 칼집을 이미지하거나 재료를 준비하는 일이 힘들어 보였기 때문이고, 또한 겉모습을 평범하게 만들기 위해서이기도 했다.

이렇게 해서 마물 퇴치 준비는 모두 끝났다.

소녀는 헌터 길드의 문을 열고 안으로 들어갔다.

지극히 평범하고, 어디에나 있는 일반적인 헌터가 되기 위하여.

헌터 길드 안은 한가로웠다.

점심시간이 지났으니 가장 한산한 시간대이리라.

접수 업무를 보는 장소와 술집이 일체화되어 있는 듯 정체불명의 구조가 아니어서, 게임처럼 술주정뱅이와 시비가 붙는 이벤트는 일어나지 않았다.

소녀는 적당히 한가한 창구로 향했다.

"저기요, 헌터 등록을 부탁하고 싶은데요……."

"아, 네, 네엣!"

아직 일한 지 얼마 되지 않는지, 한눈팔고 있던 열일고여덟 살 정도의 여성이 허둥지둥 고개를 돌렸다.

"저기, 글자는 쓸 줄 아시나요?"

"네, 알아요."

"그럼 먼저 이걸 작성해주세요."

소녀는 접수원에게서 종이를 받아 들고 일단 창구에서 물러나 기입대로 향했다.

종이를 기입대 위에 올린 다음 구비된 펜을 쥐고 하나하나 훑어보자, 첫 기입 항목에 당연히 이름을 쓰는 란이 있었다.

'이름⋯⋯.'

소녀는 생각에 잠겼다.

'아델이라는 이름은 봉인하기로 결정했지. 언젠가 학원 친구들을 만났을 때 정도밖에 쓸 일이 없을 거야⋯⋯. 미사토라는 이름은 이전 세계에 두고 왔으니, 새로운 이름을 생각해야 해.'

그렇게 생각했을 때 어린 시절, 아버지와 나눴던 대화가 떠올랐다.

그건 분명, 초등학교 시절 '부모님에게 자기 이름의 유래 여쭤보기'라는 숙제를 받았을 때의 일이었다.

자기 이름의 유래를 물어보는 미사토에게 아버지는 이렇게 말했었다.

"미사토, 아빠가 항공과 관련된 일을 한다는 건 알고 있지? 항공업계에서는 거리의 단위로 마일을 쓴단다. 마일에는 바다 마일과 육지 마일이 있는데, 육지 마일은 국제 마일, 측량 마일, 법정 마일, 그밖에 나라에 따라 길이가 다 다르단다. 아주 귀찮지. 하지만 하늘과 바다, 즉 항공업계와 해상업계에서는 세계 공용 단위로 바다 마일을 쓰고 있어. 전 세계가 연결된 바다와 하늘의 거리가 나라마다 다른 단위여서는 곤란하니까. 여러 가지 기준이 있는 육지 마일과 달리, 바다 마일의 기준은 딱 하나야. 지구를 남북 방향으로 한 바퀴 돌면 360도지. 그 경도의 1도는 60마일이고, 1도의 60분의 1에 해당하는 1분은 1마일로 정해져 있어. 네 이름 미사토의 한자인 '해리(海里)'는 음독으로 '카이리'라고도 읽을 수 있어. '해리'라고 쓰고 '카이리'라고 읽는 거지. 이게 일본어로 바다 마일, 노티컬 마일을 가리킨단다. 네 이름 미사토는 전 세계 어디에 가든지 변하지 않고 통용되는 그런 아이로 자라주길 바라는 마음에 지은 이름이다……."

소녀는 깃털 펜을 움직여 자신의 이름을 써넣었다.

'마일'

신입 헌터, 마일의 탄생이었다.

마일은 용지의 항목을 하나하나 채워나갔다.

성별: 여성.

나이: 열두 살.

직업: 마술사.

특기: 특별히 없음.

파티 희망: 없음.

예전 헌터 경험: 없음.

특기사항: 없음.

다시 창구로 가서 다 쓴 용지를 접수원에게 건네니, 특별한 문제없이 서류가 접수되었다.

"성함이 마일 씨군요. 이 근방 출신이십니까?"

"아뇨, 먼 산골 출신이에요. 부모님이 두 분 다 돌아가셔서 이제부터 혼자 살아야 되는데, 달리 할 수 있는 일도 없고……."

"죄, 죄송해요. 사적인 것을 여쭤봤군요……. 그럼 길드에 대해 설명해드릴게요!"

접수원 라우라의 설명은 마일이 같은 반 남자애에게서 들은 이야기와 거의 같았다.

헌터는 G부터 S까지 여덟 개의 등급이 매겨져 있다.

G등급은 여섯 살부터 아홉 살까지의 '준길드원'으로 마을의 잡일이나 호위대를 따라 집단 약초 채취에 나서는 등의 일밖에 하지 않는다.

열 살부터 정규 길드원이 될 수 있는데, 최하위인 F등급은 식물과 광물 채취, 혼래빗 이하의 마물 토벌, 새나 멧돼지, 사슴 등 동물 사냥 정도밖에 수수받지 못한다.

E등급은 고블린, 오크까지. 그리고 D등급이 되면 드디어 제한이 풀린다.

다만 D등급은 아직 헌터로서 절반의 능력밖에 안 되는 취급을 받아서 호위 의뢰는 들어오지 않는데, 보통은 고용주가 C등급 이상이라는 조건을 내건다.

C등급이 일반적으로 말하는 '어엿한 헌터'로, 인원수도 가장 많다. 단 그 실력은 D등급에 아슬아슬한 사람부터 B등급 직전까지로 천차만별이었다.

B등급은 일류 헌터로 시골마을에서는 그럭저럭 존경을 받는 위치다. A등급은 동경하는 유명인 수준이고, 최고 높은 S등급이 되면 그야말로 영웅 대접이다.

하지만 S등급은 왕도에서도 몇 명밖에 없다.

등급 승격은 수주와 달성 상황, 길드에 공헌한 정도 등으로 길드 회의에서 선고된다고 한다. 어지간한 예외를 제외하면 승격에 필요한 최저 연령 제한이라는 것이 있는 모양이지만 말이다.

승격에 있어서 부정은 절대 용납되지 않는데, 부정에 얽힌 자는 아무리 길드 지점장이라고 해도 길드로부터 영구 추방을 당하고 최악의 경우는 처형될 수도 있다고 하니 어중간한 금액에 눈이 멀어 부정에 가담하는 자는 없었다.

길드원끼리 싸움이 벌어졌을 경우 사소한 정도라면 자기 책임이다. 그러나 범죄 행위까지 일이 커지면 길드와 도시 경비병 양쪽에서 처벌을 내린다. 길드원이라고 해도 엄연한 마을 주민인만큼 범죄는 범죄고, 폭력행위나 공갈 등은 제대로 처벌되는 듯하다.

접수원에게 설명을 듣는 동안 서류를 받은 곳에서 만든 듯한 헌터증이 완성되어 나왔다. 목에 거는 줄에 달린 작은 철제판. F라는 글자(에 상당하는 이 세계의 문자)와 마일의 이름 그리고 이

지점의 이름과 등록번호가 새겨져 있었다.

물론 마물 토벌 수가 자동으로 기록된다든가, 길드의 긴급 연락을 수신할 수 있는 등 수수께끼 같은 기능은 탑재되어 있지 않으므로 매번 토벌을 증명하는 부위를 꼼꼼히 회수할 필요가 있고, 거점 도시를 변경할 경우에는 이동하는 곳의 지점에 소개장과 그때까지의 평가기록을 보내야 했다.

비밀 엄수로, 내용도 보낼 곳도 절대 누설되지 않는다고 하니 행방을 감출 때도 아무 문제없어 보였다.

"만약 어딘가에서 헌터의 시신을 발견했을 경우는 이 헌터증을 찾아 대신 회수해주세요. 유족에 연락을 취하고 등록 말소 처리한 후, 헌터증은 무효 표시를 새겨서 후에 유족에게 유품으로 전달합니다. 회수자에게는 길드 측에서 약소하지만 사례금이 지급됩니다. 경우에 따라서는 유족에게 사례금을 받을 수도 있어요. 또한, 발견 시 시신의 소지품은 무기 방어구를 포함하여 전부 발견자의 것이 됩니다."

접수원은 헌터증을 미일에게 건네며 그렇게 설명했다.

사례금이 정말 얼마 되지 않았고, 같은 헌터가 납득할 만한 이유도 없이 수차례 시신을 발견하는 것은 부자연스러우므로 사례금과 소지품의 권리를 노리고 헌터를 공격하는 자는 없었다. 만약 공격했을 경우는 길드에 전달하지 않고 그대로 빼앗은 장비와 소지품을 팔아넘길 뿐이어서 이 제도 때문에 공격받는 헌터가 늘어나는 일은 없었다. 어디까지나 우연히 시신을 발견한 자가 그냥 지나치지 않고 잘 회수해줄 확률을 높이기 위한 제도였다.

그렇게 대략적인 설명이 끝나자 접수원은 다시금 마일을 맞이했다.

"헌터 길드에 오신 것을 진심으로 환영합니다!"

그날 밤, 마일은 숙소 침대에 누워 다음 날의 계획을 세웠다.

F등급 헌터용 의뢰는 대부분 개별 의뢰가 아니라 상시 의뢰이거나 소재 매각이었다.

상시 의뢰란 매번 일일이 의뢰하거나 의뢰받는 것이 아니라 의뢰가 상시 떠 있어서 헌터가 수주 수속 없이 자유롭게 토벌 혹은 채취에 나서고, 그 토벌 증명 부위나 채취물을 납품소로 가져오면 사들이는 방식이다. 고블린 솎아내기와 늘 수요가 있는 약초, 혼래빗 고기 등이 그 의뢰에 해당했는데, 사전에 그날의 매입 가격이 표시된다.

소재 매각은 상시 의뢰에는 없어도 심사를 거쳐 매입해주는 소재를 파는 것을 말하는데, 새, 멧돼지, 사슴, 먹을 수 있는 열매, 버섯, 산나물류를 시작으로 광석까지 다양하다. 그것들은 크기와 질 등에 의해 사정되고, 시장의 시세도 참작되어 매번 금액이 바뀐다.

상시 의뢰와 소재 매각만 있다년 굳이 붐비는 시각인 이른 아침에 길드에서 수주 수속을 밟지 않아도 되니 성가신 일을 덜 수 있다. 숙소에서 바로 숲으로 나가면 그만이니까 말이다.

또 F등급인 마일이 혼래빗보다 상위 마물을 사냥해 돈을 버는 꼼수도 있었다.

그중 하나는 팀에 들어가는 방법인데, 일단 지금은 설명을 생략한다.

또 하나는 상시 의뢰에 있는 상위 마물을 토벌하는 일이다.

의뢰에 등급 제한을 두는 이유는 무리한 의뢰를 받아 헌터가 쓸데없이 죽는 것을 막기 위해서이기도 하고, 수주한 일의 실패율을 낮추기 위해서이기도 하다. 개별 수주가 없는 상시 의뢰라면 실패율 따위 원래 없고, 어쩌다 마물의 공격을 받았다가 오히려 해치우는 경우도 있다. 게다가 소재는 소재일 뿐 가치가 변하는 것도 아니다.

그다지 권장사항은 아니지만, 위험을 감수하고 하는 일이라면 자기책임이므로 길드도 딱딱하게 나오지는 않았다.

다만 마일은 어쩔 수 없는 상황을 제외하고는 고의로 상위 등급의 마물에 손 댈 생각이 없었다. 자신은 지극히 평범한 F등급 헌터니까.

마일이 헌터의 길을 선택한 데에는 몇 가지 이유가 있었다.

신분, 나이 상관없이 누구나 될 수 있는 직업.

헌터증이 있으면 길에서 벗어나지 않고 당당하고도 간단하게 영지의 경계나 국경을 넘을 수 있다는 점.

어떤 불상사가 일어나면 재빨리 다른 나라로 이동하면 끝이라는 점.

만일 다른 나라까지 이름이 퍼져버려도, 아주 먼 나라까지 가서 이름을 바꾸고 다시 F등급인 신인으로 새로 등록하면 얼마든지 다시 시작할 수 있다는 점.

상대가 동물이나 마물이라면 자기도 모르게 힘 조절에 실패해도 괜찮다는 점.

단독행동이면 다른 사람을 신경 쓰지 않고 자유로이 마법과 검술을 휘두를 수 있다는 점.

돌연 모습을 감춰도 아무에게도 피해가 가지 않는다는 점.

게다가 일주일에 한 번이면 모를까 매일 아침부터 밤까지 가게를 보는 일 따위는 아무래도 따분하고, 미래의 행복한 결혼 생활에 대비해 조금은 돈을 벌어두고 싶기도 했다.

이러한 것을 따져보니 다른 일은 엄두도 나지 않았다.

그리고 무엇보다도 헌터는 주로 업무를 힘들어하고 아무런 매력을 못 느끼는 자가 되곤 하는, 지극히 흔해 빠졌고 일반적이고 평범한 보통 직업이었다.

헌터 등록 다음 날, 마일은 재빨리 첫 일에 나섰다.

수납마법을 쓰니 짐을 가지고 다닐 필요는 없었지만, 빈손이면 이상하게 여길 것이므로 일단은 배낭을 짊어졌다. 안에는 잡은 사냥감을 넣기 위한 주머니만 들어 있었다. 점심용 빵과 물통은 상하지 않도록 시간이 정지된 아이템 박스에 잘 넣어두었다.

장비는 가죽 가슴보호대와 가죽 부츠, 그리고 허리에는 비밀의 검을 찼다. 그럭저럭 신출내기 헌터처럼 보였다.

지방 도시여서 사냥터인 숲까지 거리가 가까웠다. 어른의 보폭으로 1시간 내외. 그런데 마일은 15분 만에 도착했다. 심지어 사람이 보일 때 속도를 줄여서 그 시간이었다. 작정하고 달리면 환경을 해칠 수 있으니 절대 하지 않았다.

"여기가 사냥터……."

가르쳐준 대로 왔고 지도에도 그렇게 되어 있었다. 그러니 틀림없으리라.

인기척 없는 울창한 숲에서 마일은 생각을 말로 내뱉었다. 입을 다물고 조용히 생각하려니 왠지 허전했기에.

"초보자 이외에는 더 깊은 숲에 들어간 건가, 아니면 다른 숲에 갔나……. 초보자용 장소라서 돈이 되는 큰 마물은 없을 테니까, 당연한가……."

혼자 중얼거리며 숲으로 들어가는 마일이었다.

얼마간 걷다가 나뭇가지에 앉아 있는 새를 발견했다. 어둑어둑한 숲속에서도 마일은 왠지 시야가 밝았다.

새를 발견하기는 했으나 검으로는 나무 위의 새를 어떻게 할 수가 없었다. 하지만 새가 의외로 커서 잡아 가져가면 팔릴 것이다. 만약 안 팔리면 숙소에서 직접 요리해 먹으면 된다.

마일은 땅을 둘러보다가 주먹만 한 돌을 찾아 주워들었다. 그리고 팔을 휘둘러 새 쪽으로 있는 힘껏 던졌다.

쿠우웅!

숲에 엄청난 굉음이 울려 퍼졌다.

새의 모습은 사라져 보이지 않았다. 새가 앉았던 자리보다 윗부분의 나무도 같이 없어졌다.

아무래도 달아난 것은 아닌 듯했다.

마일의 지나치게 좋은 눈에, 남은 나무에 눌러 붙은 소량의 살점과 깃털 그리고 혈흔이 보였다.

"아아아아……."

몇 분 후, 겨우 다시 마음을 다잡은 마일이 다시 걸음을 옮겼다. 상의 주머니에는 새끼손가락 끝만 한 크기의 돌멩이가 몇 개들어 있었다.

이 정도면 관통만 하고 말겠지. 머리를 노리는 것도 좋다.

마일은 학습하는 아이였다.

하지만 아까의 굉음 탓인지 사냥감은 그림자도 보이지 않았다.

어쩔 수 없이 마일은 일단 약초를 채취하기로 했다.

하지만 성실하게 찾아서는 힘들 것 같았기 때문에 꼼수를 부리기로 했다. 그렇다. 탐색마법이다.

마일은 편리한 방법을 두고 굳이 고생할 마음이 없었다. 이 정도의 요령은 받아들이는 타입이다.

"탐색마법! 약초가 있는 곳을 가리켜라!"

『열일곱 걸음 직진해서 걸어간 다음, 좌회전하여 다시 여섯 걸음 걸어가십시오.』

"내비게이션이냐! 그건 그냥 길 안내잖아! 마법이 아닌 것 같은데!"

『원래 여러분이 마법이라고 부르는 것은 전부 저희에 의한 것입니다만…….』

"그랬지……."

좀 더 그럴싸한 것, 이를테면 눈앞에 레이더 화면이 나타나면서 빨간색이나 파란색 점이 깜박거리며 표시된다든가 약초가 있는 곳에 빛기둥을 세워준다든가 하는 장면을 기대했던 마일은 털썩 무릎을 꿇었다.

『그런 것을 원하신다면 그렇게 해드리겠습니다만…….』

"뭐야, 할 수 있냐?!"

나노머신에 너무 의지하면 좋지 않으니 마법 행사는 그렇다고 쳐도 대화는 피하려고 생각했던 마일이었지만, 얼떨결에 딴죽을 걸고 말았다.

누가 보면 혼자서 북 치고 장구 치는 미친 사람으로 알리라.

탐색마법을, 음성 안내가 아니라 레이더 방식으로 바꾸어 묵묵히 약초를 캐기 시작한 마일. 확실히는 모르겠지만 망막으로 직접 신호를 쏘아주는 듯했다.

한 약초를 어느 정도 캐고 나면 다른 종류의 약초로 바꾸어 차곡차곡 아이템 박스에 넣었다. 너무 같은 종류만 모아도 별로라고 생각했던 것이다.

약초 채취를 시작하고 얼마 뒤, 조금 전 커다란 소리의 영향이 사그라들었는지 보금자리에 몸을 숨기고 있던 동물들이 하나둘 모습을 드러냈다.

조금 떨어진 곳에 혼래빗이 나타나자, 마일은 주머니에서 돌멩이를 꺼내 손가락으로 튕겼다.

지구에도 쇠구슬이나 동전 등을 손가락으로 튕기는 '지탄술'이 있다고 하지만, 그것은 어디까지나 적의 눈 혹은 안면을 노려 주의를 돌리거나 기를 죽이기 위한 것이리라. 하지만 마일의 것은 달랐다.

피슝!

관통했다.

머리에 적중했기에 살점이나 모피에 아무런 상처도 남지 않았고 뿔도 무사했다. 상품성이 떨어지지 않았다.

기분이 좋아진 마일은 약초 채취를 끝내고 사냥으로 전환했다.

혼래빗. 새. 여우같이 생긴 동물. 무엇이든 닥치는 대로 돌멩이의 희생물이 되었다.

아델은 중간에 돌멩이를 보충해서 다시 마구 쏘아댔다.

창과 검을 쥐고 가까이 다가가면 달아날 수 있고, 화살의 명중 정도도 그리 높지 않다. 그래서 일반 헌터들은 이런 식으로 새와 작은 동물을 잡아들일 수가 없었다. 아니, 애초에 그리 쉽게 사냥감을 발견할 수도 없다. 그런데 마일은 탐색마법을 쓰지 않아도 '무슨 이유인지는 모르겠지만' 속속 사냥감을 발견했고, 몇 번인가 겨냥이 빗나가 목표물이 달아나기도 했지만 나름대로 사냥감을 쓰러뜨릴 수 있었다.

그렇게 사냥을 계속한 끝에 드디어 나타난 대물, 멧돼지!

피슈웅!

대렵이었다.

거의 모든 사냥감을 수납마법으로 넣고 싱글벙글한 얼굴로 귀로에 오른 마일.

그런데 그때 알아차렸다.

"아! 나, 마술사인데 마법을 한 번도 안 썼네……."

약초 채취 때 탐색마법을 쓴 것은 '마법'으로 인식하지 않는 듯하다.

물론 공격마법과 달리 '마법으로 사냥했다!'는 감각은 적지만, 그래서야 탐색마법이 설 자리가 없다. '내비게이션', '길 안내'라는 최초의 이미지가 너무 강해서일까…….

결론적으로 마일은 공격마법은커녕 검조차 뽑아 들지 않았던 것이다.

마일은 사냥물을 돈과 바꾸기 위해 헌터 길드를 찾았다.

잡은 것의 일부는 주머니에 담아 오른쪽 어깨에 멨다.

앞으로의 편의를 고려해 수납마법을 쓰는 것은 숨기지 않기로 마음먹었지만, 빈손으로 들어갔을 때 수확이 전혀 없는 것처럼 보이는 게 싫었기에 일종의 '잘 잡아 왔거든?' 하는 어필이었다.

상시 의뢰인 약초와 혼래빗, 그리고 다른 고기 계통의 소재 매각뿐이어서 접수창구를 거치지 않고 직접 납품처로 향하는 마일에게 갑자기 한 남자가 말을 걸었다.

"잠깐 나 좀 볼래?"

수작일까 아니면 시비일까?

마일이 경계심을 드러내자 말을 건 남성, 이라고 할까 열다섯 전후로 보이는 소년이 살짝 당황해서 말을 이었다.

"아, 아니, 이상한 거 아니야! 파티 권유니까! 우리 다섯이 파티를 짤 건데, 공격력이 좀 부족하거든. 한 사람 더 모집하고 있어. 이 녀석들이 멤버야."

소년의 등 뒤에 열네다섯 살 정도의 소년소녀가 두 명씩 짝 지어 서 있었다.

"너, 못 보던 얼굴인데 다른 마을에서 왔지? 네가 잡은 걸 보니까 실력이 상당한 것 같은데, 아무래도 혼자 다니면 무슨 일이 생겼을 때 위험하잖아. 우리랑 같이 있으면 나이도 엇비슷하고, 여자애도 있으니까 안심할 수 있어. 어때, 한번 생각해볼래?"

마일은 파티에 들어갈 마음이 전혀 없었다. 파티에 들어가면 마일의 특이성을 금방 알아차릴 것이고, 그렇게 되면 마일을 이용하려 들거나 자칫 잘못하면 어느 귀족에게 정보를 팔지도 모른다.

하지만 짐을 든 채로 서서 이야기하면 남들 눈에 잘 띄게 마련이고, 이상하게 물고 늘어져서 옥신각신하는 것도 좀 그렇다.

"저기, 일단 납품부터 하고 와도 될까요?"

"아, 미안. 그럼 여기서 기다릴게."

소년은 순순히 물러나주었다.

마일은 납품처로 가서 이름과 등록번호를 밝히고 주머니에서 사냥물을 꺼냈다.

이렇게 하면 접수를 거치지 않은 상시 의뢰와 소재 매각이라 해도 헌터의 성과가 기록으로 남아 승격 자료가 된다.

"오오, 아가씨, 어린 나이에 실력 좋은데? 수도 많고, 모피도 거의 망가지지 않았고. 웃돈을 좀 얹어주마."

납품소 아저씨가 감탄하며 그렇게 말했다.

"정말요?! 감사합니다! 아, 그런데 사냥물은 그것 말고도 더 있어요……."

마일이 수납마법으로 나머지 사냥물을 꺼내 판 위에 쭉 늘어놓기 시작하자 아저씨의 눈이 커졌다.

"수, 수납마법이라니……. 게다가 그 사냥물의 양이 다 뭐냐……."

"네? 이상한가요?"

"아니, 이상하다기보다는……."

마일이 마지막으로 멧돼지를 꺼내자 아저씨는 벌린 입을 다물지 못했다.

아무래도 상태가 좀 이상해진 납품소 아저씨였지만, 역시 프로여서 겨우 정신을 차리고 꼼꼼히 납품 처리에 들어갔다.

받은 돈은 혼래빗과 새가 한 마리당 은화 두 닢, 여우같이 생긴 동물이 모피 덕분에 은화 여덟 닢, 멧돼지는 금액이 컸는데, 무려 소금화 여덟 닢이었다!

혼래빗과 새는 각각 다섯 마리이므로 총금액이 무려 금화 한 닢과 은화 여덟 닢, 일본 통화로 환산하면 10만8천 엔에 상당했다.

이번에는 멧돼지 덕이 컸는데, 멧돼지를 빼도 2만8천 엔이면한 달 36일 중 30일 일한다고 쳤을 때 84만 엔. 고수익이었다.

'헌터가 되길 잘했네!'

몹시 기뻐하며 납품소를 나온 마일은 뒤늦게 깨달았다.

'아, 약초 환금하는 걸 깜박했다…….'

약초는 수납마법이 아닌 아이템 박스 쪽에 넣었기 때문에 완전히 잊어버린 마일이었지만, 아이템 박스에 보관하면 변질되지 않으니 다음에 환금하기로 했다.

약초까지 더하면 월수입은 금화 열 닢, 1백만 엔이 넘을 것 같다.

소년들이 있는 곳으로 돌아오니 왠지 다들 표정이 이상했다.

멍 때리는 사람, 당황한 사람……. 그렇다, 마치 아까 납품소 아저씨처럼…….

"자, 그럼 이야기를 마저……."

"어이, 너!"

삼십 대로 보이는 남자가 마일의 말을 막고 옆에서 끼어들었다.

"너, 수납마법을 쓸 수 있냐? 용량은 어느 정도지?"

거만한 태도로 끼어드는 남자에게 마일은 혐오감을 느꼈다.

"들려주세요."

남자의 말을 완전히 무시했다.

"어이, 너!"

"우선, 그 많은 헌터 중에서 저를 선택한 이유가 뭐죠?"

"야, 내 말 안 들리냐?!"

"솔직히 말해서 저는 여러분보다 어리잖아요? 거치적거릴 거라는 생각은 안 드나요?"

"지금 장난하나!"

격앙된 남자와 불안에 떠는 소년들.

길드가 붐비는 저녁 시간대여서 헌터 수도 많았지만, 이 정도는 아직 단순한 실랑이. 다들 신입 헌터가 어떻게 대처할지 궁금해 하며 재미 삼아 지켜볼 뿐이었다.

"거참 시끄럽네, 조용히 좀 하세요! 대화가 안 되잖아요!"

"지금 뭐라고 했어……? 네, 네가 날 무시하니까…….."

"네? 저한테 말 걸었어요? 그럼 미안합니다. 인사도 없이 남의 대화에 끼어드는, 예의라고는 눈곱만큼도 찾아볼 수 없는 사람이 실제로 존재하는 줄은 몰랐거든요. 제 눈에 안 보이는 다른 사람과 대화하는 줄로만……."

"이, 이놈이 까불고 있네……. 뭐, 그건 됐고. 너, 우리 파티에 들어와라. 짐꾼으로 확실하게 일하라고!"

"그런데 여러분이 주로 사냥하는 대상은……."

"또 무시하냐!"

"아, 시끄럽다니까요. 지금 대화 중이니까 차례를 기다리세요. 단, 돈 빌려달라는 것과 같이 다니자는 이야기는 거절할게요. 저도 선택할 권리는 있으니까……."

"이놈이이이!"

화를 이기지 못한 남자가 순간 대검을 뽑아 들어 마일을 향해 내려쳤다.

다른 헌터들이 당황하며 막으려고 했지만, 이미 늦었다.

째애앵!

덜컹.

그 자리가 얼어붙었다.

달려가려는 모습 그대로 돌이 된 듯 정지한 몇몇 헌터.

칼 부분이 사라진 자루를 쥔 채 아연하게 서 있는 남자.

칼을 휘두른 자세 그대로인 마일.

그리고 바닥에 구르는 검의 도신(刀身).

……부러진 것이 아니다. 마일의 검에 베여 뒹구는 대검의 도

신이었다.

"무, 무슨⋯⋯."

휘잉!

마일은 검을 가볍게 휘두른 다음 도로 칼집에 넣었다.

그러자 한 박자 늦게 남자의 철제 방어구가 뻐끔히 벌어졌다.

"으헉⋯⋯."

남자는 슬금슬금 뒷걸음질 치더니 휙 돌아 뒤도 보지 않고 그 대로 달아났다.

허둥지둥 그 뒤를 따르는 두 명의 헌터. 아마도 남자의 파티 멤버겠지.

남자가 정말로 마일을 베려던 것은 아니었으리라. 닿기 직전에 멈춰 겁만 주려고 했을 가능성이 높다. 하지만 마일은 '아마 직전에 멈추고, 진짜로 베지는 않을 테니 가만히 있어도 괜찮다' 따위의 안이하고 낙관적인 생각을 하는 바보가 아니었다. 만약 그렇지 않으면 즉사고, 설령 베기 직전에 멈췄다고 한들 상황이 해결되지는 않는다.

"그래서 하던 이야기로 돌아와⋯⋯."

몸을 돌려 다시 이야기를 이어가려는 마일이었지만, 소년들은 입만 뻐끔거릴 뿐 좀처럼 말을 하지 못했다.

마일이 당혹스러워하고 있는데, 삼십 대 후반으로 보이는 헌터가 입을 열었다.

"아가씨, 굉장하네, 그 검⋯⋯. 어디서 구했어?"

'아, 난처한 상황이야⋯⋯.'

말을 건 헌터는 딱히 다른 의도는 없어 보였고 그저 단순히 검에 흥미를 느끼는 것뿐이었지만, 굉장한 검으로 인식하게 했다가는 표적이 될지도 모른다.

"그냥 평범한 가게에서 거의 공짜나 다름없이 산 건데요?"

"그럴 리가 없잖아! 칼이 그렇게 잘 드는데!"

'으음, 어떻게 한담……, 아, 그렇지!'

"저기, 잠시 검 좀 빌려도 될까요?"

"어? 아, 뭐, 상관없지만……."

남자가 그렇게 말하며 칼집째 허리에서 풀어 넘겨주자, 마일은 그것을 자신의 검과 함께 왼쪽 허리에 찼다.

"죄송하지만, 누가 멀리서 동화 한 닢을 포물선 그리는 식으로 던져주시지 않겠어요?"

"좋아, 내가 던질게!"

흥미진진한 표정으로 마일 일행을 에워싼 헌터 중 하나가 그렇게 말하며 품에 든 주머니에서 동화 한 닢을 꺼냈다.

"자, 간다!"

채앵! 파식!

눈에 담지 못할 빠르기로 검이 뽑혀 휘둘린 직후 마일의 왼손이 허공을 날았다.

"자요."

그렇게 말하며 마일이 검을 빌려준 남자에게 내민 왼손바닥 위에는 정확히 두 개로 쪼개진 동화가 놓여 있었다.

"지, 진짜야……?"

동화를 보며 황당해하는 남자 헌터.

"내, 내 검으로, 동화가……."

남자는 믿을 수 없다는 표정으로, 마일의 손바닥 위에 올려진 동화 파편을 뚫어지게 쳐다보았다.

"방금 보셨다시피 검의 성능이 아니라 아주 사소한 비법이 있는 거예요."

((((((그럴 리가 있냐!))))

길드에 있던 모든 헌터와 직원이 마음속으로 외쳤다.

하지만 헌터들이 서로의 과거나 능력을 파고드는 것은 불법. 그러니 꼬치꼬치 캐물을 수도 없어, 눈과 귀를 마일 일행에게 집중했다.

남자 헌터의 검을 되돌려준 마일은 겨우 움직임이 돌아온 소년들과 이야기를 시작할 수 있었다.

"저기, 공격력 부족, 까지 말했는데요……."

"아! 그러니까, 검사, 창사, 궁사, 그리고 마법사가 두 명 있는데 한 명은 공격마법, 나머지 한 명은 지원마법과 치료마법을 조금 쓸 줄 알아……요. 적이 접근해 근접 전투를 벌여야 할 때 좀 힘들어서. 후위를 지켜줄 수 있고 몸이 가벼운 검사가 한 사람 있었으면 좋겠다 싶어서……요."

무리해서 경어를 쓰려다 보니 말투가 조금 이상해진 리더였는데, 무슨 말을 하고 싶은지는 잘 알았다.

"네? 하지만 저는 마술사인데요?"

"""""네에에에에?"""""

경악의 목소리는 뒤쪽 헌터들 사이에서도 터져 나왔다.

"하, 하지만 그 검과 아까 그 검술은……."

"아아, 아무리 후위 마술사라고는 해도 전위가 뚫려 적이 눈앞까지 쳐들어올 수도 있고, 후방부터 공격받을 때도 있잖아요? 그러니까 최소한 자기 몸을 지킬 수 있을 정도의 검술은 필요하다고 생각해서 익힌, 어중간한 실력이에요."

쾅쾅쾅쾅!

뒤에서 요란한 소리가 나 뒤돌아보자, 전위직 검사로 보이는 남자가 벽에 머리를 마구 처박고 있었다. 상한 음식이라도 먹었나……

침울해하는 전위진들과 대조적으로 후위 마술사들은 안심하는 표정이었다.

구사할 수 있는 자가 극히 드문 고위 마법인 수납마법을 검사가 부업으로 사용한다면 마술사가 설 자리가 없으니 말이다.

반대로 실력이 뛰어난 마술사가 검사에 필적하는 검술까지 휘두르는 것은 통쾌한 일이었다.

"미, 미안합니다……. 틀림없이 저희와 같은 D등급 헌터인 줄 알고 말 걸었는데……."

"네? D등급? 등급이 두 단계나 다르면 좀 어렵겠죠?"

좋게 거절할 이유를 모색하고 있었는데, 등급 차이가 있으니 딱 좋은 핑곗거리다. 그들도 E나 F등급 정도이리라고 생각했던 마일은 이를 이유로 들어 거절하기로 마음먹었다.

"두 단계? 아아, C등급이 아니라 B등급인 분이셨어요? 하긴 수납마법 보유자에 그런 검술이니 당연합니다. 어리게 보이는데, 엘프나 드워프이신가요? 정말 실례를 범해 죄송했습니다…….”

“네? 아니, 저는 어딜 가나 있는, 평범한 보통 사람인데요? 어제 막 헌터가 되었고 등급은 F예요.”

우당탕!

덜컹!

쿵쾅!

쾅쾅쾅쾅쾅!

뒤에서 온갖 소리가 다 났다.

“““그게 말이 돼애애?!”””

뒤에서 누가 별안간 소리를 고래고래 질러 깜짝 놀란 마일.

“아니, 그렇게 말씀하셔도…….”

“그런 F등급이 세상에 어디 있어! 등록할 때 스킵 신청을 하면 되는데!”

“네? 스킵 신청? 그게 뭐죠?”

마일이 어리둥절해하자 헌터들과 길드 직원의 낯빛이 변했다. 특히 길드 직원은 얼굴이 새파랗게 질렸다.

“길드 마스터를 불러 와!”

베테랑처럼 보이는 헌터의 성난 목소리에 길드 직원이 허겁지겁 계단을 뛰어 올라갔다.

“아가씨, 누가 접수해줬어?”

“으음, 금발에 나이는 열일고열여덟 정도로 보이는 여자분이었고, 이름이 울랄라였나, 라오였나……?”

"라우라로군! 젠장, 말도 안 되는 실수를 해버렸어······."

뭔가 일이 심각해지는 것 같아 마일은 잔뜩 움츠러들었다.

"저, 저기, 무슨 문제라도······."

"아아, 아가씨는 피해자니까 너무 걱정하지 않아도 돼. 자세한 이야기는 길드 마스터가 온 뒤에 해주지."

몇 분 후 부르러 간 직원과 함께 길드 마스터가 계단을 내려왔다.

시간이 조금 걸렸던 것은 직원이 사정을 설명했기 때문이리라. 사전 정보가 하나도 없는 상태에서 일면식도 없는 사람과 만나리라고는 생각되지 않는다. 특히 문제가 일어났을 경우에는 더더욱.

내려온 길드 마스터는 마일이 상상했던 대로 근육질의 고위 헌터, 라는 느낌이 아니라 뭐랄까, 지방은행의 회계 주임 같은 느낌이 강했다. 필시 전투 능력이 아니라 관리 능력을 높이 산 발탁이었으리라.

"문제가 생긴 사람은 여기 이 아가씨인가? 라우라는 어디 있지?"

"네. 라우라는 오늘 쉬는 날인데, 지금 누가 부르러 갔습니다."

근처에 있던 직원의 대답을 듣고 고개를 끄덕인 다음, 길드 마스터는 마일에게 말했다.

"미안하게 됐구나. 우리 직원이 실수를 저지른 모양이야. 이야기를 나눴으면 하는데 같이 좀 가주겠나?"

"아, 네."

"우리도 동석할 거야. 아무것도 모르는 아가씨를 말로 구워삶으면 곤란하니까. 길드의 불찰이니 헌터가 불이익을 당하지 않도록 확인해야겠어."

마일의 승낙에 이어 베테랑 헌터가 그렇게 말하자 길드 마스터
는 요구를 받아들였고, 헌터는 연배가 있어 보이는 헌터 둘에게
말해서 다 함께 회의실로 이동했다.

회의실에서 내어준 홍차를 마시는 사이, 어제의 접수원 라우라
가 숨을 헐떡이며 도착했고 드디어 대화가 시작되었다. 라우라의
얼굴에 핏기가 하나도 없었다.

"먼저 라우라에게 확인부터 하지. 어제 이 소녀, 마일 씨의 헌
터 등록을 접수받은 것이 자네인가?"

"네, 네에……."

라우라는 새파랗게 질려 고개를 끄덕였다.

"그때 등급 스킵 신청에 대해 설명했나?"

"아, 아니요……."

"왜 설명하지 않았지?"

"네, 그게, 열두 살에 신규 등록이어서 초보자라고 생각이 되
어……."

"우리의 규칙은 어떻게 되어 있지?"

"모, 모든 사람에게 제대로 설명하도록……."

직원의 실수가 확정되자 실드 마스터는 머리를 감싸 안았다.

"직종이 마술사잖아. 어느 정도의 실력인지 왜 확인하지 않은
거야!"

"그게, 검을 차고 있어서, 마술사라고 해도 전투 시 검이 주체
고 마력은 약한 줄로만……."

"바보야! 검술은 마수를 단칼에 벨 정도고, 마술은 수납마법을 쓸 수 있으니 B등급이라고 해도 통할 실력이잖아! 그런 인재가 너 때문에 몇 년이나 약초 채취, 홈래빗 사냥을 해야 할 판이다! 이걸 어떻게 수습할 거야!"

"그, 그런……."

라우라는 자신이 친 대형 사고에 차마 말을 잇지 못하고 눈물을 흘리기 시작했다.

무리도 아니다. F등급과 B~C등급은 돈벌이도 대우도 천양지차였기 때문이다. 제멋대로 판단해서 규칙도 지키지 않고 수순을 날려버린 자신 때문에 유망한 신인의 귀중한 몇 년을 날리게 되었다면, 그것은 만회하기 힘든 실수였다.

"저기~……."

상황의 심각성을 모르는 마일이 주뼛주뼛 끼어들었다.

"저기, 저는 지금 이대로도 상관없는데요……."

"""그게 말이 돼?!"""

함께 참석한 헌터 전원이 버럭 화를 냈다.

"헌터가 길드의 실수를 눈감아주고 어쩔 수 없이 단념했다는 전례를 남길 수는 없어! 다른 헌터들의 입장도 생각하란 말이야! 그리고, 애당초 수납마법을 쓸 줄 아는 F등급 헌터가 있다는 게 말이 되냐!"

어리둥절해하는 마일에게 헌터 한 명이 설명해주었다.

수납마법은 고도의 마법이어서 구사하는 자가 많지 않다. 이 마법이 있으면 예비 무기와 방어구, 물과 음료수, 채취한 약초와 사냥물 등을 대량으로 옮길 수 있기 때문에 수익 효율이 굉장히 높아진다. 그래서 이 마법을 구사하는 자의 전투력이 약하더라도 다른 사람이 온 힘을 다해 보호해줌으로써 A~C등급 파티에도 가입이 가능했다.

다시 말해서, 수납마법을 쓸 수 있다는 사실 하나만으로 다른 능력이 어떻든 간에 C등급으로 인정된다는 이야기나 마찬가지였다.

거기다 다른 마법도 그럭저럭 쓸 줄 알고 검까지 다룬다면 B등급 이상의 파티에서 서로 영입하려 들 것이 확실했다.

"……그럼 다시 등록하면 안 돼요?"

"그게 가능하면 이렇게 고민하겠니……."

이번에는 길드 마스터가 설명에 나섰다.

그의 말에 따르면 옛날에 돈과 권력을 이용해 억지로 등급을 올리려고 하는 귀족과 그 일족이 많아 그것을 막기 위해 등급 상승 규칙을 아주 엄하게 만들었기 때문에, 한번 등록한 자를 그 이상의 등급으로 재등록할 수 없게 되어 있다고 한다. 일단 등록을 말소한 다음 말소 전과 같거나 그 이하의 등급으로 재등록하는 것은 은퇴자의 복귀라는 점도 있어서 인정된다고 하지만…….

또한 빠른 속도로 등급을 올리려고 해도, 최소 나이 제한이라는 조건이 달려 있어 그야말로 나라를 구한 영웅이라도 되지 않는 이상은 예외 승격이 어려웠다.

그냥 입 다물면 안 들키지 않을까, 하고 생각할 수도 있지만 그러다가 부정행위가 들통 나는 경우 관계자 전원에게 상당히 엄한

벌이 주어지므로 그러한 위험은 무릅쓰지 않는다고 한다. 직원 하나, 헌터 하나가 말실수를 하거나 어딘가에 밀고라도 하는 날에는 모든 것이 끝장날 테니까.

원래는 등록할 때 능력과 기능을 꼼꼼히 확인하고 등급을 스킵할 자격이나 능력이 있다고 판단되는 경우에는 길드 마스터에게 보고하여, 길드 직원과 상급 헌터 다수의 입회하에 시험을 치러 등급을 결정하게 되어 있다.

기사와 병사가 은퇴 후에 헌터가 되는 경우도 있고, 파벌 싸움에 밀려 쫓겨난 궁정 마술사가 찾아오는 경우도 있으므로 모두 처음부터 F등급에서 시작하지는 않는 것이다.

마일도 원래라면 제일 낮아봐야 C등급에서 시작해야 옳았다.

설령 본인이 그것을 바라지 않더라도.

"그럼 어떻게 해야……."

"저는 이대로라도……."

"""넌 입 다물고 있어!"""

고민에 휩싸여 길드 마스터를 노우려다가 또 베테랑 헌터들이 버럭 화를 내서 마일은 몸을 움츠렸다.

월수입이 금화 열 닢 정도면 불만 따위 없지만, 베테랑 헌터들은 마일이 상시 의뢰와 소재 매각만으로 일정하게 벌어들일 수 있다고 생각하지 않았다. 게다가 F등급이면 큰 마물이 나왔을 때 지원, 중요인물의 호위, 긴급 상황 시 강제 참가 의무 등 모든 것이 대상에서 제외되는 만큼, 쓸 만한 인재를 몇 년이고 두 손 놓고 놀게 할 생각은 전혀 없었다.

특히 수납마법에 의한 물자 수송이라는 후방 지원 능력은 인재가 부족한 지방 도시 길드 지부로서는 비상사태에 대비할 수 있다는 점에서 놓치기 힘든 매력이었다. 길드 운영에 관여하는 것은 아니지만 헌터들 역시 긴급 시에는 자신의 목숨과 직결된 중요 사항이었다.

"저기~, 그럼 왕도의 양성 학교는 어때요……?"

""바로 그거얏!""

새파랗게 질린 얼굴로 고개 숙인 라우라가 불쑥 내뱉은 한마디를 길드 마스터와 헌터가 동시에 덥석 물었다.

나머지 헌터 둘은 무슨 소리인지 아직 이해하지 못한 모습.

물론 마일도 마찬가지였지만.

'헌터 양성 학교.'

그것은 6년 전부터 시작된 국가사업이었다.

뛰어난 재능이 있는데도 최저 연령 제한 때문에 정식 헌터가 되기까지 시간이 걸려, 나이 때문에 은퇴할 때까지의 활약 기간이 짧아지는 것을 우려한 헌터 출신 귀족이 제창해서 시범적으로 도입한 이 사업은, 반년 동안 헌터가 갖출 모든 기술과 지식을 주입하고 졸업 때 D등급이나 C등급의 자격을 부여하는 시스템이었다.

"그곳은 귀족이든 평민이든, 경우에 따라서는 노예라도 상관없이 무료로 들어갈 수 있어. 원래 말도 안 되게 높은 경쟁률이지만, 각 길드 지부를 맡은 길드 마스터의 임무 중에는 '유망한 신인 발굴'도 있어서 길드 마스터가 자기 신용을 걸고 추천했을 경우 입학이 인정되지. 다만……."

"다만?"

"만약 추천 전형으로 왔는데 양성 학교에서 가르칠 가치가 없는 자라고 판단할 경우, 그자는 즉각 퇴학 처리 돼. 그리고 추천한 길드 마스터는 상층부의 신뢰를 잃어 더 이상 출세는 힘들어지는……."

헌터 중 한 사람으로부터 설명을 들은 마일이 길드 마스터를 보자, 길드 마스터는 온화한 눈빛으로 부드럽게 미소 짓고 있었다.

"믿습니다, 마일 씨……."

'아, 이건, 달관한 눈빛인데…….'

결국 마일은 이 나라의 왕도로 가서 헌터 양성 학교인가 뭔가하는 곳에 다니는 것을 받아들였다. 그렇게 하지 않으면 접수원라우라가 해고될 것 같았고 길드 마스터 역시 해고는 안 되더라도 어떤 처분을 받을 것 같았기 때문이다.

마일이라는 변칙적 존재가 오시 않았더라면 아무 일 없이 계속근무했을 것이라고 생각하니, 전생에 일본인이었던 마일은 너무도 미안해서 마음이 괴로웠던 것이다.

라우라도 그 상태라면 언젠가 같은 실수를 저질렀을지도 모르지만, 이번에 교훈을 얻었으니 앞으로는 성실하게 규칙을 지킬것이다.

그리고 솔직히 말해서 마일은 아무래도 좋았다.

어차피 C등급이 될 것이라면 다소 빨리 되어도 큰 문제는 없다.

단지 수납마법을 쓴다는 이유 하나만으로 C등급이 되는 것이니 드물기는 하지만 어쨌든 '평범한 C등급 헌터'의 범주에 있다.

그대로 F등급에 머무른다고 해도 수납마법을 쓸 수 있다는 사실이 드러난 이 시점에서 그다지 큰 차이는 없으리라.

또 멀리 가서 재등록하더라도 보통대로 수속하면 C등급이고, 거짓말로 F등급으로 등록하면 수납마법을 쓸 수 없는 데다가 다른 F등급 헌터와 엇비슷한 수입에서 그치게 활동해야 할 필요가 있다.

그것은 마일의 허용 범위 밖에 있었다.

일부러 가난하게 살고 싶지는 않다.

결국 반년의 학교생활을 해야 한다는, 그 차이에 지나지 않았다.

그리고 마일은 '학교생활'을 원했다. 정말 하고 싶었던 것이다!

애클랜드 학원에서의 생활은 애매하게 끝나버렸지만, 무척 즐거웠었다.

모두들 서슴없이 말을 걸어주었다.

친구가 생겼다.

함께 즐거운 시간을 보냈다.

좀 더 있고 싶었다.

졸업까지, 모두와 함께 있고 싶었디.

아쉬웠다.

미련이 남았다.

그래서 반사적으로 말하고 말았다.

"갈래요! 입학할래요!"

마일이 왕도에 가기로 결정하고 3주간.

마일은 열심히 돈을 벌었다.

닥치는 대로 벌어들였다.

잘 아는 헌터에게 들은 바로 양성 학교는 학비, 기숙사비, 식비까지 전부 공짜이고 재학 중에도 헌터 활동으로 돈을 벌 수 있다고 하는데, 그래도 만일에 대비해 여윳돈이 있어서 나쁠 것은 없었다.

다음 입학 시기까지 약 한 달이 남았기 때문에 3주 동안 돈을 번 다음 8일간 승합마차로 이동하고, 남은 10일은 예비일로 아무 일도 없으면 왕도를 견학하면서 지리 등을 파악할 예정이었다.

이 세계는 6일이 일주일이고 6주가 한 달이었는데, 나누어떨어지는 수가 많으니 날짜 계산에 아주 편리했다.

예의 숲에서 사냥과 약초 채취에 열중하던 마일은 이번에는 작은 돌멩이가 아니라 마법과 검을 사용했다. 양성 학교에서의 힘 조절 연습까지 겸해서.

애클랜드 학원에서도 힘 조절을 하기는 했었지만, 평범한 열 살에서 열두 살, 또래 아이들 속에서의 힘 조절과 졸업하자마자 C등급 헌터로 실전에 투입되는 자들의 검술 및 전투 마법 속에서의 힘 조절은 차원이 다를 것이다.

어쩌면 목검이 아니라 날이 없는 철검으로 모의전을 치르거나 마법 시합을 벌일지도 모른다. 게다가 다른 학생들은 필시 자신보다 나이가 많을 테지, 하고 마일은 짐작했다.

새는 마법으로.

혼래빗과 여우 등은 나무를 적당히 깎아 만든 창으로.

그리고 멧돼지와 사슴은 검으로.

다른 신참 헌터가 잡을 사냥감의 씨를 말리지 않도록 조심하면서도 납품소 아저씨가 질린다는 표정을 지을 만큼 많은 사냥감을 계속 잡아, 출발일에는 아이템 박스에 일곱 닢의 금화가 추가되어 있었다. 그때까지 저금한 금액을 모두 합하면 금화 열 닢 분으로, 일본 통화로 환산하면 약 1백만 엔 가까이 되었다.

왕도까지의 여행비와 입학할 때까지의 체재비, 그리고 당분간 필요한 용돈으로 충분했다.

이렇게 해서 드디어 사냥용 장비와 학교 교복 이외에 평범한 사복을 살 수 있게 되었다.

길드 회의실에서 대화가 오간 지 3주 후.

길드 마스터, 길드 직원, 그리고 헌터들의 환송을 받으며 마일은 승합마차를 타고 마을을 떠났다.

왕도까지 가는 8일간.

마일이라면 좀 더 빨리 이동할 수 있었지만, 딱히 필요 없어서 그렇게 하지 않았다.

마일은 지극히 평범하고 일반적인 F등급 헌터이니까.

이동을 위한 여행비와 식비는 길드 마스터와 라우라가 반씩 나눠 자비로 대주었다. 그 정도쯤이야 당연하겠지.

"갔나……."

"네, 갔어요……."

길드 마스터가 중얼거리자 라우라가 대답했다.

"반년 후에 C등급 헌터로 돌아와주기만 한다면 몇 년 후에는 B 등급이 되려나. 아직 한참 어리니 A등급도 꿈은 아니야. 이 마을의 간판 헌터가 되어주면 좋겠는데…….."

"엥, 돌아올까요? 왕도에 눌러 앉는 건 아닐까요?"

"가족이 있으니까 돌아오지 않겠나?"

"네? 마일 씨는 먼 산골 마을 출신이고 부모님이 다 돌아가신 후 생활을 위해 이곳에 왔다고 했는데요? 이 주변 출신이 아니고 가족도 없을 텐데요?"

"뭐?"

"엥?"

"뭐어어어어라고오오?!"

그대로 무너지는 길드 마스터.

"그럼 저, 적어도 양성 학교를 우수한 성적으로 졸업해서 내 신뢰도를 올려주라…….."

길드 마스터가 진심으로 오열했다.

그 뒤에서 이야기를 듣고 있던 몇몇 헌터도 덩달아 무릎을 꿇었다.

마일의 왕도로 가는 여행은 순조로웠다.

새로 마련한 옷은 값싸고 수수한 것으로 마일을 '평범하고 일반적인 마을 아가씨'처럼 보이게 했다.

그리고 야영할 때 같이 가는 승객들에게 무제한으로 온수를 나눠줘서 다들 고마워했다. 마일도 조금은 '서비스'라는 것을 몸에 익힌 듯했다.

하지만 그렇게 한 데다가 수납마법으로 음식물을 꺼내는 것까지 보인 바람에, 모처럼 수수한 옷을 입었는데도 불구하고 비범하다는 사실이 다 들통나버렸다.

"마일, 왕도까지 가? 일하러 가는 거니?"

"그게, 양성 학교, 라는 곳에……."

"아아, 거기에서 허드렛일을 하려고? 헌터 중에서도 엘리트 코스니까 유망해 보이는 괜찮은 남자를 꼬시면 그날로 팔자 펴는 거야! 마일 너라면 할 수 있어. 몇 년만 지나면 남자들이 널 가만히 내버려두지 않을걸?"

마일이 매일 온수 샤워 서비스에 사슴고기까지 나눠주는, 어리바리한 언니가 그렇게 말하자 쓴웃음 짓는 마일.

그 말을 들은 다른 승객들은 속으로 쏘아붙였다.

'저 나이에 수납마법도 쓰고 따뜻한 물도 만들 줄 아는 녀석이 허드렛일을 하러 갈 리가 없잖아! 딱 봐도 입학이구만!'

출발한 지 9일 후, 승합마차는 예정보다 하루 늦게 왕도에 도착했다.

도중에 비가 내려 땅이 질퍽거리기도 했고 진흙탕에 바퀴가 빠져 억지로 미는 과정에서 차축이 비뚤어진 탓도 있어 늦어졌는데, 그러한 사고를 만난 것치고는 일찍 도착한 편이었다.

목적지에 가깝다며 왕도에 들어간 이후 도중에 마차에서 내린 자를 제외하고, 왕도의 거의 중앙에 위치한 대광장의 종착지에서 승객들이 모두 내려 해산했다.

"마일, 온수 고마워!"

"다음에도 같이 타줘!"

승객들, 특히 매일 온수 샤워라는 귀족조차 맛볼 수 없는 사치를 만끽한 여성들의 고마워하는 마음은 무척 커서 모두들 남은 식량이나 고향에서 가져온 토산품의 일부를 나눠주었다.

"어엿한 헌터로 성장하면 지명 의뢰해줄게!"

'아, 허드렛일을 하러 가는 게 아니라는 걸 아는 사람도 있었네……'

그야 당연하다.

"여기가 왕도인가……."

이곳 티루스 왕국의 왕도는 애클랜드 학원이 있는 마일의 모국 브란델 왕국의 왕도보다 조금 작은 느낌이었다. 국토의 넓이, 인구, 경제 규모 등을 합한 '국력'으로 볼 때 이 나라는 브란델 왕국의 70% 정도쯤 되려나……

이곳에도 귀족과 부자의 자제용 학원이 있을까? 만약 그곳에 다녔다면 마르셀라 삼인조와 같은 친구를 사귈 수 있었을까?

이제는 자신과 상관없는 일이지만 마일은 조금 신경 쓰였다.

어쨌든 적어도 반년은 이 도시에서 살아야 한다.

입학 3일 전부터 기숙사에 들어갈 수 있다고 하니, 그때까지 남은 6일간 숙소를 잡고 왕도를 탐색할 예정이다. 유사시에는 지리 파악 여부가 생사를 가르는 법이니까.

하지만 일단은 숙소를 찾는 것이 먼저였다. 아직 해가 높이 떠 있어서 선량해 보이는 사람에게 괜찮은 여인숙을 몇 군데 물어본 후, 두 눈으로 직접 확인하고 결정하기로 하고 발걸음을 떼기 시작했다.

'아, 맞다! 아까 승객들한테 물어볼 걸 그랬어! 왕도에 일 보러 온 사람보다 원래 왕도에 살고 여행에서 돌아온 사람이 훨씬 많았는데!'

여전히 깜박할 때가 많은 마일이었다.

그리고 저녁, 해지기 전.

마일은 한 여인숙 앞에 서 있었다.

사람 좋아 보이는 할아버지와 할머니에게 물어보며 찾아다니다가 여자 혼자 안전하게 묵을 수 있는 점, 요금이 그리 비싸지 않다는 점, 요리가 맛있다는 점을 조건으로 압축한 세 군데를 둘러본 후 입지 조건, 출입하는 고객층, 입구 주위의 청소 상황 등을 따져 결정한 곳이었다. 6일간 편하게 지낼 수 있느냐 없느냐가 달린 문제이므로 무척 진지하게 비교했다. 만약 여기서 실패한다면 자신의 불운과 보는 눈 없음을 인정하고 체념할 수밖에 없다.

"저기요, 남는 방 있나요?"

"그럼요~, 얼마든지 있답니다아ᵕ!"

문을 열고 물어보는 마일에게 싹싹한 여자아이의 대답이 돌아왔다.

안으로 발을 들여놓자 입구 가까이에 있는 카운터 안에 열 살 무렵으로 보이는 여자아이가 오도카니 앉아 있었다.

저녁 식사 시간이라 바빠서 그런지, 여인숙 주인의 딸이 일을 돕는 것 같았다.

"저기, 6박 7일 동안 머물고 싶은데요……."

"네, 숙박만 하시면 1박당 은화 네 닢이고, 아침식사는 소은화 세 닢, 점심 식사는 소은화 다섯 닢, 저녁은 소은화 여덟 닢이에요. 따뜻한 물은 세면대야 한 통에 동화 다섯 닢이고 큰대야 한 통에 소은화 두 닢입니다."

"으음, 모처럼 왔으니까 다양한 곳에서 맛있는 걸 맛보고 싶으니 저녁은 오늘 밤만 먹고, 다른 날은 아침식사만 부탁할게요. 뜨거운 물은 스스로 만들면 되니까 없어도 돼요."

"어머, 마법을 쓰실 줄 아세요?! 좋겠다……."

진심으로 부러워하는 여자아이.

여인숙 주인 딸이 자유자재로 뜨거운 물을 만들 수 있으면 편리하겠지.

새삼 자신이 얼마나 혜택 받았는지 자각하는 마일이었다.

"식사는 언제든지 하셔도 돼요. 단, 밤2의 종이 울리기 전까지예요."

밤2의 종이란 지구 시간으로 밤 9시에 울리는 종이다. 아침 6시에 아침1, 아침 9시에 아침2, 낮 12시에 낮1, 오후 3시에 낮2, 저녁 6시에 밤1, 그리고 밤 9시에 밤2의 종이 울린다.

"아, 그럼 지금 바로 먹을게요."

여독을 풀고 다시 계단을 내려오는 게 귀찮아서 바로 저녁을 먹기로 결정한 마일.

식사는 메뉴에서 선택할 수 있다고 했는데, 벽에 붙어 있는 메뉴판을 보니…….

'오크 고기 스테이크'

'오크 고기 소테'

'오크 고기 찜'

'오크 고기 꼬치구이'

'오크 고기 프라이'

이곳에서는 아무래도 오크 고기를 꼭 먹이고 싶은 것 같았다.

마일이 언짢은 눈빛으로 소녀를 흘겨보았다.

"아하핫, 고기를 주문할 때 자릿수를 잘못 말해버려서요……."

머리를 긁적이며 쑥쓰럽게 웃는 소녀.

그런 사정이라면 어쩔 수 없다.

사실 마일은 지금까지 마물 고기를 먹어본 적이 없었다.

귀족 중에는 그런 사람이 많았는데, 아스컴가에서도 식탁에 마물 고기가 올라오는 일은 없었다.

학원 식당에서도, 아무리 하급이라고는 하나 귀족이 많았기 때문에 배려 차원에서 마물 고기는 나오지 않았던 것이다.

딱히 독이 들어 있는 것도 아니므로 마일은 특별히 꺼려지는 않았다. 어차피 앞으로 자주 먹게 될 테고. 그냥 단순히 지금까지 먹을 기회가 없었던 것이다. 그뿐이다.

어차피 먹어야 한다면, 앞으로 사냥하러 나가서 해 먹을 기회가 많을 요리법 쪽을 시도해봐야겠다.

그렇게 생각한 마일은 메뉴를 정했다.

"오크 고기 스테이크 하나 주세요."

그렇게 해서 나온 요리.

오크 고기 스테이크. 오크 고기 수프. 빵과 샐러드.

고기 양이 유난히 많았다. 아마 다 못 쓸 만큼 차고 넘쳐서 그러리라.

겉보기는 돼지고기 그 자체.

냄새를 맡아보니 돼지고기 그 자체.

한 점 먹어보니, 돼지고기 그 자체.

……결론은 돼지고기 그 자체였다.

'쓸데없이 긴장했네!'

그로부터 6일간 마일은 숙소를 거점으로 삼아 이리저리 다니며 가게와 도로 파악에 힘썼다. 조금 수상쩍은 오솔길이나 뒷골목에도 들어가보았지만, 지방 도시에서 '값싸고 수수한' 옷은 왕도에서는 '초라'하게만 보였는지 강도의 습격을 받거나 위험에 휘말리는 일은 없었다.

……아무래도 빈민가 주민들에게 '같은 동족'으로 보인 모양이다.

겨우 그 사실을 깨달은 마일은 허둥지둥 옷을 샀다.

왕도의 수준에서 '값싸고 수수한, 평범한 동네 아가씨가 입는 옷'으로.

새로 산 옷을 여인숙 딸 레니에게 보여주었더니 표정이 미묘했다.

"언니, 소재는 좋은데……."

그리고 왕도에 도착한 지 6일 후, 마일은 헌터 양성 학교의 문을 통과했다.

제7장 헌터 양성 학교

……작다.

본 교정으로 보이는 건물은 무척 작은 단층 구조였다.

그리고 학생 기숙사로 보이는, 마찬가지로 단층 건물이 한 채.
남녀 겸용인 모양이었다.

나머지는 실내 훈련장 같은 곳과 운동장뿐.

뭐, 총 한 학급에 마흔 명 전후의 학생밖에 없으니 이런 것이겠
지.

여기서 그다지 튀고 싶지는 않았지만 그렇다고 길드 마스터의
체면을 구겨서도 안 된다. 마일은 이 학교에서는 위에서 다섯 번
째 정도의 순위를 유지하기로 결정했다.

접수를 마치고 안내받은 방은 2층 침대가 두 개 놓인 4인실.

국비로 지내는 만큼 독방 같은 사치가 가능할 리는 없다.

다른 룸메이트는 아직 도착 전인지 마일이 가장 먼저 입실한 것
같았다. 어느 침대를 쓸지 잠시 고민에 빠진 마일이었지만, 전생
에 일본인이었다는 슬픈 천성 탓에 아무리 해도 '다른 사람을 배
려해 양보한다'는 습성에서 벗어날 수 없었다.

'아마 내가 제일 어리고 몸집도 작겠지. 그럼 위쪽으로 할
까……'

2층 침대는 아래쪽이 여러모로 편하지만 마일은 한쪽 침대의 위쪽을 선택했다.

방에 딱 하나뿐인 옷장은 안이 네 칸으로 나누어져 있었다. 모두 공용인 듯했다. 그 밖에 열쇠로 잠글 수 있는 작은 귀중품 보관함이 있었지만, 중요한 것은 전부 아이템 박스에 넣어두었으니 마일은 별로 쓸 일이 없었다. 그래서 모두 제일 쓰기 불편한 위치에 있는 것을 골랐다.

이 근방의 나라에서는 이렇게 자신이 취할 수 있는 권리를 남에게 양보하는 것을 바보짓이라고 여기는 분위기였지만, 자신이 좋아서 하는 행동이니 마일은 크게 신경 쓰지 않았다.

"짐 정리는……, 할 필요 없나?"

수납마법 보유자라는 것을 감출 생각은 없었다…… 아니, 어차피 추천 입학 신청 서류에 기록되어 있을 테니 감춰봐야 아무 의미도 없었다. 그러니 짐을 수납마법으로 계속 보관해도 된다. 그리고 일부 짐은 아이템 박스에 보관해두었다.

결국 옷장도 필요 없어서 자신이 제공받은 공간을 나머지 세 사람에게 제공하기로 했다.

방에는 침대와 옷장, 귀중품 보관함. 그것 말고는 일체 없었다. 책상도 의자도, 아무것도.

잠자는 곳에는 돈을 들일 수 없다. 방에서 노닥거릴 시간이 있으면 훈련장으로 가라. 방은 그저 옷 갈아입고 잠자는 장소일 뿐. 그런 뜻이겠지.

마일이 점심 식사 시간까지 생각에 잠겨 멍하니 있는데 문을 두

드리는 소리가 났다.

"네, 들어오세요!"

마일의 말에 문을 열고 들어온 사람은 170센티미터가 조금 안 되는, 여자치고는 큰 키에 금발머리인 씩씩하고 야무지게 생긴 소녀였다.

나이는 열일고여덟 정도 되려나. 뭐랄까, ……보이시한 여자?

마일과는 다른 의미로 여자들에게 인기를 끌 듯한 아이라고 설명하면 이해가 쉬울까.

"오, 같은 방 아이구나! 앞으로 반년간 잘 부탁해!"

생긋 웃으며 오른손을 내미는 소녀의 모습에 앞으로 친해질 듯한 예감을 느끼며 마일도 미소와 함께 오른손을 내밀었다.

"난 메비스, 검사야. 잘 지내보자. 자세한 자기소개는 다 오면 그때 하기로 하고, 침대는 어딜 써?"

"아, 여기 위요."

"흐음…….."

역시 바보 같다고 생각하나, 하고 걱정하는 마일이었지만 메비스는 마일의 머리를 부드럽게 쓰다듬으며 말했다.

"착한 아이구나…….."

분명히 친해질 것 같아!

마일은 그렇게 확신했다.

"난 키가 크니까, 미안하지만 아래쪽을 쓸게."

그렇게 말하며 마일의 아래쪽 침대에 짐을 둔 메비스와 잠시 이야기를 나누고 있는데 또 누군가 문을 노크했다.

"네~, 들어오세요~."

마일의 대답에 활짝 열린 문 앞에는 두 소녀가 서 있었다.

열서너 살 정도의, 갈색 머리카락에 보드라운 느낌의 상냥해 보이는 여자아이.

그리고 열두 살쯤 된, 빨간 머리에 성격이 강해 보이는 여자 아이.

"같은 방에 배정된 아이들이지? 난 메비스야, 반갑다!"

"마일이에요, 앞으로 잘 부탁드립니다!"

"레나야. 잘 부탁해."

빨간 머리 소녀는 그렇게 이름을 밝히자마자 방으로 들어와 양쪽 침대를 스윽 쳐다본 후 비어 있는 쪽 아래 침대에 짐을 내려놓았다. 뭐, 이것이 일반적인 행동이다. 빠른 사람이 이기는 법.

"폴린이에요. 잘 부탁드립니다……."

약간 심약해 보이기도 하는 보송보송한 소녀는 먼저 침대를 차지한 소녀에게 화도 안 나는지, 묵묵히 위쪽 침대로 짐을 옮겼다.

입학식 전날까지만 도착하면 되는데도, 학생을 받기 시작하는 입학식 3일 전의 낮 시간대에 룸메이트 전원이 도착한 것은 결코 우연이 아니었다.

3일 전부터 이곳에서 묵을 수 있고, 그날 점심 식사부터 무료로 제공되기 때문이다.

즉, 네 명 모두 돈에 여유가 없다는 뜻이다.

마일이야 이제 돈에 여유가 있었고 그저 빨리 도착해서 양성 학교와 그 주변 환경에 적응하고 싶었을 뿐이었지만, 물론 그런 쓸

데없는 소리는 하지 않고 모두에게 맞춰주었다. 조금은 눈치가 생긴 것이다.

곧 점심시간이었기 때문에 자기소개는 식사 후에 차차 하기로 하고, 다 함께 식당으로 이동했다.

학생을 수용하기 시작한 첫날부터, 그것도 점심시간에 딱 맞춰서 도착한 사람은 그 밖에도 많이 있었는데 마흔 명이라고 들은 동기생 중 절반 가까이가 식당에 와 있었다. 지난 기수 학생은 이번 기수와 엇갈리게 졸업했기 때문에 그곳에 있는 사람은 모두 동기생일 터였다.

남자들은 전부 걸신들린 듯 음식을 입에 쓸어 담았지만, 역시나 여학생들은 그렇게까지 심하지는 않았다. 아직 담소를 나눌 사이는 아니어서 그런지 다들 조용히 식사에 집중했다.

식사가 끝난 후 방에 돌아온 마일 일행은 곧바로 자기소개에 들어갔다.

"그럼 여기 도착한 순서로 소개해볼까?"

메비스의 말에 따라 마일부터 시작했다.

"저는 마일이라고 합니다. 열두 살이에요. F등급이고 마술사입니다."

"⋯⋯엥, 그게 다야? 그거 말고도 더 있잖아. 잘하는 마법이라든가 어디 출신이라든가, 집안에 대한 이야기라든가⋯⋯."

빨간 머리 레나의 말에 마일은 어쩔 수 없이 말을 이었다.

"으음, 수납마법을 쓸 수 있어요. 그래서 옷장은 필요 없으니

제 공간은 여러분이 나눠 쓰세요. 그리고 호신용으로 검술도 좀 해요. 집안에 대해서는, 그러니까, 제 목숨이 달렸으니 그냥 넘어 가주세요…….."

"""…………""""

잠시 침묵이 이어졌다.

"그게 뭐야, 이상하잖아!"

레나가 갑자기 소리쳤다.

"수납마법을 쓸 수 있으면 C등급이어야지! 왜 여기 있는 거야?! 그리고 수납마법을 발동시켰다는 건, 마력을 계속해서 쓸 수 있 다는 말이 되는데! 어떻게 옷장 대신 쓸 수 있는 거지?!"

"""오잉……?""""

"어째서 너까지 놀라는 거얏!"

소리치는 레나의 모습에 어리둥절해하는 마일이었다.

"그게, 길드에서 착오가 생겨서……. 그 보상으로 길드 마스터 추천으로 여기 왔어요. 그런데 수납마법이란 게 그런 거예요?"

"너, 너……."

"그, 그럼 다음은 내 차례인가?!"

초조하게 목소리를 높이는 메비스.

분위기 파악을 잘한다는 깃은 실로 멋지다.

"마일이 솔직하게 말했으니까 나도 다 말할게. 앞으로 오래 같 이 지낼 테니 조만간 알게 되겠지만 말이야. 메비스 폰 오스틴. 열일곱 살이야. 검사고, 마법은 못 써. 우리 집은 대대로 기사 가 문이어서 세 오빠는 전부 기사가 되었어. 나도 오빠들을 동경해서 기사를 꿈꿨는데, 오빠들과 부모님이 결사반대하는 바람에 가출했어. 그래서 지금은 가문의 이름과는 상관없는 그냥 메비스야. 앞으로 잘 지내보자!"

(((우와아…….)))

순간 마일의 뇌리에 '라스칼'이라는 이름이 스치고 지나갔지만 그것은 너구리다. 아마도 다른 이름과 착각한 것 같다.

"다, 다음은 나네! 난 레나고 열다섯 살. 마술사야! 공격마법이 특기고, '붉은 레나'라고 불리고 있어. 미리 말해두지만 붉은 레나에서 '붉은'은 머리카락 색을 뜻하는 게 아니야! 가족은 없어……."

레나는 가족에 대해 언급할 때 고개를 푹 숙였는데, 자신이 마일에게 한 행동이 있어서 자기 가족에 관한 이야기도 꺼낼 수밖에 없었으리라.

""""열다섯?""""

"뭐야! 뭐 하고 싶은 말이라도 있어?!"

열다섯 살치고는 키가 작았다. 156~157센티미터 정도 되려나, 일본인이라면 나이에 적당한 키지만, 지구에 비유했을 때 이 나라 사람은 서양인이라고 할 수 있기 때문에 그녀는 또래의 표준보다 5센티미터는 작았다. 다시 말해 열두 살에 해당하는 키였다.

마일도 표준보다 작았기에 두 사람의 키가 역전하지 않은 것이 천만다행이었다.

"그럼 마지막은 저네요……. 폴린, 열네 살. 베케트 상회라는 중간 규모 상가 상회장의, 정부의 딸입니다."

((((으아아아아~~!!))))

"환영받지 못한 아이였지만 치료마법에 재능이 있어서, 귀족이나 대규모 상가에 공물로 도움이 될 듯하니 실력을 쌓으라며 이곳에 시험을 보게 했습니다."

(((하지 마아앙~~~!)))

"이곳을 졸업한 후에는 아마 어딘가의 중년 아저씨나 노인의……."

""""그럼 자기소개는 이것으로 끝!""""

앞으로 상당히 죽이 잘 맞을 듯한 룸메이트들이었다.

입학식까지 남은 3일 동안 마일 일행은 방에서 대화를 나누거나 함께 왕도를 산책하는 등 시간을 보냈다. 모두 돈이 별로 없어서 돈이 안 드는 일만 했다.

돈도 돈이지만 '방이 좁다'는 이유도 있어서 쇼핑해봐야 뭐 대단한 것을 살 수도 없었다. 기껏해야 갈아입을 옷이나 소모품을 사는 정도였다.

식당에서 배불리 밥을 먹을 수 있기 때문에 간식에 돈을 쓰는 사치는 부리지 않았다.

네 명 모두 성격은 상당히 달랐지만 어째서인지 아주 잘 맞아 좋은 룸메이트가 될 것 같았다.

그리고 마일은 알 수 없는 이유로 레나의 마음에 들었다. 마일이 문득 알아차렸을 때는 항상 레나가 옆에 있었던 것이다.

마일이 의문스러워하자, 메비스가 그 이유에 대해 추측한 바를 들려주었다.

"그것 때문 아닐까? 마일의 키와 가슴……, 아니, 아무것도 아니야, 방금 한 말은 잊어줘."

"잊을 수 있겠냐고요오오!"

메비스의 적확한 분석 결과를 듣고 흥분해서 소리치는 마일.

마일도 세 명의 룸메이트와는 긴장 없이 터놓고 말할 수 있게 되었다.

하기야 마일과 함께 있으면 비교적 레나가 커 보이는 효과는 있다.

열두 살의 마일보다 큰 자신. 키도 가슴도.

그것은 분명, 항상 열두 살로 보이는 체격에 콤플렉스가 있었던 레나에게 기쁜 일이리라. 그러니 마일 옆에 있고 싶어 하는 것도 이해가 간다.

마일도 열다섯 살 레나보다 조금 작을 뿐인 열두 살의 자신이 썩 나쁘지 않았다.

메비스는 열일곱 살이어서 비교 대상에서 제외되었다.

……여기서 문제가 되는 것은 폴린이었다.

열네 살인데 평균보다 조금 작다 싶은 키. 물론 레나보다는 크지만.

그리고 평균보다 명백하게 큰, 메비스보다도 좀 더 큰 가슴.

"우씨……."

마일이 자꾸 가슴을 노려봐서 그 자리가 가시방석 같았던 폴린이 우물거리고 있는데 레나가 화장실에서 돌아왔다.

"자, 그럼 슬슬 가볼까!"

그렇다. 오늘은 드디어 헌터 양성 학교의 입학식이었다.

입학식은 기대 이하였다.

그도 그럴 것이, 입학자는 대부분 가난뱅이로 가족이 올 리도 없었다.

전에 했던 애클랜드 학교의 입학식 역시 아들레이 학원에 비하면 맥 빠질 정도였지만 그래도 일단은 귀족과 중견 상가의 후계자가 다니는 학교여서 나름대로 체계는 갖추어져 있었다. 하지만 이곳의 입학식은 교사진과 학생이 전부인, 뭐랄까, 가벼운 시업식 분위기와 비슷했다.

뭐, 3년제 학원과 딱 반년만 다니면 되는 헌터 양성 학교는 같은 학교라고 해도 4년제 대학과 자동차 학교를 비교하는 것이나 마찬가지로, 애초에 비교하는 자가 잘못되었다. 학생 수부터 비교 대상이 되지 않으니 말이다.

그리고 물론 이 학교에는 교복도 없었다. 모두 자유복장이다.

다만, 아무리 그래도 입학식이어서 다들 평소에는 입지 않는 헌터 복장을 갖추고 있었기 때문에 일단은 신입 헌터처럼 보였다.

이번 기수도 다른 때와 마찬가지로 마흔 명.

그래서 반은 하나뿐이었다.

시범적으로 시작했을 때와 똑같이 규모가 작아서 학교라기보다는 외딴 섬의 분교 혹은 서당 수준이었다.

"모두 잘 와주었다! 나는 이곳의 학교장, 엘버트다."

쉰 살 정도로 보이는 남자가 단상 위에서 인사했다.

전혀 학교장 같은 분위기는 아니었고 그냥 은퇴한 헌터처럼 보였다.

"나는 여섯 살 때부터 헌터 생활을 시작해서 6년 전에 은퇴하고 이곳을 맡고 있지!"

……예상대로였다.

뭐, 전교생이 마흔 명이니 학교장이라고 말하기도 그렇지만.

그냥 '헌터 양성소' 아니면 '헌터 강화 합숙소'라고 해도 되지 않나? 그렇게 생각한 마일이었다.

"이곳에서는 원래 너희가 몇 년에 걸쳐 스스로 경험하고 실패하며 배워야 할 것을 반년 만에 다 알려준다! 그렇게 해서 졸업 때는 D등급이나 C등급의 헌터 자격을 부여하지! 그것이 무슨 의미인지 아나?!"

학생들을 둘러보며 말을 잇는 엘버트.

"그렇다! 이곳은 아주 힘들다! 따라오지 못하는 자는 즉시 퇴학이야! 온정을 베풀어 졸업시켜줘 봤자 며칠 후에 사망, 심지어 자기만 죽으면 다행인데 파티 동료들까지 모두 저승길 동무로 삼았다는 말을 들으면 심히 언짢으니까 말이야! 그러니 그런 짓을 절대 하지 않는다! 못 따라가겠으면 자기 손으로 자퇴를 신청해라!"

그렇게 말해도 다들 높은 경쟁률을 뚫고, 가족의 기대를 한 몸에 받고 왔으니 그리 쉽게 포기할 리 없다. 학교에서 퇴학당하지 않는 한, 스스로 그만두는 사람은 없으리라.

엘버트의 인사가 끝나자 교관 소개가 있은 후 해산되었다.

어차피 반은 하나밖에 없다. 그러니 자세한 이야기는 나중에 교실에서 천천히 설명하면 된다.

교실에서 교관을 기다리는 사이 학생들은 각자 친해진 룸메이트들과 수다를 떨고 있었다.

"다 아는 이야기지, 뭐."

레나의 말에 세 사람이 고개를 끄덕였다.

아까 학교장의 말. 그 정도쯤 이곳에 있는 자는 다들 이미 알고 있다. 이제 와서 새삼 들을 필요도 없다.

시간이 얼마나 흘렀을까, 교실 앞문이 열리더니 교관이 들어왔다. 학교장 엘버트였다.

"내가 너희의 주임 교관이다. 예산이 부족해서 말이지, 학교장 겸 주임 교관 겸 검술과 창술 교관이야. 나머지는 아까 소개했던 세 사람. 그 밖에 너희에게 밥을 지어주는 조리원과 시설 유지관리요원 정도밖에 없다. 수업은 실기 중심이지만, 이론 수업도 있다. 약초 구별법이나 마물의 특성을 모르면 살아남기 힘들어. 호위하는 귀족을 어떻게 대해야 하는지도 미리 알아두지 않으면 분쟁이 발생했을 때 칼 공격을 받아 맞받아치다가 수배자 신세로 전락하기 십상이다. 그러니 여기서 제대로 공부해두도록."

아무런 수식어구도 없는 직설적인 설명이었지만 사실이니 어쩔 수 없다.

엘버트는 말하면서 칠판에 글자를 쓰기 시작했다.

학생 수 40   남 27 여 13

검사   남 13 여 3

창사   남 4

궁사 등   남 4   여 2

마술사   남 6   여 8

여자 A반 5명 마2 검1 궁2

여자 B반 4명 마3 검1

여자 C반 4명 마3 검1

남자 1반 5명 마1 검3 궁1

남자 2반 5명 마1 검2 궁1 창1

남자 3반 5명 마1 검2 궁1 창1

남자 4반 4명 마1 검2 창1

남자 5반 4명 마1 검2 창1

남자 6반 4명 마1 검2 궁1

"이 반의 남녀별, 직종별 구성과 앞으로 함께할 파티의 분류다. A반부터 C반까지는 여자, 1반부터 6반까지는 남자 파티야. 보고 눈치챈 학생도 있을지 모르겠는데, 방 배정대로다. 이렇게 졸업 때까지 간다. 마음이 안 맞는 애가 있어도 참아. 그것도 훈련 과정이니까. 졸업 후에 늘 사이좋은 동료끼리만 일할 수 있는 건 아니잖아. 보통은 여자만 있는 파티가 적지만, 여기서는 남녀의 다툼

등에 시간을 빼앗길 여유가 없고, 임신이라도 하면 곤란하니까 말이지. 그리고 남녀별로 나누는 편이 가르치기도 쉬워서 이렇게 짰다. 이곳을 졸업할 때까지 상의해서 졸업 후에 남녀 혼성 파티를 짜는 것은 자유다. 뭐, 대체로 그렇게 하고 있고."

지나치게 솔직한 말이었다.

그 후에도 엘버트의 설명은 이어졌다. 교실 자리는 학생의 직종별 이해도를 교관이 알기 쉽도록 직종별로 나누어졌다는 것. 현장에서는 쓰러진 동료의 무기와 적의 무기를 빼앗아 쓸 필요가 있으니 전문 이외의 무기도 훈련한다는 것. 장차 파티를 짰을 때 연대에 도움이 되고 적을 잘 파악할 필요가 있으므로 다른 직종과의 합동 실기 훈련도 있다는 것 등등.

그리고 찾아온, 절대 빠지지 않는 자기소개 시간.

"어차피 한 번에 다 기억하기는 힘들잖아? 그러니 지금은 이런 녀석이 우리 반에 있다는 정도로만 알면 된다. 오른쪽 앞부터 해. 최소한 이름과 나이, 직종, 특기, 등급은 소개에 넣도록. 미리 말해두는데, 그것만 말하고 끝내지 마라. 반 아이들에게 자신이 어떤 인간인지 제대로 소개해야 한다."

하지만 아무리 그렇게 말해도 학생 대부분은 최소한에 가까운 소개밖에 하지 않았다. 생판 처음 보는 남에게 자신의 사적인 이야기, 특기, 약점 등을 알려주고 싶은 사람은 아무도 없다. 메비스, 레나, 폴린도 기숙사 방에서 했던 구체적인 소개는 하지 않았다.

그렇게 순서대로 자기소개가 진행되어 마일의 차례가 되었다.

"마일입니다. 열두 살이고 마술사입니다. 마술은 특별히 약한

것은 없습니다. 수납마법을 쓸 수 있고 검도 조금 다룹니다. 등급
은 F입니다."

소개가 끝나자마자 술렁이는 교실.

모두 레나와 달리 마일이 수납마법 보유자로 이곳에 왔다는 점
에는 딱히 의문을 느끼지 않았다.

아무리 수납마법 보유자라지만, 고작 열두 살짜리 미경험자를
갑자기 현장에 내보내는 것은 위험하다고 판단한 누군가가 이곳
에서 단련하도록 보낸 것은 그다지 이상한 일이 아니기 때문이
다. 그렇게 생각하면 F등급에 머물러 있는 것도 납득할 수 있다.

술렁인 이유는 다른 데 있었다.

권유.

졸업 전까지 잘 꼬드겨서 자신의 파티에 넣을 수만 있다면.

귀엽고 솔직하면서 수납마법 보유자에 다른 웬만한 마법을 쓸
수 있고 검도 다룰 줄 안다.

이 아이를 노리지 않고 누구를 노린다는 말인가?

마일에게 다시 수난의 날이 찾아오려 하고 있었다.

*   *

"지금부터 제1회 파티 회의를 시작합니다!"

저녁 식사를 마치고 방으로 돌아가자 뜬금없이 레나가 그렇게

선언했다.

영문을 몰라 멍한 표정을 짓는 세 사람.

"다들, 모르겠어? 힘든 일이 생기면 서로 상의하자는 거야!"

"힘든 일?"

"너 말이야, 너!"

태평한 목소리로 묻는 마일에게 레나가 빽 소리를 질렀다.

"못 느꼈니?! 다른 학생들이 모두 너를 노리는 눈빛이었는데!"

"잉, 제가 그렇게 인기가?"

"그게 아니야! 뭐, 인기가 없다는 말은 아니지만, 너의 그 '수납'을 노리는 거야! 졸업 후에 자기네 파티에 들어오게 하려고 점차 접촉해 올걸! 어떻게 손쓰지 않으면 힘들 거라고! 애초에 넌, 내가…….."

"음?"

"아, 아무것도 아니야! 아무튼, 너한테, 너를 좋아하는 것도 아니면서 수납마법을 목적으로 접근하는 남자가 떼거지로 몰려올 거라는 이야기야! 대책을 마련하지 않으면 큰일이 일어날 거라고!"

"네에에?!"

아연해하는 마일과, 아차 하는 표정의 메비스 그리고 폴린.

"잘 들어. 여기에 오는 학생의 연령층은 대체로 열다섯 살 이상이야. 열 살이 되고 얼마 안 돼 정식으로 헌터가 된 사람은 F부터 시작해도 몇 년 안에 D등급이 될 수 있어. D등급이 되면 일단 어떤 일이든 받을 수 있으니 무리해서 여기 들어올 필요가 없지. 그래서 열 살에 길드에 들어간 재능 있는 사람은 여기에 오지 않아. 아무리 다소 소질이 있다고 해도 너무 어린 자를 고위 마물과 싸우게 할 수는 없잖아? 그래서 여기에 오는 건 어느 정도 나이가 찬 후에 헌터가 된 자들 중에 재능이 있어서 빨리 등급을 올려야 한다고 판단된 자들이야, 우리처럼. 마일, 넌 예외 같지만, 그건 네 수납마법 때문일 테니 납득이 안 되는 것도 아니야."

레나는 계속해서 말을 이었다.

"그래서 이 학교 학생 대부분은 성인이야. 여기서 졸업할 때까지 파티 멤버를 찾는 자도 있는가 하면 파티 멤버 겸 연인을 찾는 자도 있어. 마일, 너는 수납마법을 쓰니 물주로 삼을 수 있고 하라는 대로 고분고분할 것 같고 상당히 귀엽기까지 하니까, 심하게 탐나는 사냥감이란 소리야. 알겠니? 지금까지 질문 있어?"

"……없어요."

고개를 푹 숙이는 마일이었다.

"그러니 졸업 후의 파티 권유가 오면 '같은 방 사람들과 약속했으니까' 하면서 거절해. 사귀자고 접근하는 사람한테는 '그런 거에는 아직 관심 없어. 지금은 훈련에 집중하고 싶어' 하면서 거절하고. 알겠지?!"

"네, 네엡!"

생각을 거치지 않고 반사적으로 대답한 마일과 만족스러운 표정의 레나를 보면서 메비스와 폴린은 이해했다.

((아아, 그런 거구나…….))

그런 것이었다.

"아, 맞다. 리더를 정해야지!"

메비스의 말에 다른 세 명이 일제히 가리켰다.

……메비스를 말이다.

제일 연장자에 키도 크고 씩씩하고 멋지고 성실해 보인다.

나머지는 괴팍해 보이는 꼬마와 얼빠져 보이는 꼬마와 음험해 보이는 심약한 여자.

다른 선택지는 없었다.

다음 날.

오전 중에는 이론 수업, 그리고 오후에는 운동장에서 실기 훈련이 있었다.

"좋아, 모두 모였군. 먼저 일반적인 훈련을 시작하기 전에 일단 너희의 수준부터 확인하겠다. 순서대로 전투 능력을 보여주도록. 반에 상관없이 직종별로 모여라."

엘버트의 지시에 따라 학생들은 각각 직종별로 다시 모였다.

운동장에는 엘버트 이외에도 세 명의 교관들이 모두 와 있었다.

단검, 투검, 궁술 담당 휴이.

마술사관이며 주로 공격계 마법을 담당하는 네빌.

같은 마술사관으로 지원계, 치료계 마법을 담당하는 여성 교관 질다.

모두 전 헌터다.

일단 주 담당이 정해져 있지만, 헌터인 만큼 다른 것도 전혀 못하지는 않는다. 인원이 부족할 때는 서로 돕기도 한다.

직종별로 모이니 검사, 궁사는 남자가 많았고 창사 부분에는 여자가 아예 없었다. 반대로 마술사는 여자 쪽이 더 많았다.

신체적 차이를 고려할 때 전위전은 남자 합격자가 많은 것이 당연했고, 남자는 공격마법을 다소 쓸 수 있어도 검술 주체로 가는 자가 많으니 당연한 일이었다. 또 원래 수험자 수 자체가 남자의 비율이 압도적으로 높은 것이 근본적인 이유이리라.

그에 비해 학생 수 자체는 남자보다 상당히 적었지만 마술사 수는 여자 쪽이 많았는데, 이 역시 이유는 설명할 필요가 없겠지.

학생들은 전부 자신이 마련한 방어구를 입고 있었지만 무기는 대여해주기 때문에 가지고 오지 않았다.

진검을 들고 모의전을 치렀다가는 사상자가 속출할 테니 당연하다.

그래서 마술사이면서 늘 검사 복장인 마일도 다행히 마술사 사이에 있다고 막 튀지는 않았다.

마술사라고 해봤자 로브 차림도 아니고, 다들 가벼운 가죽 방어구를 입었거나 혹은 돈이 없어서 그냥 두꺼운 천으로 된 옷이어서 가죽 가슴보호대와 가죽 부츠를 입은 마일과 별반 다르지 않았기 때문이다.

다만 자기 무기를 상비하면 마일만 튀게 되리라.

다른 마술사가 스태프, 로드 등 타격 무기를 지닌 반면, 마일은 조금 짧은 쇼트 소드를 지녔기 때문이다.

마술사는 주문 영창에 의한 마법 사용이 곧 목숨이다. 그래서 다루는 데 기술을 요하거나 칼의 방향을 파악하거나 적을 찌른

후 잘 빠지지 않는 것을 어떻게든 처리할 때 등 어쨌든 주의력을 요하는, 다시 말해 의식 집중을 방해하는 무기는 그다지 선호하지 않는다.

그보다는 적을 쓰러뜨리려는 목적이 아니라 그저 단순히 접근한 적을 물리치는 선에서 그치는, 적당히 찌르거나 휘두르는 기능으로 주의력은 그다지 요하지 않는 무기를 선호했다. 너무 무겁지 않고 중량의 균형이 한쪽으로 치우치지 않은 타격계 무기로 선택하는 것이 스태프, 로드 혹은 거기서 파생된 같은 종류의 무기였다.

하지만 마일은 그런 것은 상관없었다.

스태프와 로드보다 검과 창 쪽이 적을 쓰러뜨리기 쉽다.

단지 그것뿐이다.

마일은 조만간 새총도 준비할까 생각하던 중이었다.

새총으로는 마일의 힘을 전폭적으로 활용할 수 없는데, 바로 그 점이 마음에 들었던 것이다.

당황하거나 흥분한 때에도 체격에 따라 현을 잡아당기는 스트로크가 정해지기 때문에 힘 조절을 잘못해서 대참사가 일어날 걱정이 없기 때문이다. 게다가 무슨 일이 일어났을 때 대충 둘러대는 것도 간단하다.

활은 화살을 준비하거나 화살통을 끼고 걷거나 쏜 화살을 회수하는 것이 귀찮으니 패스다. 새총은 총알 때문에 짐이 늘어날 일도 없고 작은 돌멩이도 쓸 수 있다는 점이 좋다. 주변에 굴러다니는 돌멩이를 주워서 '동글동글' 갈아 구슬처럼 만들어도 되고, 모래사장에서 사철을 모아도 되니 좌우지간 활보다 여러 가지로 편리했다.

명중률은 마법에 의해 나노 친구들이 탄도를 보정해주므로 화살에 절대 뒤떨어지지 않았다.

"시작!"

마일이 이런저런 생각에 빠져 있는 사이 검사들의 모의전이 시작되었다.

이때 사용된 것은 물론 목검이었다.

역시 처음부터 쇠로 된 날 선 검을 쓰게 할 만큼 무자비하지는 않았던 것이다.

과연 헌터 엘리트 후보생에 나이가 열다섯 살 이상이라는 점도 있어서, 애클랜드 학교에서의 모의전과는 수준이 달랐다. 검의 속도와 위력도 비교가 되지 않았다.

제일 첫 조는 막상막하의 멋진 승부를 한참 동안 펼치다가 한쪽이 휘두른 검이 다른 쪽의 몸통을 때리며 승부가 결정 났다.

그 후에 이어진 모의전도 대체로 접전이었다.

비슷한 나이에 전국 각지에서 모인 최상위 수준의 학생들이 모였으므로 그리 극단적인 신려 차는 없으리라.

마일은 그들의 시합을 유심히 관찰하며 모두의 수준을 머리에 입력했다.

마일은 학습하는 아이였다. 하면 되는 것이다. 경험만 쌓으면⋯⋯.

남자 검사는 열세 명이어서 홀수였기 때문에 마지막 한 사람은 여자와 조를 이루게 되었다. 대전 상대는 메비스였다.

마지막 남자는 상당히 강해 보였지만 여자 중에서 나이도 많고 키도 큰 메비스는 남녀의 체격 차이를 극복하고 멋지게 승리를 가져갔다.

진 남자는 순간 어이없는 표정이었지만, 곧바로 미소를 지으며 메비스에게 예의를 갖추었다.

'아아, 역시 어른이네……'

마일은 열한 살 꼬마의 어린애 같은 태도가 떠올라 잠시 회상에 잠겼지만, 다시 마음을 다잡고 메비스에게 박수를 보냈다.

마지막 여자들의 모의전도 끝나고 다음은 창사의 싸움인가 하고 마일이 생각했을 때.

"어이, 마일. 너, 검도 다룬다고 했었지. 봐줄 테니 한번 해봐."

"네에에엣?"

생각지도 못한 엘버트의 제안에 마일은 자기도 모르게 소리를 높였다.

학생들에게는 알리지 않았지만 교관이자 학교장이기도 한 엘버트는 당연히 마일이 지방 도시 길드 마스터의 추천으로 시험 없이 입학했다는 것을 알고 있었다. 수납마법 보유자이니만큼 길드 마스터가 억지로 넣은 것은 아니라는 사실을 잘 알았지만, 그래도 추천장에 적혀 있던 '검술 C등급의 헌터를 제압'이라는 문구를 떠올리고는 수납마법 이외의 능력이 조금 신경 쓰였기 때문에 지명했던 것이다.

'거절하는 건……, 무리겠지. 할 수밖에 없나. 그래도 혹시 몰라 아까부터 모두의 수준을 꼼꼼히 확인해뒀잖아. 괜찮아, 괜찮아…….'

마일이 각오를 다지는 동안 엘버트는 마일의 대결 상대를 정했다. 엘버트가 희망자를 모집하자 학생들 대부분이 손을 들었는데, 그중에서 조금 약한 학생이 선택되었다.

'왜 다들 나랑 싸우고 싶어 하는 거야! 왕따인가? 나 왕따야?!'

물론 나중에 '아까는 미안해. 많이 아팠지? 그런데 말이야, 아까 모의전에 대해 반성회 안 할래? 내가 차와 과자를 준비할게' 하고 꼬드기기 위해서였다.

"시작!"

엘버트의 구호와 함께 시작된 모의전은 남자의 연속 공격을 마일이 목검으로 받고, 마일의 공격을 남자가 받는 상당한 접전이었다. 그리고 결정적으로 남자가 쏜 일격이 마일의 몸에 맞으며 승부가 났다.

마일은 학습하는 아이였던 것이다.

"…………."

시합이 끝났는데도 왜 그런지 아무 말 없이 잠시 생각에 잠겼던 엘버트는 조금 전에 메비스와 싸운 남자를 불러, 다른 학생들과 떨어진 곳까지 데리고 갔다.

둘이서 뭔가 대화를 나누나 싶더니 갑자기 화가 나 엘버트에게 항의하는 모습의 남학생.

그 후 다시 어떤 이야기가 오갔고, 납득할 수 없다는 표정을 지으면서도 남학생은 뚱하게 고개를 끄덕인 후 함께 원래 자리로 돌아왔다.

"좋다. 자, 이번에는 마일의 제2전이다."

"네에에에엣?!"

엉겁결에 소리친 마일뿐만 아니라 다른 학생도 조금 웅성거렸다.

"좋아, 시작해!"

억지로 시작된 제2전.

남자도 하기 싫은 표정이 역력했다.

그다지 강하지 않은 남자에게 진 어리고 자그마한 여자와의 대전. 그것도 여자 마술사다.

아무리 조금 전에 여자한테 졌다고는 해도 메비스는 검사인 데다 강했다. 그 패배는 조금 생각할 부분은 있다고 해도 어쨌든 승복했으리라.

하지만 이번 싸움은 이해할 수 없다. 설령 이긴다고 한들 아무런 명예도 자긍심도 고양감도, 만족감조차도 없다. 그저 뒷맛이 개운치 않은 기억만 남을 뿐이다.

하지만 수업의 일환이며 교관의 지시에 따른 훈련이다. 지시대로 할 수밖에 없다.

그래서 시합 개시 직후부터 격렬한 공격이 계속해서 들어왔고, 마일은 점점 초조해졌다.

'어째서, 방어구가 없는 부분만 노리는 거야!'

검을 쥔 팔, 목덜미, 방어구의 이음새를 노린 공격, 어쨌든 맞

으면 아플 것 같은 곳만 골라 이래도 안 져? 하고 혼신의 힘을 다
해 공격했다. 이런 공격을 받으면 멍이 드는 것만으로 끝날까? 마
일은 검으로 계속해서 공격을 막았다. 필사적인 척 연기하면서.

그리고 잠시 후 겨우 찾아온 기회.

'좋았어, 방어구에 닿는 공격이야!'

쿵!

제1전에 이어 몸통으로 온 일격.

'좋아, 끝났다!'

안심한 마일이 목격한 것은 멍한 표정으로 자신이 아닌 엘버트
를 쳐다보는 대전 상대였다.

그리고 그에 이끌려 엘버트를 본 마일의 눈에는, 히죽 입꼬리
를 올리며 웃는 그의 얼굴이 들어왔다.

'엥? 음…… 으음?'

걸려들었다.

마일이 그 사실을 깨달은 것은 조금 더 뒤의 일이었다.

창사, 궁사의 모의전이 진행된 후 마지막으로 마술사의 차례가
되었다.

궁사와 마술사의 실기는 이번에는 모의전이라고는 해도 대결
형식이 아니라 적을 향해 쏘는 발동 속도, 비상 속도, 명중 정밀
도, 위력 등을 비교하는 것일 뿐이었다.

살아 있는 몸에 맞으면 그냥 아프고 마는 것이 아닐 테니 당연
했다.

순서대로 방출되는 공격마법.

화구, 수구, 불화살, 얼음화살, 돌화살, 업화, 염폭…….

크기, 속도, 위력은 다양했지만 역시 애클랜드 학원과는 비교할 수 없는 수준이었다. 애당초 애클랜드 학원에는 공격마법을 쓰는 사람 자체가 거의 없었다.

또한 놀란 것은 레나의 공격마법이었다.

"불타올라라, 지옥의 업화여! 뼈까지 전부 녹여버려라!"

용솟음치는 홍련의 불꽃. 회오리친 그 불꽃은 목표물을 휘감아 불태웠다.

"굉장해…….."

마일이 중얼거리자 의기양양한 표정을 짓는 레나.

'이게 '붉은 레나'의 유래인가……. 하지만 별로 마력이 강해 보이지도 않고, 이미지력이 특별히 뛰어난 것 같지도 않은데…….'

마일은 왠지 어느 정도의 마력을 감지할 수 있었지만 그 이유를 생각하는 것은 그만두었다. 피곤하기만 할 것 같아서.

그 생각은 현명했다.

『그것은 정념이 강하기 때문입니다.』

"으힉!"

돌연 들려온 소리에 자기도 모르게 소리를 지른 마일을 몇몇 동기생이 의아한 표정으로 쳐다보았지만, 마일이 아무것도 아니라는 듯이 행동하자 다시 마법을 선보이는 동기생 쪽으로 고개를 돌렸다.

'노, 놀라게 하지 좀 마!'

『죄송합니다. 정보 제공을 원하시는 것 같아서.』

'그냥 생각한 거야! 하지만 뭐, 모처럼이니까 물어볼까? 정념이라는 게 무슨 말이야?'

『네, 저희 나노머신은 수신 감도와 선택도를 랜덤으로 설정합니다. 이에 따라 사념파의 도달 범위 내라도 그 사념의 명확도에 의해 반응하는 나노머신의 수가 바뀌고, 나아가 그 이미지의 명확성으로 작업 효율이 변해 마법 결과의 차이로 나타납니다. 그런데 이따금 강도도 명확도도 이미지도 다른 사람과 별반 다르지 않은데 강력한 마법을 행사하는 자가 등장할 때가 있습니다. 그럴 때 저희는 '정념이 강하다'고 부르는데, 뭐라고 할까요, 사념파가 걸쭉하게 끓는 상태라고 할까요, 감도를 상당히 낮게 설정한 나노머신이라도 반응해버리는 겁니다.』

'흐으음…….'

뭔가 알 것 같으면서도 모르겠는 알쏭달쏭한 설명에 마일은 적당히 맞장구를 치면서 사고와 고막 진동으로 한 대화를 끝마쳤다. 슬슬 자신의 차례다.

'지금까지의 수준을 보면 조금 세게 해도 괜찮겠어. 동기생들 사이에서 5위의 성적을 얻으려면 인원수 비율을 고려해 마술사 중에서는 2위 정도 차지하면 될까? 그럼 레나 씨보다 조금 약하게 하면 되겠네…….'

그렇게 생각한 마일은 레나와 같은 마법을, 위력을 80% 정도로 해서 썼다.

"불타올라라, 지옥의 업화여! 뼈까지 전부 녹여버려라!"

그러자 레나 때와 똑같이 홍련의 불꽃이 회오리치며 목표물을 휘감아 태웠다.

"야……."

다른 사람들은 레나의 뒤를 이은 위력에 감탄하면서도 수납마법을 쓸 줄 아니까 다른 마법도 당연히 강력하리라고 받아들였다.

하지만 딱 한 사람, 납득하지 않는 자가 있었다.

"마일, 나중에 묻고 싶은 게 있어."

레나가 굉장한 눈빛으로 쏘아보자 마일은 잔뜩 겁먹었다.

"무, 무슨 일로……."

마일의 뒤 차례인 몇 명의 공격마법이 끝나고 그다음은 지원마법.

치료마법은 쓰려면 누군가가 다쳐야만 했기에 이번에는 보류했다.

하지만 치료마법밖에 못 쓰는 사람은 없어서 다른 마법으로 실력을 보일 수 있었기에 큰 문제는 없었다.

실기 훈련이 끝나고 오늘은 운동장에서 바로 해산했다.

마일은 왠지 불온한 분위기의 레나를 피해 다른 사람들 무리에 끼여 몰래몰래 식당 쪽으로 걸어갔다.

"마일!"

"으악!"

갑자기 뒤에서 누군가 어깨를 쳐서 마일은 가뜩이나 흠칫거리던 차에 깜짝 놀라 소리를 내질렀다.

"아, 미안……."

마일이 뒤돌아보자 그곳에는 아까 검술 모의전에서 마일의 두 번째 상대였던 남학생이 서 있었다.

"놀라게 해서 미안. 그리고 아까 모의전도 미안해. 사실 그거, 교관의 명령으로 어쩔 수 없이……. 하지만 아무리 교관의 지시였다고 해도, 방어구도 없는 곳만 노린 건 정말 미안했어. 다시 한 번 사과한다!"

"네? 아, 아니, 괜찮아요! 승부니까 약점을 노리는 게 당연하고, 교관의 명령이라면 더욱 어쩔 수 없잖아요."

"그렇게 말해주면 고맙고. 그럼 안녕!"

그렇게 말하며 돌아가는 남자에게 마일은 감동받았다.

"으음, 역시 어른은 다르구나아……."

"마일, 아까는 미안했어!"

마일이 다시 식당을 향해 걸음을 옮기는데 또 다른 남학생이 말을 걸었다.

뒤돌아보니 아까 모의전의 첫 번째 대결 상대였다.

"아팠어? 미안해. 그래서 말인데, 저녁 먹고 나서 아까 모의전의 반성회 안 할래? 내가 여러 가지로 도울 일도 있을 거니까!"

생글거리는 얼굴에 벌렁거리는 콧구멍.

왠지 속이 훤히 들여다보여 진절머리 나는 마일이었다.

"미안해요. 저녁 식사 후에는 파티 회의가 있어서……. 그리고 저는 마술사지 검사가 아니니까 검술에 결점이 많은 건 당연해요. 어디까지나 위급할 때의 호신용에 지나지 않는 검술을 갈고 닦을 시간이 있으면 그 시간을 본직인 마술사로서 훈련하는 데 투자하는 게 낫다고 생각하고⋯⋯."

"아, 음, 그게⋯⋯."

"그럼 실례할게요."

상대가 적절히 받아칠 말을 떠올리기 전에 마일은 재빨리 걷기 시작했다. 상당히 빠른 속도로.

열다섯 살이 넘은 어른이라도 역시 영 아닌 남자는 있는 모양이다.

식당에서는 평소처럼 같은 방의── 다시 말해 파티 멤버 넷이서 함께 저녁을 먹었다. 마일은 주뼛주뼛 눈치를 살폈지만, 레나는 특별히 신경 쓰지 않고 평소대로 밥을 먹었기에 일단 안심했다.

하지만 모두 함께 방에 들어가자마자.

"제2회 파티 회의!"

돌연 크게 외치는 레나.

"마일! 뭐야, 그건!"

"넷? 뭐냐니, 뭐가요?"

"시치미 떼지 마! 네가 쓴 그 마법 말이야! 그거 도대체 뭐냔 말이야!"

레나의 서슬에 잔뜩 움츠러든 마일.

그리고 묵묵히 상황을 지켜보는 메비스와 폴린.

"그야 레나 씨가 쓴 것과 같은, 일반적인 불마법인데요……."

"그래. 나랑 같은 마법이지. '붉은 레나'의 주특기, 오리지널 마법 '붉은 염옥'을 그대로 재현해놓고 '일반적인 불마법'이란 말이지……."

"네에엣?!"

그때부터 서서히 궁지에 몰린 마일은 결국 자백할 수밖에 없었다.

물론 사실대로 다 털어놓은 것은 아니고, 순간적으로 생각해낸 커버스토리를.

"그래서 네 재능을 노린 대신이 마왕의 수족과 손을 잡았고, 너는 왕자님의 도움으로 무사 탈출에 성공했다, 이 말……."

"네! 그때는 정말 죽는 줄 알았다니까요……."

"그 말을 누가 믿냐? 이 바보멍청아아아아!"

"앗, 어떻게 알았지……."

"그 소설은 나도 이미 읽었거든!"

"아하!"

손뼉을 딱 치며 납득히는 마일이었다.

또 바짝 쪼여 자백하는 마일.

"그럼 너는 수납마법 이외의 마법도 여러 가지 쓸 수 있고 마력도 큰데, 모두에게 특별 취급을 받는 게 싫어서 감췄다는 거네. 그리고 집안 후계자 문제로 살해당할 것 같아서 도망쳤다는?"

"네……."

여러 가지 이야기가 뒤섞여 있지만, 각각의 요소는 진실이었기에 설득력이 있었다. 적어도 아까의 로맨틱 대활극보다는 말이다.

"뭐, 알 것도 같아. 여기 온 사람은 대부분 크든 작든 그 뛰어난 재능을 노린 사람들에게 이용당하거나 팔린 경험이 있으니까. 이곳은 그런 사람들을 보호한다는 의미도 가지고 있어."

쓸쓸한 표정으로 그렇게 말한 레나는 드디어 마일의 멱살을 잡았던 손을 풀었다.

"그런데 마일, 식당으로 가는 길에 어떤 남자애랑 대화했잖아. 그건 무슨 일이었어?"

"뭐시라?!"

메비스가 묻자, 겨우 힘을 풀었던 레나의 손이 다시 마일의 멱살을 잡고 압박했다.

"하, 항복 항복! 숨 막혀요오오……."

두 남자와의 대화를 상세하게 설명하고 나서야 다시 겨우 해방된 마일.

"그런 일이라면 어쩔 수 없지. 하지만 제일 처음에 너한테 말건 남자는 조심, 또 조심해야 해. 메비스, 다음에 그 남자가 마일에게 또 접근하면 나서서 막아줘!"

"아, 아아, 알아서 처리할게……."

쓴웃음 지으면서도 승낙한 메비스는 문득 생각난 궁금증을 마일에게 물었다.

"그런데 교관은 왜 일부러 그런 일을? 마일은 마술사 지망인데······."

"글쎄요······."

고개를 갸우뚱하는 마일에게 메비스는 아무 생각 없이 다시 질문했다.

"그러고 보니, 마일. 그런데 왜 두 번의 대결 모두 마지막 일격 한 번만 안 막은 거야? 특히 두 번째 대결에서는 그렇게 빠른 공격을 전부 다 막았으면서 마지막에 일부러 늦게 휘두른 일격만 제대로 맞았잖아. 왜 그랬어? 혹시 속임수 같은 것에 걸린 거야?"

"······네?"

"아니, 분명히 마지막 일격은 느릿느릿하고 약한 공격이었잖아?"

메비스의 지적에 마일은 그 남자애가 한 말을 떠올렸다.

'교관의 명령으로.'

'방어구가 없는 부분만 노렸다.'

그리고 메비스의 한마디.

'일부러 늦게 휘두른 일격.'

"······당했다!"

"어, 어떻게 된 거야, 도대체!"

교관에게 실력을 시험낭했고, 일부러 졌다는 사실까지 확인당했다.

그 사실을 알고 무너져 내린 마일은 다시 레나에게 이것저것 추궁당해, 검술도 꽤 한다는 사실을 토하고 말았다.

하긴, 교관에게 들킨 시점에서 이미 모두에게 들키는 것은 시간문제였지만.

그럴 바에야 동료들에게 자기 입으로 먼저 이야기하는 편이 낫다.

마일은 검술 실력까지 밝혀버린 것을 후회하지 않았다.

'동료'인가…….'

그리고 그곳에는 여러 비밀을 털어놓고서도 히죽거리는 마일을 의아한 표정으로 쳐다보는 마일의 세 명의 '동료들'이 있었다.

＊　　＊

오전 오후 모두 실기 훈련인 나날이 이어졌다.

실기 훈련의 내용은 기초 체력 단련에서부터 기술적인 내용, 각 마물별 공격법에 이르기까지 전반적인 항목을 다루었다. 개인 단련도 있었고 모의전도 있었는데, 교관이 싸움 상대를 지명하기도 했다. 또 직종별로 나눈 훈련과 합동 훈련도 이어졌다.

파티 연대를 하려면 다른 직종에 대해 잘 파악해야 하고, 호위 임무와 용병 등의 대인전은 상대방의 직종에 대한 지식과 이해도의 크기가 승패를 결정짓는 일도 많았다.

여자 파티는 마술사가 많아 전위가 적게 치우친 구성이어서 파티 대항전의 훈련 때는 남자 파티와 한 조가 되거나 일시적으로 멤버를 교환하기도 했다. 마일의 파티는 마일이 검사 역도 맡을 수 있는 데다가 개개인의 능력이 뛰어나서 단독으로도 상당히 잘 싸울 수 있었지만……

한편 너무 실기 훈련만 하면 몸에 피로가 쌓이므로 이따금 이론 수업도 했다.

이론 수업은 약초와 먹을 수 있는 식물, 독이 든 식물 등에 대한 지식과 마물의 특성과 약점, 주의사항 등을 다룬다. 그리고 각 나라의 역사 등 일반교양도 있는가 하면 귀족 다루는 법까지 그야말로 더할 나위 없이 알찬 수업이었다.

일반적인 헌터는 보통 이러한 것을 일하면서 몸으로 경험하거나 파티 선배에게 배우거나 기술을 훔치는 등 실패를 거듭하며 시행착오를 거쳐 차츰 익힌다.

그래서 그것을 전부 배우는 데 시간이 많이 걸리고, 배우지 못한 '빈틈'도 많다. 그들은 몇 년 더 들여 수업이 실패를 거듭하면서 지식과 경험의 구멍을 메우고, 천천히 어엿한 헌터로 성장한다. ……거기에 다다르는 과정에서 많은 사람은 몇 번의 '실패' 때문에 목숨을 잃기도 하지만.

그래서 마일은 이론 수업에서 중요하다고 판단되는 것을 노트에 꼼꼼히 필기했다.

마일과 마찬가지로 노트 필기를 하는 사람도 많았지만, 일부 학생은 수업을 성실하게 듣고 있는데 필기는 전혀 하지 않았다.

이상하게 여긴 마일이 방에서 다른 사람에게 물어보니, 레나가 황당하다는 표정으로 가르쳐주었다.

"글자를 읽고 쓸 줄 모르니까 그렇지."

"네? 하지만 그럼 벽보로 붙은 의뢰도 못 읽잖아요……."

"길드 직원한테 부탁하면 적당한 걸 골라주기도 하고, 대신 읽어주고 용돈벌이를 하는 꼬마도 있어."

"…………."

전생에는 독서를 좋아했달까, ……친구가 없어 텔레비전, 게임, 독서 정도밖에 할 오락거리가 없었기 때문에…… 그래서 마일은 '읽고 쓰기를 못한다'는 것이 상상이 안 갔다.

그저 글자를 읽고 쓰지 못하다니 굉장히 슬프고 안타깝구나, 하고 생각했을 뿐이었다.

"제3회, 파티 회의!"

또 들려온 레나의 선언에 마일이 소박한 의문을 가졌다.

"저기, 리더는 메비스 씨인데 왜 매번 레나 씨가 주도하는 거예요?"

"""…………""""

"이, 죄송해요. 방금 그 말은 취소!"

"이번 의제는 다음 휴일에 대해서야!"

아무것도 못 들었다는 듯이 레나의 이야기가 시작되었다.

"알다시피 우리는 힘이 부족하고 단련이 부족하고 속도감이 부족하고, 그리고 무엇보다도 돈이 부족해!"

레나의 비통한 외침.

"그래서 다음 휴일에는 헌터로서 일을 해볼까 싶은데. 조만간 학교 훈련의 일환으로 마물 사냥도 시작되고 사냥한 만큼 돈으로 바꿀 수 있다고 들었지만, 우리는 그때까지 기다릴 여유가 없어!"

이미 레나는 돈이 바닥나서 식당에서 먹는 세끼 이외에는 아무것도 입에 넣지 못했으며, 마지막 잉크병도 바닥이 보이기 시작한 상태였다.

세간에서는 이런 상태를 '막다른 길', '밑바닥', '더는 미래가 없다' 등으로 표현한다.

"메비스랑 폴린은 헌터 경험이 없고, 여기 온 후부터 실습하는 형편으로 등록은 F등급. 그리고 마일은 경험이 조금 있는 현역 F등급이지. 하지만 난 E등급이니까 고블린이랑 오크까지의 마물을 상대하는 일도 받을 수 있어. 구제 의뢰가 있으면 그걸 받고, 없으면 혼래빗이나 다른 동물을 사냥하는 거야. 잘만 하면 1인당 은화 서너 닢은 벌 수 있어."

"엥……?"

"왜? 뭐 불만이라도 있어?"

"아, 아니, 아무것도 없어요……."

마일은 레나가 제시한 예상 수입 금액이 너무 적어서 조금 놀랐다. 단지 그것뿐이었다.

그날 밤, 침대 속에서 마일은 고민에 빠졌다.

같은 방 사람들에게 마법 지도를 해야 할지 말지.

지도한다고 해도, 전에 마르셀라 일동에게 했던 것과 같은 지도는 할 수 없다.

마르셀라 일동은 원래 가진 재능이 적었고, 마법 실력으로 생

227

사를 건 생활을 하는 것도 아니었다. 비법을 좀 가르쳐줘도 운명을 크게 좌우하는 데 쓰지 않을 테고, 목숨을 좌우할 상황에 처하는 일도 드물 것이다. 그래서 약속을 지켜 그 지식을 자신의 가슴에만 묻어줄 것이다.

하지만 이 학교 사람들은 그렇지 않다. 마법 실력이 늘 목숨과 직결되고, 자신뿐만이 아니라 다른 파티 멤버의 실력이 전원의 생사를 좌우한다.

그런 자에게 마법의 위력이 극적으로 향상되는 방법을 알려주면 분명 다른 파티 멤버에 가르쳐주리라. 그리고 파티가 해산되어 다른 파티에 들어가면 거기에 또 알려주겠지.

그들은 자기 자식에게도 가르쳐줄 것이다. 친한 친구에게도 알려주리라. 그중에는 돈벌이를 목적으로 마법 교실을 열거나 귀족의 자제에 가정교사로 가거나 남의 나라에 지식을 파는 자도…….

어쨌든 비밀은 지켜지지 않을 것이다.

그리고 이 학교의 마술사들은 원래부터 재능이 있다.

이 시점에서 이미 다른 자보다 훨씬 뛰어난 사념파 출력, 명확도, 이미지력을 지녔고, 충분한 위력의 마법을 쓴다. 그자들에게 그 비법을 가르쳤다가는…….

그렇게 생각하자 마일은 마르셀라 일행에게 알려주었던 비법과 같은 것을 같은 방 사람들에게도 가르쳐주고 싶지는 않았다.

하지만 한편으로는 모두가 졸업 후에 금방 죽는 것이 싫었고, 졸업 검정(卒業檢定)에서 D등급이 아니라 모두 함께 C등급이 되고 싶었다.

어떻게 해야 좋을까…….

마일의 고민은 아침까지 이어졌다.

"자, 가자!"

다음 휴일.

아침 일찍부터 꾸역꾸역 일어나 레나에게 등 떠밀려 아침밥을 먹은 네 사람은 헌터 길드 왕도 지부로 향했다.

왕도에 있는데도 지부다.

물론 나라 안의 각 지부를 통합하는 중핵인 총괄 부문이 있지만, 헌터 길드는 많은 나라에 걸친 조직이기 때문에 어딘가의 나라가 '본부'라고 밝히는 기관을 가지지는 않았다. 특정 장소에 '우두머리'가 있는 것이 아니어서 간단히 우두머리를 제거하거나 납치하는 등의 일은 불가능했다. 중차대한 결정사항은 나라를 초월한 회의에서 결정한다.

그래서 조직에 안전성과 안정성이 있는 대신, 움직임이 둔하고 한번 결정한 사항은 쉽사리 바꾸지 않는 등의 단점도 많았다.

길드는 이른 아침부터 몹시 붐볐다.

아니, 사실은 이른 아침이어서 붐빈다고 할 수 있다.

그리고 그 원인 중 하나.

"아앗, 저 녀석들은 우리 학교 남자들!"

그렇다, 모두 생각하는 것과 주머니 사정이 똑같았던 것이다.

F등급과 E등급의 의뢰 보드는 이미 한 차례 휩쓸고 지나가, 하루 만에 끝나는 조건 좋은 일감은 모조리 없어졌다.

"한발 늦었네……."

실망해서 어깨가 늘어지는 레나.

"그, 그래도 상시 의뢰와 소재 채취가 있잖아요!"

마일의 위로에 겨우 부활한 레나는 상시 의뢰와 소재의 시세를 보드로 확인하고 새와 혼래빗 등이 그럭저럭 괜찮은 가격에 거래된다는 사실에 기운을 되찾았다.

"역시 왕도야! 소비자가 많으니까 고기 시세도 좋네. 자, 그럼 가볼까!"

헌터 양성 학교 제12기 C반, 첫 실전 출격이었다.

*　　*

"안 잡혀……."

땅에 주저앉아 두 손을 짚는 레나.

한 사람당 은화 네 닢을 벌려면 모두 혼래빗 아니면 새를 여덟 마리 잡아야만 한다. 여우의 경우는 두 마리.

사슴 등 덩치가 큰 동물이라면 한 마리로도 충분하지만, 그런 행운은 웬만해서는 찾아오지 않는다.

사냥을 시작한 지도 벌써 3시간째. 슬슬 정오가 다 되어가는데 사냥한 것은 고작 혼래빗과 새 한 마리씩이다. 이래서는 1인당 은화 한 닢밖에 못 받는다.

이 상태라면 점심 휴식 후 4시간 더 열심히 사냥한다고 해도 세 마리를 잡을 수 있으면 그나마 다행이리라. 네 명 중 제일 재정 상태가 엄한 레나로서는 그야말로 사활이 달린 문제였다.

레나는 간과했던 것이다.

왕도는 인구가 많고 그만큼 신입 헌터의 수도 많고, 고기의 소비량 역시 많다.

그것은 왕도와 가까운 사냥터에는 대부분의 사냥감이 거의 다 잡히고 없다는 사실을 의미한다.

'슬슬 말을 꺼내볼까…….'

기분을 전환하려 점심 휴식에 들어가, 밥을 먹으면서 마일은 생각했다.

그때 레나가 마일의 식사를 주의 깊게 살폈다.

"잠깐, 너 뭐야, 그게!"

"네? 그야, 점심인데요…….."

다른 세 명이 점심 대신이라며 식당에서 받은 딱딱한 빵을 물에 불려 먹고 있는데, 마일은 수납에서 꺼내는 척하면서 아이템 박스에서 꺼낸 불고기 샌드위치와 함께 홍차를 홀짝였다.

"왜 그렇게 따뜻한 거야!"

절반 넘게 레나한테 빼앗기고 말았다.

"저기, 여러분. 조금 들어주셨으면 하는 이야기가 있는데요…….."

식사를 마치고 쉴 때 마일이 드디어 말을 꺼냈다.

"사냥감이 잘 안 잡히는 이유는 찾기 힘들어서라는 것도 있지만 마법이 별로 명중하지 않는다는 게 더 큰 원인이에요. 우리는 궁사가 없어서 원거리 공격을 마법에 의존하니까요…….”

“뭐야! 지금 내 잘못이라는 거야?!”

레나가 욱해서 따지고 들었지만 마일은 잘 달래가며 말을 이었다.

“저기, 제가 여러 가지 마법이 특기라는 건 지난번에 말씀드렸는데, 그러니까, 괜찮으면 여기서 사냥하는 걸 잠시 중단하고, 마법 훈련을 하는 게 어떨까 싶은데요…….”

“네가 가르쳐준다는 소리?”

“아, 네에, 뭐…….”

‘나이도 어린 내가 가르쳐준다고 해서 기분이 상했나…….’

그렇게 걱정한 마일이었지만.

“그러고 보니 나만 마법을 쓰게 하고 넌 전혀 쓰지 않았지. 좋아. 어차피 초조하게 해봐야 좋은 결과도 안 나올 것 같고, 기분 전환 삼아 조금 연습하는 것도 나쁘지 않겠어.”

마일의 예상이 빗나가, 순순히 제안을 받아들이는 레나.

조금 놀라면서도 마일은 생긋 웃었다.

자, 진짜를 가장한 가짜 훈련의 시작이다.

제8장   파워 레벨링

"거기서 꼭 쥐어짜는 거예요. 상대는 작은 동물이니까 위력이 클 필요는 없어요. 크면 오히려 소재의 가치를 떨어뜨리기만 할 뿐이에요. 작은 총알로 속도를 우선해서 이미지해보세요!"

마일의 충고에 레나는 진지한 눈빛으로 주문을 외웠다.

"물이여 모여서 나의 품으로! 수구 생성! 빙결! 모습을 바꾸어, 뾰족한 얼음기둥으로! 돌아, 돌아라, 회전! 가랏!"

물이 모여 얼더니, 압축 형성된 얼음기둥 모양이 되어 회전하며 날아갔다.

마일처럼 한 동작에 끝내지는 못했지만, 목표를 멀리 잡았으니 문제는 없었다.

날아간 얼음기둥은 목표물이었던 나뭇가지에 멋지게 명중했다.

"해, 해냈어……."

성공하자 활짝 웃는 레나.

숲속에서 불마법을 쓸 수는 없는 노릇이고, 부엽토(腐葉土)로 된 땅에서는 자갈 생성도 뜻대로 잘되지 않는다. 특기가 아닌 물마법을 이용한 수렵 연습을 강요받아 처음에는 생각대로 실력을 발휘할 수 없었던 레나는 총알로 쓸 빙탄의 압축 형성과 고속화, 그리고 저격 위치를 위쪽으로 빗나가게 하지 않는 등의 충고를 받고 점점 실력을 키워나갔다.

늘 전투 훈련에서 쓰는 장기인 불마법은 중력의 영향을 그다지 받지 않는데 질량이 큰 빙탄으로는 탄도가 어긋난다는 점, 그만큼 수정이 필요하다는 사실 등을 레나가 잘 이해하지 못한다는 것을 깨달은 마일이 여러 가지로 가르쳐준 결과였다.

또 주문을 추가하여 의식이 자동적으로 현상을 이미지화하여 사념하도록 유도한 효과도 컸다. 얼음기둥 모양의 탄체를 회전시키게 한 것도 그중 하나였다.

이렇게 해서 불마법을 쓸 수 없는 장소에서의 전투, 그리고 사냥에서 레나의 마법이 큰 힘을 발휘할 수 있게 되었다.

그 옆에서는 폴린이 마법 연습을 하고 있었다.

폴린은 그럭저럭 무난한 실력을 가지고 있었지만 성격 탓인지 아니면 솜씨가 없어서인지 연속 공정이 필요한 공격마법은 약했다. 조만간 호신용으로 공격마법 하나 정도는 익히게 하고 싶지만, 아직은 많이 이르다.

그런 폴린에게 마일은 편리마법을 전수했다.

"물이여, 모여서 나의 품으로! 수구 생성! 입자여, 춤춰라! 뜨겁게 끓어오르는 마음과 같이!"

그 주문에 응해 나타나, 점차 온도를 높여 뜨거운 물이 되는 수구.

"응, 좋아요. 이 정도면 목욕과 밥 짓기가 편해질 거예요. 물에 파이어볼을 쏘아 넣는 것보다 마력 소비는 적고, 실내에서 적은 양으로 만들 수 있으니까 홍차를 끓이는 데도 사용할 수 있고 여러 가지 일에 도움이 될 거예요."

"고, 고마워, 마일!"

"아니에요. 앞으로 더 많이 알려드릴게요!"

마일은 사념 방사와 나노머신을 효율적으로 쓰기 위한 근본적인 지식을 가르치지는 않았고, 주문을 바꾸게 하거나 물리적인 변화, 화학적인 변화를 조금씩만 알려줌으로써 그 마법 하나하나를 효율화하여 진화하도록 지도했다. 절대 마일이 가르쳐준 것 이상으로 본인이 개량할 수는 없도록 세심한 주의를 기울여서.

그래도 진보는 눈부셔서 레나와 폴린은 몹시 흥분하며 연습에 몰두했다.

"저기……."

뒤에서 들린 목소리에 마일이 뒤돌아보자, 메비스가 슬픈 표정으로 서 있었다.

"저기, 나한테는 뭔가 없어? 그러니까, 필살기라든가, 뭔가……."

"아~……."

마일은 메비스를 위해서도 일단 생각해보았지만, 좀처럼 좋은 안이 떠오르지 않았다.

'앉아 있는 상태에서 칼을 빼서 공격하는 기술은 서양검으로는 적합하지 않지……. 애니메이션이나 게임에 나오는 필살기는 아무래도 무리고. 마법을 쓸 수 있으면 뭔가 생각날지도 모르는데, 메비스 씨는 마법을 전혀 쓸 줄 모르고…….'

"……으음, 검 휘두르기 같은?"

"…………."

메비스는 땅에 양손을 짚었다.

딱히 어떤 기술을 내려고 그런 것은 아니다.

"저, 저기, 제가 연습 상대 해드릴게요! 저, 기술이 없어서 검선 같은 것은 전혀 모르지만, 속도와 힘에는 자신이 있어요! 제 속도에 익숙해지면 분명 다른 사람의 공격을 다 볼 수 있게 될 거예요!"

"……진짜야?"

의심스러워하는 메비스의 목소리.

상당히 삐쳐 있다.

"진짜! 진짜라니까요! ……아마도요."

마지막 한마디는 잘 들리지 않게 입안에서 웅얼거린 마일의 대답에, 드디어 메비스는 기분을 풀었다.

슬슬 해도 기울어 이제 왕도로 돌아갈 시간이 되었다.

"오늘은 그다지 벌어들이지 못했지만 유의미한 하루였어! 마일, 정말 고마워!"

"고마워, 마일!"

"그런 말 하지 마세요! 우린 동료잖아요!"

"나도 동료 맞지? 잊은 거 아니지?"

메비스는 아직 조금 삐쳐 있었다.

"아, 맞다!"

마일은 갑자기 생각났다, 는 느낌으로 별안간 목소리를 높였다.

"이대로 길드에 돌아가서 사냥한 게 적다고 남자들한테 놀림 받는 건 싫으니까 제가 좀 잡아볼게요!"

그렇게 말하며 주머니에서 돌멩이 하나를 꺼내들었다.

"으음, 조금만 조용히 해주세요……."

피슝!

그리고 총총 걸어가 혼래빗을 들고 돌아오는 마일.

푸슛!

나무 위에서 떨어진 커다란 새.

부슝!

피싯!

파슝!

"너, 너어……."

레나가 입을 빠끔거렸다.

"엥? 압축한 공기로 돌멩이를 날렸을 뿐인데요? 그냥 단순한
바람마법인데……."

물론 사용한 것은 그냥 손가락의 힘뿐이지 마법이 아니었다.

"아, 아니, 그것도 그런데 어떻게 그리 간단하게 사냥감을 찾아
낼 수 있는 거야!"

"……감?"

마일의 말에 메비스와 폴린이 어깨를 으쓱했다.

두 사람의 얼굴은 이렇게 말하고 있었다.

'마일에 대해 더 파봐야 헛수고일 텐데'라고.

길드에 도착해 수납에서 꺼낸 새와 혼래빗을 납품하고 눈을 부

릅뜬 남학생들 앞에서 보란 듯이 은화 스물네 닢을 받아든 마일 일행.

"미안한데. 정말 받아도 괜찮아?"

"네, 파티에서 간 사냥이잖아요!"

"너는 정말……. 뭐, 됐어, 지금은 고맙다고 말할 때지. 언젠가 이 빚은 꼭 갚을게!"

"네, 기대하고 있을게요!"

은화 여섯 닢씩 분배하고 웃으면서 길드를 떠나는 네 사람에게 남자들의 시선이 쏟아졌다.

""""역시 탐난단 말이야…….""""

                    *   *

그 뒤로도 레나와 폴린을 대상으로 한 마일의 마법 강의가 이어졌다.

다른 사람에게는 밝히지 않도록, 가르쳐줬다는 사실을 아무에게도 말하지 않도록 입단속을 단단히 하고, 기숙사 방에서 주문과 마법 효과, 물리적, 화학적인 지식 등을 주입했고 실습은 휴일의 사냥 때만 하기로 했다.

레나는 특기인 불마법의 위력도 올라갔고, 폴린 역시 공격마법을 익혔다.

게다가 마일은 폴린에게 인체 구조와 뼈, 내장, 혈관, 신경, 세포 등에 대해 가르쳐 치료마법과 회복마법을 효과적으로 사용할 수 있게 훈련시켰다.

두 사람 모두 점점 실력이 늘어, 사냥에서도 목표물을 놓치는 일이 줄어들었고 마일의 도움 없이도 순조롭게 돈을 벌 수 있었다.

잘됐다, 잘됐어…….

"마이일~……."

메비스에 대해서는 까맣게 잊은 마일이었다.

메비스와의 훈련은 다소 눈에 잘 띄는 곳에서 해도 큰 문제가 없었기에 낮 휴식시간이나 저녁 식사 후 등, 빈 시간에 운동장 혹은 실외 훈련장에서 대련했다.

"자, 동기생 중에서 제일 빠른 사람의 1.2배의 속도로 해볼게요."

쿵쿵쿵쿵쿵!

"자, 다음은 1.3배요."

쿵쿵쿵쿵쿵!

"자, 다음은 1.4배."

쿵쿵쿵쿵쿵!

"자, 다음은……."

"자, 잠깐만! 조금만 기다려줘어~~!"

"엥? 조금씩 속도를 높이면 거기에 익숙해져서 따라갈 수 있지 않나요? 닌자가 했다는, 대마 씨를 심어 키우며 매일 그 위를 뛰어넘는 훈련이라는 것을 참고로 해봤는데……."

"닌자가 뭔지는 모르겠지만 무리야! 무리라고! 게다가 그건 아마 매일 조금씩 해서 늘렸겠지! 몇 분 만에 10%씩 빨라지는 게 아니라!"

무엇이 불만인지 잘 몰랐지만 메비스가 울면서 매달리자 마일은 방식을 바꿔보았다.

"그럼 이 긴 천을 허리에 묶은 다음에 천 끝이 땅에 닿지 않도록 계속 빨리 뛰어보세요."

"……알았어."

그렇게 말하며 천을 달고 달려간 메비스는 한참을 돌아오지 않았다. 천이 땅에 닿지 않게 하려면 방향 전환이 불가능하기 때문이다.

얼마 후 체력이 바닥 난 메비스가 겨우 돌아왔다. 어디에 부딪혔는지 이마에 상처가 나 있었다.

"……다른 거. 뭔가, 다른 방법을 부탁할게……."

"엥~. 그럼 거꾸로 매달린 상태에서 작은 컵을 이용하여 땅에 있는 물통의 물을 위에 있는 물통으로 옮기는 방법을……."

"할래. 강해지기 위해서라면 뭐든지 다 해보겠어!"

메비스의 불행은 마일의 특훈법이 죄다 만화와 애니메이션, 영화 등에서 본 비현실적인 것들뿐이라는 사실이었다.

그리고 마일의 속도에 따라가기 위한 '메비스 고속화 계획' 및 그것에 견디는 신체를 만들기 위한 특훈이라는, 메비스의 기나긴 하루가 시작되었다.

메비스는 앞으로 다가올 미래를 위해, 장차 탄생할 자신의 기술명을 미리 생각해두었다.

그 이름은 '신속검'.

신과 같은 빠르기로 적을 베어버리는 무적의 검술.

……이 될 예정이었다.

마일 일행은 돈에 여유가 없었기 때문에 밤이 되면 너무 길게 불을 켜지 않았다.

방의 조명은 자비 부담이기 때문이다.

하지만 그렇다고 일찍 잠들지도 않았기에 자기 전에는 침대에 누워 얼마간 다 함께 대화를 나누었다.

훈련에 대해, 다른 동기생에 대해, 소문 이야기 등 주제는 다양했는데 기본적으로 늘 함께 다니는 네 사람은 보고 듣는 것이 거의 다 같아서 얼마 가지 않아 주제가 뚝 끊기곤 했다.

자기 이야기를 할 때 집안 이야기나 옛날이야기에 아무런 저항감이 없는 것은 메비스뿐이었다. 그녀는 유일한 딸인 자신을 애지중지 키운 부모님과 이상하리만치 시스터 콤플렉스를 발휘한 세 오빠와의 에피소드를, 그것이 조금 비정상적이라는 사실을 눈곱만큼도 알아차리지 못하고 매일 밤 적나라하게 들려주었다.

(((으헤엑……,)))

세 사람은 메비스의 가족들을 제외하면 아마도 전 세계의 누구보다도 메비스의 가족에 대해 자세히 아는 사람이 되었다.

그런 것은 전혀 바라던 바가 아니었는데도 불구하고.

너무 메비스의 이야기만 듣고 있는 것도 조금 그래서, 얼마 안가 마일도 이야기에 합세했다.

마일은 집안과 자신에 관한 개인적인 이야기가 아니라 마법을 위해 참고가 될 만한 정보, 그리고 그것만 하면 메비스가 삐치므로 지구의 동화, 옛날이야기, 모험담, 애니메이션, 게임 이야기를 이 세계용으로 바꿔 들려주곤 했다.

……푹 빠지고 말았다.

레나는 마술사 무쌍 이야기와 마법 소녀물에.

폴린은 입신 출세물에.

그리고 메비스는 영웅담과 용사 모험물에.

마구 조르는 대로 매일 밤 이야기를 계속한 마일은 그들이 병에 걸린 사실을 몰랐다.

그렇다, 열세 살 전후의 아이가 걸린다는 그 질병.

사람들은 그것을 흔히 '중2병'이라고 부른다.

어느 날, 저녁 식사를 마친 마일은 기숙사로 돌아가려던 중에 문득 교실에 깜박 놓고 온 것이 있다는 사실을 깨달았다. 남학생 중 하나가 '나중에 읽어줬으면 좋겠어'라며 건넨 편지였다.

평소대로 방으로 가져와 다 함께 검토한 다음 답장을 써야 한다. 답장은 원작: 레나, 감수: 폴린, 제작: 마일로 공동 제작이었다. 작품의 테마는 '마음을 접게 한다'였다.

마일이 교실로 돌아오자 한 남학생이 교실에 남아 있었다. 그가 교탁 쪽에서 뭔가 바스락거려 자세히 보니, 칠판에 대고 글자 연습을 하고 있었다.

"글자 연습?"

"아, 응. 다 같이 쓰는 기숙사 방에서 하자니 부끄럽고, 이 교관용 칠판을 쓰면 노트 값도 잉크 값도 안 들고, 깃털 펜도 필요 없으니까."

"아, 그렇군요! 머리 좋네요!"

마일의 질문에 남학생이 싫은 표정도 짓지 않고 친절하게 설명해주자 마일은 감동받았다. 그러고 보니 애클랜드 학원에 도착했을 때는 노트도 펜도 잉크도 사지 않았었네, 하고 옛날 일이 떠오르다 보니 조금 친근감이 느껴지는 마일.

"으음, 그쪽은 검사였죠?"

"어. 마법도 생활마법 이상으로 쓸 수 있지만 마술사가 하는 수준까지는 아니야. 그래서 검으로 싸우고 마법은 물을 만들거나 회복할 때 쓰거나 하면서 부수적인 정도의 서포트에 쓰고 있어. 그래도 상당히 도움 돼. 솔로는 여러 가지로 힘드니까 말이야……."

"솔로?"

마일은 이상하다고 생각했다.

자신처럼 특수한 상황을 제외하고 웬만한 베테랑이 아닌 이상 솔로는 너무 위험하고 불편하다. 어지간한 괴짜거나 사정이 있는 사람이 아니면 좋아서 솔로를 하는 사람은 없다.

"아아, 나는 슬럼 출신 고아거든. 아, 아니, 아직 나온 건 아니니까 현역 슬럼 주민인가……. 어린 녀석들도 돌봐야 하기 때문에 파티를 짜서 어디로 떠나거나 할 수는 없어. 지금은 저녁을 먹은 다음에 애들을 보러 가고, 휴일에는 사냥하러 나가서 식비를 버는 등 어떻게든 해나가고 있는데, 정식으로 헌터가 되어 파티에 들어가면 장기간 멀리 다녀와야 할 경우도 있잖아? 그러면 어린 꼬마들을 돌보기에 무리가 있어서 말이지."

"……네? 하지만 열다섯 살이 되면 독립하는 거 아니에요? 애들은 그다음 세대인 아이가 돌봐주는 건……?"

마일의 의문에 소년은 의외라는 표정을 지었다.

"꽤 자세히 알고 있네? 뭐, 그런 애가 대부분이기는 하지. 지금까지 자신을 돌봐준 은혜를 다 갚았다, 자신의 역할은 이제 끝이다, 하면서 말이야. 그건 그것대로 상관없다고 생각해. 하지만 그러면 언제까지나 그런 상황이 변하지 않을 거야. 내가 C등급이되면 언제든지 직접 호위해서 아이들을 약초 채취에 데리고 다닐수 있잖아? 길드 주최의 호위 딸린 집단 채취는 그리 빈번하게 있는 편도 아니고 호위의 대금으로 참가비가 드는데, 내가 호위하면 공짜지. 애들이 약초를 캐는 동안 나는 근처에서 사냥이라도 하고 있으면 되고 말이야. 그러면서 꼬마들을 단련시켜 D등급으로 만들기라도 하면, 고아만으로 파티를 짜는 것도 꿈이 아니야. 뭐, 한 사람 정도 바보가 있어도 괜찮잖아?"

그렇게 말하며 자조하듯 피식 웃는 소년을 보며 마일은 생각했다.

마법을 쓸 수 있는 검사.

슬럼에서 벗어날 기회가 있는데도 고아들을 위해 기꺼이 남은 착한 품성.

독학으로 글자를 익히려는 노력가.

파티 멤버 세 명의 파워 레벨링을 시작한 지금, 졸업할 때 성적
은 마일 일행이 상위를 독점하게 되리라. 나머지 세 사람을 위로
올리고 자신을 제일 아래에 둬도 4위. 5위가 되려면 아직 한 사람
이 더 있어야 한다.

그때 마일의 뇌리에 '미가와리 지조(인간의 고통을 대신해주는 지장보
살)'라는 단어가 스치고 지나갔다.

"저, 저기 말예요. 검만으로는 사냥 효율이 별로지 않나요? 새
와 혼래빗을 사냥하기에 딱 좋은 마법이 있는데, 익혀볼 마음, 혹
시 있어요?"

"뭐……?"

"왠지, 편지만 가지고 돌아온 것치고는 상당히 늦었네?"

"아, 그게, 교실에 남학생이 남아 있어서 잠깐 이야기 좀 나누
느라……."

"뭣, 남자?!"

"아아, 그냥 시시콜콜한 이야기예요, 시시콜콜한!"

눈을 확 부라리는 레나의 모습에 마일은 당황하며 아무 일도 아
니라고 손사래 쳤다.

"이게, 문제의 편지예요."

"좋아, 그럼 평소처럼 퇴치해볼까!"

""예, 예잇~!""

힘없이 찬성하는 마일과 폴린이었다.

*　　*

베일은 고아였다.

부모님의 얼굴은 모른다. 기억이 있는 순간부터 이미 슬럼에 살고 있었고, 모두에게 '형아'라고 불리던 열두세 살 정도의 소년을 최고 연장자로 한 소년소녀들과 함께, 방치되고 무너진 폐가에서 살았다.

최초의 기억으로부터 몇 년 후, 형아가 사라졌다.

사고인지, 병으로 죽었는지, 혹은 헌터가 되어 어딘가로 떠났는지. 그런 것은 아무도 알려주지 않았고 베일 역시 아무에게도 묻지 않았다.

'형아'의 뒤는 '왕누나'가 이었다.

왕누나가 사라졌을 때는 똑똑히 기억한다.

늘 입고 있던 너덜너덜한 옷이 아니라 말쑥한 차림을 한 왕누나가 모두에게 먹을거리와 옷가지를 한 아름 안겨주고는 모르는 어른들과 함께 나가 그길로 돌아오지 않았다. 그것이 왕누나의 마지막 모습이었다.

그다음으로 리더가 된 요시 형. 그 뒤가 다루 형.

모두들 열다섯 살, 열여섯 살이 되면 어딘가로 사라졌다.

죽어버렸나? 아니면 어른이 되어 독립할 수 있게 되자 슬럼가를 떠나 어딘가에서 평범하게 새 삶을 꾸렸을까?

그리고 어느덧 베일은 다루 형에 이어 두 번째 연장자가 되어 있었다.

베일은 생각했다.

……이제 내 차례야, 라고.

이번에는 내가 모두를 지키고 돌봐줄 차례야. 지금까지 보살핌을 받았던 은혜를 갚기 위해.

단, 나는 사라지지 않을 거야. 계속 이 녀석들을 돌봐줄 거야.

이곳이 내 집이고, 이 녀석들이 내 가족이니까.

왕도는 고아에게 혹독했고, 한편으로는 다정했다.

소매치기, 날치기 따위를 했다가는 바로 붙잡혀 노예 신세로 전락하고 만다.

몇몇 고아 그룹은 그렇게 붙잡혀 거처가 통째로 무너져 없어졌다.

반대로 성실하게 일하면 폐가에서 마음대로 살아도 눈감아주었고, 아주 가끔은 별난 어른이 먹을 것을 줄 때도 있었다. 불합리하게 학대 받는 일은 아주 드물었다.

관헌이 빈부에 따른 차별 없이 비교적 공평하다는 점도 있지만, 근방을 어슬렁거리는 똘마니들과 헌터의 일부가 슬럼 출신이라는 점도 컸다. 누구나 자신의 후배에게는 잘해주는 법이다. 그것이 자신의 이해관계와 상관없고 기분이 좋아지는 일이라면.

베일은 여섯 살 때 헌터 준회원에 등록했다. 도시에서 잡다한 일감을 받기 위해서였다. 그리고 모두의 식비에 보탬이 되려고 일했다.

그는 열 살이 됨과 동시에 정식 헌터가 되었다.

그때 슬럼 출신 헌터가 축하 선물로, 새 검을 마련하면서 쓰임새가 없어진 폐물 직전의 값싼 검을 주었다.

그는 너무 기쁜 나머지 엉엉 울었다. 이러한 행운은 생각해본 적도 없었다. 돈을 벌어 첫 검을 구하기 전까지 나무 막대기를 쓸 생각이었으니까 말이다.

자신도 언젠가 후배에게 검을 물려줘야지. 그렇게 굳게 결심했다. 그리고 소중하게 다루던 그 검이 부러졌을 무렵에는 아주 조금 더 나은 중고 검을 살 수 있을 만큼 돈을 모은 상태였다.

꼬마들을 먹여 살리기 위하여.

병에 걸리면 약을 사 먹이기 위하여.

이따금 헌옷가게에서 옷을 사줄 수 있도록.

꼬마들도 잡일이나 길드의 호위가 딸린 집단 약초 채취 등으로 돈을 벌고는 있지만 준회원이어서 돈벌이가 용돈 수준이었다. 열 살이 되어 정식 헌터가 되어도 F등급으로는 몇 명이나 되는 고아를 보살필 만한 돈벌이가 못 된다.

돈을 벌어야 해. 돈을 잔뜩 모아야 해.

하지만 특기도 없는 슬럼가 소년을 받아주는 파티는 거의 없었고, 설령 있다고 해도 꼬마들을 돌보려면 멀리 떠날 일이 많은 파티에 들어갈 수 없었다.

멀리 가지도 못하고 특기도 없는 솔로로는 수입이 빤하고, 경험을 쌓는 것도 기술을 연마하기도 불가능하다. 승격 전망도 없고 그저 매일 약초를 채취하거나 혼래빗, 혹은 작은 동물을 사냥

하는 것이 다인 하루하루. 그것도 사냥 수단으로 아마추어 같은
수준의 검술밖에 못 썼기 때문에 효율이 나빴다.

슬럼 아이들끼리 조를 짜봐야 아무 의미가 없다.

같은 F등급에 초보자인 사람들만 있으면 받을 수 있는 일에 변
화도 생기지 않고 기술을 배우는 것도 불가능할 테니까. 그럴 바
에야 개별적으로 행동하는 쪽이 사냥감을 발견할 확률이 올라가
니 더 낫다.

그저 나이만 먹을 뿐 아무런 발전이 없었다.

다루 형이 사라진 것은, 그러던 어느 날이었다.

어느 날, 돌아오지 않았다.

그냥 그게 다였다.

죽었는가, 아니면 떠났는가.

슬럼을 버리고 나갔다면 어딘가의 헌터 파티에 들어가는 데 아
무 문제도 없다.

파티에 들어가 함께 다른 도시로 떠났거나 아니면 다른 도시로
간 후 어느 파티에 들어갔거나.

좌우지간 고아들은 돈을 버는 리더를 잃었다.

갑자기 최고 연장자가 된 베일은 안절부절못했다. 등에 짊어진
책임의 무게아 앞이 보이지 않는 암담한 미래 때문에.

그런 시기였다. 어떤 남자가 베일에게 말을 건 것은.

"조잡하기는 해도 네가 가진 검, 상당히 좋은 검선이군. 어때,
헌터 양성 학교의 시험을 한번 받아볼 생각 없나?"

왕도의 길드 관계자라고 신분을 밝힌 그 남자는 베일이 학교에

가는 동안 이따금 고아들의 상태를 봐주고, 학교에 간 동안에도 저녁 이후나 휴일에는 아이들을 보러 올 수 있다는 등의 설명을 했으며, 나아가 학비가 완전 무료에 휴일에는 일도 할 수 있다는 점, 딱 반년만 베일과 고아들이 노력하면 그 후의 생활이 상당히 편해진다는 것 등을 알려주었다.

하기야 C등급 헌터가 되면 남자의 말대로 될 것이다.

"단, 입학시험에 붙었을 때의 이야기야. 글자를 읽고 쓰는 건, 당장 할 줄 몰라도 시험이나 입학이 가능해. 하지만 배율이 높다. 상당히 말이지……."

남자의 말에 베일은 대답했다.

"시험 볼게요!"

그리고 지금, 베일은 이곳에 있었다.

C등급 헌터가 된 후에도 글자를 읽고 쓸 줄 알면 스스로 일을 고르기도 쉽고 계약서로 사기 당할 일도 없다.

그렇게 생각하고 매일 저녁 식사 후에 교실로 돌아와 글자 연습을 했다.

기숙사 방에는 다른 학생들이 있어 연습이 힘들기도 하고, 교관용 칠판을 쓰면 노트랑 잉크가 없어도 되니 돈이 들지 않는다. 수업이 끝난 후에는 운동장이나 실내 훈련소에 가는 학생은 있어도 교실에 오는 학생은 없다.

그렇게 생각했는데 누군가가 온 것이다.

"글자 연습?"

열두 살로 베일보다 세 살 어린, 수납마법을 쓸 줄 안다는 솔직

하고 씩씩하고 귀여운 소녀.

그 재능만으로도, 그 미모만으로도 평생 먹고살 걱정은 안 해도 될 듯한 행운의 미소녀. 자신과는 거리가 먼, 손에 닿지 않는 곳에 핀 한 떨기 꽃이었다.

그런데 하늘이 무슨 변덕을 부렸는지 소녀가 먼저 다가와 자신에게 이런저런 말을 걸었다.

생각해보면 같이 공부하는 동기생이다. 교실에서 단둘이 만나면 시시콜콜한 이야기 정도는 할 수 있지 않나. 아마도 그녀는 신분이나 빈부 차이를 가지고 사람을 차별하지 않는, 좋은 아이이리라.

베일이 그렇게 생각하면서 상대하고 있는데……,

"저, 저기 말예요. 검만으로는 사냥 효율이 별로지 않나요? 새와 혼래빗을 사냥하기에 딱 좋은 마법이 있는데, 익혀볼 마음, 혹시 있어요?"

"뭐……?"

이 아이, 방금 뭐라고 말했어?

*　　*

레나, 폴린, 그리고 덤으로 메비스의 파워 레벨링은 순조롭게 진행되었다.

마일은 기본적인 것은 가르치지 않고 '그 마법의 행사에 한해서만, 이미지가 생겨 자연스럽게 사념이 되게 하는 교육법'을 했는데도 불구하고 레나와 폴링은 점점 실력이 향상되었다.

양성 학교에서 하는 훈련 때는 '늘었다'는 수준에서 그치고, 놀라운 발전을 이루었다는 사실은 비밀로⋯⋯ 할 예정이었지만, 동기생들은 물론 이곳 교관들의 눈을 과연 속였는지 어쨌는지는 모를 일이다.

한편 메비스는 검술인 만큼 속이면 훈련 자체가 되지 않아서 그냥 평소대로 전력을 다해 하고 있지만, 어디까지나 평범한 인간인 메비스가 평범하게 특훈한 성과이므로 당당하게 해도 상관없으리라. 훈련 상대의 속도가 어마어마하게 빠른 탓에 점차 눈이 익숙해지고 자신의 움직임도 그에 따라 상당히 빨라졌는데, 그래도 어디까지나 일반적으로 '굉장히 재능 있고, 연습을 열심히 하는 학생'의 범주 안에 있었다.

그녀의 진보, 특히 반응 속도의 향상에 엘버트도 깜짝 놀랐는데, 마일과는 그다지 상관없으니 괜찮다.

엘버트는 마일의 걱정이 무색하게도 훈련 첫날 이후로 특별히 마일을 성가시게 하는 일은 없었다.

학생에게는 긱자 시정이란 것이 있고, 무리해서 검술 훈련을 시켜봐야 마일은 제대로 하지 않을 것이 뻔하다. 게다가 학생의 장래 직종을 교관이 마음대로 강제할 수도 없는 노릇이므로, 당연하다면 당연할지도 모른다.

그리고 마일은 속도와 힘 때문에 검 대결에도 강할 뿐이지 검

253

선이나 예측 능력, 처리법 등 '검술'에는 재능이 없었다. 그러니 검술 교관으로서 가르치는 보람이 느껴지지 않아 재미가 없으리라. 그저 신체 능력이 뛰어날 뿐 검에 소질이 있는 것이 아니었으니까.

또한 마일의 마법 재능은 상당히 높아서, 그쪽으로 진로를 정하는 것을 납득할 수 있었다. 만약 그것을 방해한다면 모처럼 마법에 재능이 있는 학생의 가능성을 짓밟을까 염려한 두 마법 담당 교관이 격렬히 항의하리라는 것쯤은 쉽사리 상상하고도 남았다.

아무리 학교장 겸 주임 교관이라고 해도 어차피 고용된 몸. 고용주에게 보고가 들어가면 곤란하다.

"바른대로 말해, 마일."

그러던 어느 날, 여느 때와 다름없이 방에서 레나에게 추궁당하는 마일.

"엥, 뭘요?"

"딴청부리지 마! 이미 다 알아났거든, 매일 저녁을 먹은 후에 남자애와 뭔가를 하고 있다는 거?!"

"윽……."

짚이는 부분이 있어 우물거리는 마일.

"설마, 사귄다거나, 이상한 약속이라도 한 건……."

"아니, 아니에요! 그건 단순히 대역이에요……. 아, 아니……."

"그게 무슨 말이야! 얼른 다 토해내지 못해?!"

……결국 전부 실토하고 말았다.

"그게 뭐야! 자기가 눈에 띄지 않도록 총알받이로 삼는다니? 정말 어이가 없네……."

진심으로 황당해하는 레나였다.

((아마도 그 남자애는 마일을…….))

그리고 남학생의 명복을 비는 메비스와 폴린이었다.

"하긴, 너는 고향에 알려지면 위험할지도 모르니까 그렇게 걱정하는 것도 이해는 돼. 우리도 여러 가지로 너한테 많이 배우고 있으니 불평하는 건 어불성설이지. 뭐, 적당한 선에서 하길 바라."

"네~에……."

고아 소년 베일의 마법 실력은 마일의 도움으로 장족의 발전을 이루었다.

마일은 베일의 마력이 그리 많지 않고 복잡한 연속 영창도 썩 잘하지 못한다는 사실을 알아차리고는 간단한 단순 공정으로 할 수 있는 두 가지 마법을 가르쳐주었다.

하나는 공기탄.

베일이 작은 동물 사냥에 쓸 수 있도록 고안한 것이다.

물을 만들어 얼려서 형성하는 복잡한 공정을 피하고, 또 돌을 만들거나 끌어와 쏘는 등의 수고도 생략하고, 어디에나 있는 흔한 것을 사용한 단순 공정의 수렵용 마법.

그저 공기를 압축해서 내던지기만 하면 되는 단순한 마법이었는데, 작은 동물을 상대로 하면 죽이거나 기절시키는 것쯤 간단했고 새도 떨어뜨릴 수 있었다.

또 대인전에서도 상대방의 태세를 무너뜨리거나 날려버리는
등, 비록 필살기는 아니라도 승리의 계기가 되기에는 충분했다.
여하튼 주문 영창이 짧고 간단하기 때문에 쓰기 쉽다.

이 세계에서는 바람을 일으키는 마법은 일반적으로 사용되지
만, 기압경도라든가 열팽창이라든가 상승기류라든가 코리올리
의 힘에 의한 회전력 등의 지식이 없기 때문에 그 위력에 한계가
있었고, 또 '공기를 압축해서 쏜다'는 개념에 이르지 못했으니 그
럭저럭 도움이 되리라.

또 하나는 커다란 사냥감이나 대인전용 필살기인 마력도(魔力刀)
이다.

마력량의 문제와 비닉성(秘匿性) 그리고 '필살기'라는 점을 고려
해 상시 전개는 피하고, 참격을 쏘기 직전에 마력으로 검을 코팅
한다.

마력으로 검을 뒤덮으면 강도가 커지고 검에는 마력에 의해 아
주 얇은 전연부가 형성되어, 강하고 견고하고 예리하다는 삼박자
를 고루 갖춘 검사의 꿈이 실현된다. 싸구려 쓰레기 검이 신검으
로 탈바꿈하는 것이다!

두 마법 모두 단순 공정이어서 다소 서툴더라도 하나의 현상이
발현하는 데에만 집중하면 되기 때문에 사용하기 쉽다.

그리고 발현 시간이 짧아 마력 소비, 실제로는 사념파 방출에
의해 뇌의 일부가 피로해지는 것이지만, 여하튼 그것이 적다.

게다가 단순 공정인 만큼 주문 영창이 짧다. 검으로 싸우면서

틈틈이 쏘는 것이 충분히 가능하다.

검과 마법의 병용. 그리고 마력으로 뒤덮인 검.

그것은 바로 '마법 검사'였다.

마일은 절대 아무에게도 알려주지 말고 혼자만의 기술로 하도록 몇 번이고 확인받았고, 만약 누군가에게 가르쳐줬을 경우 베일과 배운 사람 모두 조직에서 제거하러 올 것이라고 겁도 줬다.

어디에 있는 어떤 조직인지는 말해주지 않았다. 설정을 생각하는 것이 귀찮았으니까.

뭐, 공기탄은 보면 알 수 있으니 조만간 흉내 낼지도 모르겠지만 마력도 쪽은 한 번 본 정도로는 모를 것이다.

그리고 자신이 여러 가지 마법을 발명한다는 사실이 알려지면 큰일이고, 자신이 가르쳐서 퍼진 마법으로 많은 사람이 살해되거나 세계정세가 뒤바뀌는 것도 원치 않았기에 모두에게는 비밀을 엄수하도록 말해두었는데, 솔직히 말해서 자신의 이름만 거론되지 않는다면 다소 퍼져도 괜찮았다. 특히 치료마법이라든가 비살상적으로 쓰는 방법이 가능한 공기탄 같은 것은……

세계에 미치는 영향 역시 신이 막을 수 있는 것도 아니고, 신들은 이곳 관리를 방치하는 듯하니 큰 문제는 없으리라.

베일은 밤미디 마일에게 구두로 배운 것을 다음 휴일에 사냥에서 시험해보고 주가 바뀌면 마일에게 그 결과를 말하고 다시 가르침을 받는 방식을 반복하며, 마일의 파티 멤버 정도는 아니어도 계속 성장했다.

마일이 레나에게 베일을 가르친다는 사실을 들킨 이후로 베일은 메비스와 함께 학교 안에서 검 훈련을 하게 되었고, 메비스는 동료가 늘어난 것, 그리고 마일 이외에 모의전이 가능한 상대가 생겼다는 것에 크게 기뻐하며 삐치는 일이 줄어들어, 마일 일동도 한숨 돌렸다.

"갑자기 생각났는데 말이야. 베일이랑 마일이랑 이름이 비슷하네. 뭔가 관계가 있어?"

"네? 아, 그러고 보니……. 아니, 그냥 우연이에요. 두 글자로 된 이름은 다 비슷비슷하잖아요! 레나 씨도 동기생 리나 씨와 관계가 있냐는 질문을 받으면 당황스럽지 않겠어요?"

"아, 그러네……."

레나에게 생각지도 못한 질문을 받았지만, 우연히 조금 비슷할 뿐 정말 아무런 상관도 없다.

'아, 그럼 무슨 일이 있을 때 '사실은 생이별한 오빠'라든가 그런 설정으로 대역으로 세울 수도……. 아니아니아니, 생각하면 안 돼, 생각하면 안 된다고!'

마구 머리를 흔드는 마일이었다.

마일은 평일은 훈련과 이론 수업, 휴일은 자금벌이 겸 마법 자율 훈련, 그리고 틈틈이 메비스와 베일의 검술 훈련을 봐주는 나날이 이어졌다.

학생으로서 룸메이트 셋뿐 아니라 다른 동기생과도 교우가 깊어지면서, 평범한 학교는 아니어도 나름대로 '학교생활'을 만끽하는 중이었다.

다른 학생들에게는 미래가 좌우되는 혹독한 훈련에 젖은 나날이지만 마일에게는 즐겁기만 한 학교생활. 그런 일상이 눈 깜박할 사이에 지나가고, 점점 졸업식이 다가왔다.

"……수학여행?"

"현지 실습! 그 뭐야, 그 '수학여행'인가 뭔가는……?"

"아아, 캠프!"

"아니, 그건 또 무슨 말인데?!"

졸업이 임박한 어느 날, 현지 실습 공지가 떴다.

그렇다고 오거와 싸우라는 말은 아니다. 헌터 경험이 전혀 없는 학생도 있으니 인간형인 고블린이나 오크와 한번 싸워보면서 '인간형을 죽이는' 체험을 시키기 위해서이다. 이를 미리 해놓지 않으면 선배 헌터가 동행하지 않는 신입끼리 뭉친 파티의 경우, 첫 싸움에서 죽을 확률이 상당히 높아진다.

물론 현지 실습에는 야영을 경험하게 한다는 의미도 있지만.

그리고 며칠 후, 왕도에서 반나절 거리에 위치한 숲에 양성 학교 학생들의 모습이 있었다. 현지 실습을 온 것이다.

각 반, 즉 파티끼리 실습했는데, 여자 반은 직종에 균형이 맞지 않아 반을 다시 짜게 되었다.

반의 재결성은 전부 학생들에게 맡겨졌다. 대규모 토벌 등에 많은 파티가 참가할 때는 이런 일도 있으므로 그 체험도 겸한 것이다.

반을 다시 짜라고 해도 완전히 흩어지면 모처럼 지금까지 키워

온 연대가 헛수고로 돌아가기 때문에 여자 반을 해체해서 남자 반에 배분하는 방향으로 남학생들의 의견은 정리되었다.

그리하여 남자들은 눈에 불을 켜고 여자들을 끌어들이려 분주히 돌아다녔다.

"마, 마일, 우리 반에 안 올래?"

"아니, 우리한테 와!"

"아니야, 당연히 우리한테 와야지! 네 명이 한마음이 되어 편의를 봐줄 테니까!"

"시끄러웟! 우린 마일이 전위가 가능하니까 남자는 필요 없어!"

"엥, 하지만 마일은 일단 마술사잖아? 그리고 여자 넷은 역시 인원수가 적어."

남자들이 집요하게 나오자, 레나는 잠시 생각한 후 뒤에 있던 남자에게 말을 걸었다.

"베일! 너, 우리 반에 들어와! 너희 반에는 B반 애가 들어가면 검사도 보충될 테니 괜찮잖아. B반, 그래도 되겠지?"

"""""좋아~.""""""

자신들을 무시하고 C반인 마일 일행에게만 쇄도하는 1~3반 남자들의 모습에 약간 열 받은 B반 여학생 네 명은 4반, 6반과 함께 베일의 5반도 태연하게 움직이지 않았다는 점, 그리고 5반에 괜찮은 남학생이 있다는 사실까지 더해 바로 승낙했다.

"그래, 베일. 가도 좋아!"

가망성이 거의 없는 마일에게 목매기보다 가능성 있는 네 명의 소녀를 얻은 5반 남자들. 현명한 판단이었다.

"그럼 우리는 두 그룹으로 찢어져서 4반이랑 6반에 들어갈게!"

"""뭐……?"""

남아 있던, 다섯 명이 편성된 A반 여학생들의 말에 그대로 얼어붙은 1, 2, 3반 남학생들.

1반 남자 5명

2반 남자 5명

3반 남자 5명

4반 남자 4명 여자 2명

5반 남자 3명 여자 4명

6반 남자 4명 여자 3명

C반 남자 1명 여자 4명

"""어쩌다가 일이 이렇게 되어버린 거야아아~!!"""

1~3반 남학생들이 피를 토하듯 소리쳤다.

자업자득이지만, 대신 베일은 졸업할 때까지 남자 동기의 절반으로부터 원망의 눈초리를 받아야 했다.

"뭐야, 반이 일곱 개가 되었나? 여자들이 남자 반으로 흩어져 늘어가서 6반이 될 거라고 생각하고, 도와줄 헌터를 두 명밖에 고용하지 않았는데……."

엘버트가 곤란한 표정을 지었다.

엘버트를 포함해 교관 네 명, 헌터 두 명이면 확실히 도와줄 사람이 한 명 부족하다.

"……뭐, 됐어. 메비스, 너희 반은 도와줄 사람이 없어도 되겠지?"

"네, 네에……?"

항상 레나가 리드하기 때문에 동기생들로부터 'C반' 혹은 '레나가 있는 반'으로만 불렸는데, 역시 교관은 메비스가 리더라고 확실히 세워주었다.

아니, 그런 것은 아무래도 좋았다.

"문제없어요."

"맡겨주세요!"

그편이 오히려 도움이 되니까, 하고 기꺼이 수용하는 레나와 마일.

"그럼, 그렇게 하는 걸로 부탁한다."

정말이지, 걱정하는 척조차 하지 않는 엘버트였다…….

베이스캠프에서 떨어진 숲속.

"오늘부터 지금까지 제가 가르쳐준 마법을 사람들 앞에서 사용하는 것을 해금합니다. 이제 졸업까지 얼마 남지 않았고, 졸업 후 헌터 생활에서 쓰기 위한 마법이므로 슬슬 때가 되었다고 생각해요. 졸업과 동시에 바로 쓰기 시작하면 부자연스러우니, 지금까지의 훈련 성과가 나타났다는 걸로 하고 조금씩 모두가 보는 앞에서 사용하세요. 어차피 졸업 검정에서 써야 하기도 하니까요. 단! 마법을 보여주는 것은 되지만, 결코! 절대로! 사용 방법이나 제가 가르쳐줬다는 말은 하면 안 돼요! 어디까지나 자기가 수련

끝에 얻은 비법이고 문외불출(門外不出)해야 할 비밀의 기술이라고 해야 합니다. 알겠죠?!"

평소 같지 않은 진지한 표정의 마일에게 고개를 끄덕여 보이는 네 사람이었다.

슈우웅!

피슝!

"다음은 나! 내 차례야!"

"너희들⋯⋯."

희희낙락 고블린을 사냥하는 레나와 폴린을 보며 베일이 학을 뗐다.

레나 쪽은 그나마 이해가 되었다. 아니, 그다지 이해하고 싶지는 않았지만.

하지만 폴린은 동기생 중에서 연약하고 얌전한 지원, 치료계 마술사로 통했다. 기가 세고 거친 여자들이 많은 학교에서 마일과 어깨를 나란히 하는 귀중한 치유계 요원⋯⋯일 터였다. 그런데.

"입자여, 춤춰라. 끓어오르는 열탕, 이야압! 죽어라아앗!"

쓰러진 나무에 양손을 짚은 채 고개를 숙이는 마일.

그리고 메비스는 혼이 빠져 나간 상태였다.

메비스 일행이 베이스캠프로 돌아오자 다른 반은 이미 모두 돌아와 저녁 준비를 하고 있었다. 물론 자기가 잡았거나 채취한 것을 직접 조리하는 것이다. 다른 반에게 나눠 받는 것은 금지. 사냥물을 잡는 능력이 없는 자는 굶주린 배를 움켜쥐고 밤을 보내야 했다. 이는 헌터의 상식이었다.

익숙하지 않아 요리하는 데 시간이 걸리는 학생들.

"으랏차차!"

다른 반 학생들이 고블린 토벌 시간 틈틈이 어쩌다가 잡은 혼래빗과 채취한 나무열매로 조촐한 식사를 만드는데, 그 옆에서 마일이 수납했던 오크 한 마리를 떡하니 꺼냈다.

탁탁탁탁!

눈부신 속도로 고기를 손질하는 메비스.

화라락!

불마법으로 고기를 노릇노릇 익히는 레나.

"수프, 다 됐어요!"

마법으로 만든 물과 채취한 허브, 오크의 살점과 잎 등을 네 명분의 컵에 넣고 끓인 폴린이 말했다.

"앗, 내 거는……."

"아, 미안해요. 나도 모르게 버릇이……."

어처구니없어하는 베일의 목소리에 폴린이 당황하며 하나를 추가했다.

"하앗!"

보글보글.

그 모습을 멍하니 보던 엘버트가 혼자 중얼거렸다.

"……편하겠다, 너희들은……."

제9장 붉은 맹세

졸업식, 즉 졸업 검정까지는 앞으로 일주일.

마일은 고민했다.

졸업 후 어떻게 할지…….

'그냥 이 나라에서 평범하고 일반적인 C등급 헌터로 느긋하게 살까……. 수납마법이 있으면 한 번에 많은 사냥물이랑 채취한 약초를 옮길 수 있으니까 막 필사적으로 일할 필요 없잖아. 모국에 발견될 기미도 없고, 반년이나 지났으니, 그 나라로 돌아가지만 않는다면 그쪽 일은 이제 괜찮아 보이는데…….'

굳이 다른 곳으로 이동할 필요가 없어서 마일은 이 나라에 정착하기로 마음먹었다.

'역시 솔로가 나으려나……. 파티에 들어가서 여러 가지로 들키면 곤란하니까, 아무래도…….'

모처럼 친해진 모두와 헤어지는 것은 아쉽지만, 각자 하고 싶은 일이나 사정이 있겠지. 메비스와 폴린에게는 가족도 있고, 레나에게도 친구와 지인이 있으리라. 자신이 계속 졸졸 따라다녀서 피해를 줄 수는 없다.

그 세 사람이라면 마일의 이상함을 알아도 받아들일지 모르나, 혹시라도 그렇지 않은 경우를 상상하니 겁이 나서 도저히 말을 꺼낼 수 없었다.

만남이 있으면 헤어짐도 있다. 마르셀라 삼인조와 만나고 헤어
졌던 것처럼.

'또 언젠가 새로운 친구가 생기겠지, 아마도…….'

그렇게 생각하는 마일이었지만, 그녀의 표정은 어두웠다.

"졸업 후의 거점은 어디로 할래?"

""""엥?""""

저녁 식사 후 방에 돌아오자마자 평소처럼 단도직입적으로 꺼
내는 레나의 말에 굳어버린 세 사람.

"음, 거점이라니 그게 무슨?"

"졸업 후에 우리의 활동 거점을 정하자는 거야. 헌터로서의."

""""에에에에엥?""""

깜짝 놀라는 세 사람에게 레나가 계속해서 말을 이었다.

"뭘 그렇게 놀래? 졸업하고 나면 다들 헌터로 살 거 아니야? 신
입 헌터는 솔로 활동이 어렵고, 그렇다고 모르는 사람들만 가득
한 다른 파티에 말단으로 들어가서 하찮은 심부름이나 할 바에야
서로 기질을 잘 아는 이 멤버로 가는 편이 낫지. 그리고 어차피
다들 갈 데도 없잖아, 가출한 딸래미에 도망자에 중년 아저씨의
정부 요원인 너희는!"

""""으으윽…….""""

말문이 막힌 메비스, 마일 그리고 폴린.

"하, 하지만 어머니와 남동생이……."

"네가 가족을 위해 팔려나가는 걸 보고 어머니랑 남동생이 과연 기뻐할까? 그걸 보고 두 사람이 웃으며 행복을 빌어줄까, 정말로?"

"으윽……."

"지금의 너라면 스스로 충분히 살아갈 수 있어. 네가 행복해지는 게 부모님께 하는 최고의 효도 아니야?"

"…………."

폴린은 아무 말도 하지 못했다.

폴린에 이어 이번에는 마일이 목소리를 냈다.

"저, 저, 저는……, 좀 이상한 아이여서, 여러분에게 여러 가지로 민폐가……."

"""…………."""

"그래서?"

"네?"

마일의 말 중간에 이어진 침묵을 깨는 레나의 말.

"아니, 그러니까, 어서 하던 말을 마저 하라고!"

"아니, 그게, 그러니까, 저는 여러분에 비해 조금 이상해서, 여러분에게 여러 가지로 민폐를 끼칠 테니까!"

"이, 그건 다들 이미 알고 있고, 그 뒷말을 빨리 하라니까 그러네!"

"네?"

"""…………."""

"뭐, 당분간은 싸구려 여인숙에서 지낼 수밖에 없겠지. 그래도

4인실이면 그다지 안 비쌀 거고, 이 방보다야 훨씬 나을 거야."

"하, 하지만⋯⋯."

메비스가 이야기를 정리하자 마일이 다시 반론을 펼치려 들었다.

하지만 레나가 막았다.

"시끄러워! 이건 이미 결정된 거야! 그리고 너, 약속했잖아! 입학식 때!"

"아⋯⋯."

마일은 떠올렸다.

그날, 입학식 날에 이 방에서 나누었던 대화를.

『그러니 졸업 후의 파티 권유가 오면 '같은 방 사람들과 약속했으니까' 하면서 거절해. 사귀자고 접근하는 사람한테는 '그런 거에는 아직 관심 없어. 지금은 훈련에 집중하고 싶어' 하면서 거절하고. 알겠지?!』

『네, 네엡!』

"그, 그거, 약속이었어요⋯⋯? 단지 권유를 거절하기 위한 구실이라고만 생각⋯⋯."

"쫑알쫑알 시끄럽네, 거참! 이미 결정된 일이라고 말했잖아!"

생각해보면 친구를 원해서 열심히 '평범함'을 목표로 행동했는데, 평범함을 가장하기 위해 모처럼 생긴 친구를 멀리하는 것이야말로 본말전도다.

"하……, 하하, 푸하하하……, 흑흑."

"흐흐흑…….

웃음이 울음으로 바뀐 마일에 이끌려 흐느끼는 소리가 새어 나오는 폴린.

그리고 토닥토닥, 두 사람의 등을 토닥이는 메비스였다.

"잘 들어. 우리는 이 몸에 붉은 피가 흐르는 한, 절대 동료를 배신하지 않아! 우리의 우정은 불멸이야!"

"""응!"""

* *

"부탁이 있어."

졸업 검정 3일 전, 오후 이론 수업이 끝난 뒤 학교장 겸 주임 교관 엘버트의 부름에 지도실로 향한 마일 일행은 엘버트가 자신들을 향해 뜬금없이 고개 숙이자 깜짝 놀랐다.

"부탁이다. 3일 후 졸업 검정에서 너희의 진짜 능력을 보여줘!"

"""네에……?"""

엘버트는 자초지종을 설명했다.

이 헌터 양성 학교는 S등급 헌터에서 귀족이 된, 영웅 크리스토퍼 백작이 심혈을 기울여 시험적으로 설립했다는 것.

설립한 지 6년, 훌륭한 헌터를 다수 배출했지만 아직 역사가 짧은 탓에 A등급 이상의 자는 나오지 못했다는 것.

대부분의 귀족이 '예산 낭비'라며 좋게 보지 않아, 이대로라면 시험 단계에서 본격적인 규모로 확장하기는커녕 예산 삭감 혹은 아예 문을 닫을 가능성도 있다는 것…….

"원래는 너희 다음 기수의 선발시험이 이미 예전에 끝났어야 할 시기야. 하지만 다음 예산 승인이 아직 떨어지지 않아 연기되었어. 수험 희망자들에게는 아직 비밀로 해두었지만, 이대로라면 다음 기수를 받지 못해 학교가 없어질 가능성도 있다……."

"어쩐지……. 이상하다고 생각했어요, 아직 다음 기수 선발시험이 치러지지 않은 것 말예요. 저희 때는 전 기수의 졸업 검정보다 전에 끝났는데……."

"설비와 비품이 전혀 갱신되지 않아서 그런 건 줄 알았어요……."

사정을 조금 짐작한 듯한 레나의 말에 이어 폴린도 눈여겨봤었다는 식의 말을 꺼냈다.

선발시험을 받지 않은 마일과 그런 부분에 원래 둔한 메비스는 전혀 눈치채지 못했다.

"지금 크리스토퍼 백작의 주도하에 이 양성 학교를 시초로 조만간 헌터 승급을 위한 최소 연령 규정을 없애고, 학교에 입학하지 않은 사람이라도 실력과 인간성이 기준을 충족한다면 승급할 수 있게 한다든가 여러 가지로 헌터 제도와 규칙을 바꿔나갈 발판을 만들려는 계획이 있어. 그렇게 하려면 학교가 이 시점에 무너져서는 안 돼……."

엘버트는 마일 사인조를 둘러보았다.

"3일 후의 졸업 검정에서 모의 시합 상대로 B등급 중 최상위, A등급에 들어가기 일보 직전에 있다는 파티에 지명 의뢰를 낸 상태야. 그리고 졸업 검정에는 항상 설립자 크리스토퍼 백작은 물론이고 양성 학교의 가능성을 확인하기 위해 오는 근처 모든 나라의 길드 관계자, 신인의 수준을 확인하러 오는 근교의 길드 마스터들, 가망성이 있어 보이는 신인을 찾으려는 귀족, 그냥 심심풀이 땅콩 삼아 구경 오는 그 밖의 귀족과 부자들, 파티에 영입할 자를 찾는 헌터, 오락에 굶주린 일반시민, 그리고 이곳의 예산을 움켜쥔 재무경, 게다가 어쩌면 국왕까지 시찰하러 오실 때도 있어."

다시 한 번 허리를 굽히는 엘버트.

"부탁이야, 모의 시합에서 사고 한 번만 쳐주라! 너희가 진짜 실력을 감추고 있다는 건 알고 있어. 그리고 거기에는 그럴 만한 사정이 있다는 것도 짐작이 가. 그래서 그동안 교관들이 모두 모르는 척한 거다. 하지만 지금은, 시정이 있다는 걸 알면서도 이렇게 부탁한다! 이런 녀석들이, 이 학교가 없었으면 몇 년이나 약초 채취와 혼래빗 사냥으로 귀중한 시간을 허비했을 거라는 것을. 이 학교가 필요하다는 것을. 그걸 모두의 머리에 새겨줘! 부탁이다! 나는 이 학교가 사라지는 걸 원치 않아!"

테이블에 이마를 박아가면서까지 부탁하는 엘버트를 보며 네 사람은 얼마간 벌어진 입을 다물지 못했다.

""맡겨만 주세요!""

그리고 지도실에 울려 퍼진 두 사람의 목소리에 간이 철렁 내려앉은 마일.

"저희가 신세를 진 교관님께서 이렇게 고개까지 숙이며 부탁하시는데 어떻게 거절하겠어요! 게다가 헌터들의 미래가 달린 중대한 사명! 이 학교는 저희 같은 사람들을 위해 꼭 필요해요. 반드시 기대에 부응하겠습니다!"

"이름을 알릴 절호의 기회인데, 도망쳐서야 되겠어요?! 맡겨만 주세요!"

각각 누가 한 말인지는 굳이 설명할 것도 없다.

"……부탁한다."

늘 자신만만한 엘버트의 힘없는 표정에 마일도 어쩔 수 없이 협력하기로 했다.

'혹시나 이런 일이 있을까 싶어 총알받이를 준비해두길 잘했네…….'

그리고 드디어 찾아온 졸업 검정의 날.

장소는 왕궁과 가까운 투기장이었다.

많은 관객을 수용할 수 있을 뿐만 아니라 마법 공격이 벌어져도 시설과 관객에게 피해가 가지 않도록 강화 장치와 방호마법이 걸려 있는, 건설된 지 아직 얼마 되지 않은 멋진 시설이었다.

"사전 작업이 멋지게 성공했다. 오늘은 재무경뿐만 아니라 다른 유력귀족, 그리고 국왕 폐하 내외분과 왕자, 왕녀 전하까지 모두 보러 오셨어. 다른 나라의 길드 관계자도 많고. 사전 작업 때, '꿩

장한 신인이 있다'고 꽤나 크게 떠벌려놨지. 그럼 잘 부탁한다!"

엘버트의 말에 의욕이 불타오르는 레나와 메비스, 우와 하는 표정의 폴린, 그리고 눈을 부라리는 마일이었다.

드디어 졸업생들과 헌터 양성 학교의 명운이 걸린 '졸업 검정 모의 시합'이 시작되었다.

'졸업 검정 모의 시합', 통칭 '졸검'은 졸업생 전원이 받는 것은 아니다.

졸업생 중 희망자를 교관들이 선발하여 실력과 인격이 모두 C등급에 적합하다고 판단된 자만 시험을 치를 수 있는데, 합격하면 C등급으로 졸업하게 된다.

또 본인이 희망하지 않은 경우라도 교관들의 강력 추천으로 시험을 치르는 경우도 있다.

시험에 불합격했거나 본인이 시험을 원하지 않았거나 교관들이 능력 부족으로 판단하고 시합을 각하한 경우에 그 사람은 D등급으로 졸업한다.

다만 그 경우는 '최소 연령을 클리어 한 것'으로 간주되어, 사람에 따라서는 상당히 빨리 C등급에 올라가는 자도 있다. '아주 약간의 능력 부족'이라는 취급이어서 멋은 좀 없어도 그리 비관할 일은 아니다. 영 아닌 사람은 일찌감치 퇴학이니까.

이번에 시험을 희망한 사람은 총 마흔 명. 즉 전원이었다.

밑져야 본전, 잃을 것이 없으니 당연했다.

마일조차도 엘버트에게 부탁받기 전부터 이미 시험을 희망했다.

D등급이면 솔로로는 불편하므로 레나의 입에서 파티 이야기가

나오기 전부터 신청해두었던 것이다.

그리고 이번 졸검에 임하는 사람은 마일 사인조 이외에 베일을 비롯한 검사가 다섯, 창사가 둘, 궁사가 셋, 마술사가 넷으로 마일 일행까지 모두 합하면 총 열여덟 명이었다.

졸검의 시합 상대로 지명 의뢰 받은 B등급 파티 '미스릴의 포효'는 B등급으로서는 드물게도 여섯 명으로 소수 파티였다.

C~F등급 파티면 보통 네 명에서 일곱 명 정도의 소수로 구성된 파티가 많지만, B등급 이상이 되면 열 명 이상, 많게는 수십 명에 달하는 대가족이어서 부상당했거나 아픈 사람, 휴가를 얻은 사람이 있어도 얼마든지 일을 받을 수 있고, 파티를 몇 개로 나누어 여러 의뢰를 동시에 처리하는 경우도 많았다.

무엇보다도 그런 경우에 파티에는 실력이 떨어지는 자, 인격과 품성에 약간 문제가 있는 자가 포함되기도 하지만…….

그러나 이 B등급 파티 '미스릴의 포효'는 소수정예라고 했다. 전원이 상당한 실력자로 보였다.

드디어 학교장 엘버트가 졸업 검정 모의 시합 개시를 선언하면서 시합이 시작되었다.

'미스릴의 포효'는 마흔 살 전후이고 대검을 쓰는 리더, 비슷한 나이의 숙련 창사, 이십 대 중반으로 약간 젊은 검사, 노련해 보이는 초로의 마술사, 삼십 대 후반으로 보이는 마술사, 그리고 이십 대 후반으로 보이는 여성 마술사라는 구성이었다. 궁사가 없지만 원거리 공격도 가능한 뛰어난 마술사가 있으면 화살쯤 없어도 문제가 없다.

수험자의 실력을 잘 발휘하게 하려면 상대와의 실력 차가 커야한다. 그래서 B등급 파트에 의뢰한 것이었고, 그들로서는 애송이를 상대로 여러 차례의 모의 시합을 이어가면 되는 아주 간단한 일이었다.

젊은 층을 잘 지도하고 교육하는 능력 역시 높은 등급의 헌터에게 필요하기 때문에 이번 수험자는 젊은 멤버들이 상대하게 하고, 리더와 초로의 마술사는 젊은 멤버가 수험자의 능력을 잘 끌어올려주는지 지켜보았다.

젊은 층이라고 말해도 B등급인 사람들이라 다른 파티에 있다면 충분히 주력을 담당할 실력자들이었다.

검정 모의 시합은 순조롭게 진행되었고, 수험자들은 비록 이기지는 못해도 자신의 장점을 멋지게 발휘하도록 이끌어주는 대전상대 덕분에 상당한 실력이 있는 것처럼 보여, 모두 만족스러운 대결을 펼칠 수 있었다.

대부분 대전 상대의 뛰어난 실력과 배려 덕분이었지만, 많은 수험자는 그 사실을 알아차리지 못했다.

그리고 드디어 마일 사인조와 베일만이 남았다.

사인조의 시합이 먼저 치러지고, 베일의 순서는 가장 마지막이되었다.

물론 마일의 요구로 엘버트가 그렇게 짠 것이다.

"폴린 씨, 힘내요!"

"너라면 이길 수 있어, 침착하게, 신중하게!"

"승부는 그날의 운이야. 그러니까 그냥 자기 힘을 전부 끌어내서 후회 없는 승부를 펼치면 돼!"

긴장과 흥분으로 바들바들 떠는 폴린을 격려하는 세 사람이었지만, 폴린은 약한 모습을 보여 도저히 실력을 발휘할 수 있을 것 같지가 않았다.

"그, 그렇게 말해도……. 아아, 나도 메비스처럼 아무 생각 없는 정의로운 바보거나 아니면 레나처럼 애같이 단순한 성격이거나 마일처럼 세상 물정을 몰랐다면 이렇게 긴장하지 않았을 텐데……."

""""뭐라고……?""""

메비스, 레나, 마일은 시합도 하기 전부터 큰 타격을 입어버렸다.

"어머, 이번에는 아가씨 차례? 떠는 것처럼 보이는데 괜찮겠어?"

폴린의 대전 상대는 이미 여러 명의 지원, 치료계 마술이 특기인 수험자들을 상대한 이십 대 후반 여성 마술사 올가였다.

그녀도 같은 타입의 마술사였다. 다만 B등급인 만큼 마법뿐 아니라 호신을 위한 스태프 실력도 그럭저럭 좋았다.

"자, 잘 부탁드립니다……."

"그래그래. 저기 있는 여자애들과 친구? 참 조그맣네……. 양성 학교도 저런 꼬맹이를 다 받고, 수준이 떨어졌나?"

띠잉.

"뭔가, 첫 토벌 임무에서 전멸할 느낌인데? 차라리 지금 불합격을 주는 편이 낫지 않으려나……."

빠지직!

"그럼 먼저 공격하게 해줄 테니까, 하고 싶은 대로……."

"입 닥쳐! 어디서 개소리야, 이 빌어먹을 절벽가슴이!"

"뭐라고……?"

순간 투기장 안의 시간이 멈췄다.

투기장은 관객이 더욱 현장감을 즐길 수 있도록 소리의 반향을 계산해서 설계되었기 때문에 대결에 나서는 자들끼리 주고받는 대화는 아주 작은 소리라면 몰라도 큰 소리는 관객석까지 충분히 들렸다.

그래서 올가가 처음에 혼잣말처럼 중얼거린 소리는 들리지 않았지만, 폴린의 성난 고함은 다 들렸다. 충분히.

"저, 저 애, 지금 무슨 소리를!"

대선배인 B등급 헌터를 향한 갑작스러운 매도, 심지어 신체적 약점을 꼬집은 엄청난 모욕.

그것을 나라의 중진, 귀국 헌터 길드의 주요 인물들, 그리고 많은 관중 앞에서 큰 소리로.

자신들의 파티 이름이 유명해질 것 같다.

단, 바라던 바와는 전혀 다른 방향으로 말이다.

레나는 머리를 감싸 쥐었고, 메비스는 얼굴이 창백해졌다.

"우우우, 절벽가슴, 절벽가슴……."

그리고 그 뒤에서 마일은 혼자 소소한 타격을 받은 상태였다.

"뭐야, 저 신인은!"

"예의를 모르는 것도 정도가 있지!"

잠시 정적이 흘렀던 관객석에서 점차 웅성거리는 소리가 퍼지기 시작했다.

"뭐, 저 아이가 열 받았으면 나름대로 이유가 있었겠지. 자신이 모욕을 당해도 화내는 아이가 아니니까 아마 우리를 바보 취급하지 않았을까? 바보 취급한 것에 응수할 자격이 있는지 없는지는 결과로 보여주면 될 일이야."

일단 안절부절못했지만 레나의 회복은 빨랐다. 뻔뻔해서일까, 아니면 동료를 믿어서일까…….

"내 소중한 친구들을 욕보였겠다?! 반드시 후회하게 해주겠어!"

"저, 절벽가슴……. 빌어먹을 절벽가슴……."

올가는 몸을 부들부들 떨었다.

조금 큰 키에 날씬한 올가는 상당한 미인이었고, B등급이라는 점도 한몫해서 지금까지 인기가 많았다. 그런데 그런 것치고는 좀처럼 괜찮은 남자를 사로잡지 못해, 나이를 꽤 먹었는데도 아직 미혼이었다. 스스로도 의문으로 여기고 있던 참이다.

그런데 폴린이 그 이유를 들이댄 것 같아서, 올가는 어쩔 줄을 몰랐다.

"절벽가슴……, 절벽가슴……."

"불타올라라, 나의 마음! 분노를 작열하는 불꽃으로 바꾸어, 내 눈앞에서 화염을 만들어라! 파이어, 보오오오올~!!"

폴린의 앞에 나타난 1미터 정도 크기의 둥실둥실한 불덩어리를 보자 멍하니 있던 올가가 정신을 차렸다.

"파이어 볼? 크지만 집중력이 없어 확산되기만 할 뿐이네. 지원계 마술사로서 공격마법을 하나라도 쓸 수 있는 건 고득점이지만, 이렇게 불안정해서야……."

"가라앗!"

모양도 제대로 갖추지 않은 불안정한 화구가 올가에게로 향했다. 그것을 여유롭게 막아내는 올가.

"나와라, 마법 장벽. 화구를 막아라!"

폴린이 쏜 화구는 올가가 펼친 장벽에 부딪혔는데, 장벽을 뚫을 위력이 없어서 그대로 분산되었다.

올가의 시야를 불꽃이 덮었지만, 대미지는 제로.

"이런 공격마법으로는, 크헉!"

갑자기 왼쪽 옆구리를 찌르는 극심한 통증에 올가는 고통스러운 목소리를 내뱉었다.

아픈 옆구리를 쳐다보니 가죽 갑옷의 이음매 부분에 스태프가 박혀 있었다.

그리고 곧바로 회수되었다가 다시 무서운 기세로 날아오는 스태프의 뾰족한 끝.

"이런, 이야아압!"

옆구리에서 느껴지는 고통을 무시하고, 혼신의 힘을 다해 스태프를 물리친 후 자신의 스태프를 휘둘러 상대방의 몸을 가격하고 뒤이어 오른발로 상대방의 복부를 걷어찼다.

"하아하아하아……."

올가가 서둘러 옆구리를 확인해보니 고통은 심했지만 다행이 뼈와 내장에는 영향이 없는 듯 보였다. 아무리 이음매 근처를 공격당했다고는 하나 가죽 갑옷이 그 역할을 충분히 해준 모양이었다.

자신의 발에 차인 상대는 조금 떨어진 곳에 쓰러져 있었는데, 전력을 다해 휘두른 스태프에 충분한 반응이 있었다. 아마도 뼈가 부러졌으리라.

학생을 상대로 너무 심했다고 나중에 혼날지도 모르지만, 태평하게 있다가 또 한 방 맞을 수는 없었다. 불가항력이었다.

"고통 소거, 손상 회복, 하이 힐!"

치료마법으로 고통이 조금 가시자 한숨 돌린 올가가 상대방을 보니, 폴린은 벌써 일어서 있었다.

하지만 고통으로 얼굴이 일그러졌고 왼쪽 팔은 부자연스러운 방향으로 꺾여 있었다.

"치사하네요. 난 애써 생각해낸 기습 작전으로 겨우 한 번 공격할 수 있었는데, 그쪽은 마법 한 번 써서 원점으로 되돌려요? 정말 치사하고도 편리하네요, 치료마법이란…… 너무 심하게 편리하니까."

그렇게 말하고 씨익 웃는 폴린.

"통각 마비, 골격 복원, 고정, 접합! 근육 조직 재생, 혈관 수복, 메가 힐!"

"뭐, 뭐?!"

"나도 쓰려고요……"

완전히 부러졌을 왼쪽 팔을 마구 돌리는 폴린을 보며 올가도,

그리고 관객들도 할 말을 잃었다.

고요해진 관객석.

"그, 그런 말도 안 되는……."

회복마법과 초급 치료마법을 어느 정도 쓸 수 있고, 충분한 마력량과 약간의 호신 능력이 있으면 C등급의 치료마법사로 충분히 환영받는다.

그런데 약하기는 해도 공격마법을 쓰고, 스태프로 강력한 일격을 가하고, 게다가 그 말도 안 되는 효과의 치료마법이라니!

올가는 이전에 스승님께 들은 이야기가 있었다. 자신이 쓸 수 있는 최강의 치료마법 '하이 힐'을 능가하는 강력한 치료마법의 존재를.

골절, 잘려나간 팔다리마저 순식간에 치료할 수 있다는, 아직 자신은 도달하지 못한 아득히 높은 곳의…….

그런데 그것을, 그것을 이 주먹만 한 계집애가?

"그럴 리 없어……."

아연실색해서 중얼거리는 올가를 무시하고, 폴린은 다시 주문영창을 개시했다.

"불타올라라, 나의 마음! 분노를 작열하는 불꽃으로 바꾸어, 나와라, 화염!"

"무, 무슨? 또 그 제어가 약한 파이어 볼? 그 속임수 같은 기습, 이제 다 드러났는데 내가 두 번 당할까!"

조금 전에 보여준 치료마법과 함께 놀리는 느낌이 들어 올가가

버럭 성을 냈다.

"네? 파이어 볼? 무슨 소리죠? 아까 그건 '파이어 월'인데요. 지금 이게 파이어 볼이고요."

"그런……."

폴린은 올가가 뭐라고 하든 상관없이 영창을 계속했다.

"수축!"

"거짓말! 공격마법은 그 불완전한 것이 다가 아니었……."

수축해서 두 개의 완전한 염탄이 된 화염을 보며 올가가 소리쳤다.

"이 내가 고작 그 정도의 공격마법을 배우려고 특훈을 필요로 했을까요? 자, 내 친구들을 모욕한 자에게 분노의 쇠망치를. 가라아앗!"

쾅!

올가가 아무 반응도 못하는 사이, 두 개의 염탄이 올가의 양 겨드랑이를 스치고 후방으로 날아가, 돌벽에 박혔다.

혼이 나간 얼굴로 주저앉는 올가.

"거기까지!"

큰 소리로 외치는 시합 종료 신호에, 폴린은 몸을 휙 돌려 걸어나갔다.

"""""우와아아아!"""""

관객석에서 터져 나오는 커다란 함성에 폴린은 가볍게 오른손을 흔들며 화답했다.

"저, 저 아이가 자네가 말한 '대단한 신인'인가! 이야, 굉장하군!

사실, 솔직히 말하면 자네 이야기를 그다지 믿지 않았었네. 예산을 바라고 과장해서 말했을 뿐이라고 여겼어. 미안하네! 내가 사과하지."

재무경의 솔직한 사과와 칭찬에 마음이 놓이는 표정을 짓는 엘버트.

그 옆에는 양성 학교 설립에 힘쓴 크리스토퍼 백작이 환하게 웃고 있었다.

"정말 대단하구나. 치료마법도 굉장한데 저 지략과 공격마법까지! 저자를 궁정 마술사로 꼭 불러들이고 싶다. 인재 발굴로서의 양성 학교, 헛되지 않았다는 말인가⋯⋯. 이번 기수 최대의 인재야."

국왕이 그렇게 말하자 엘버트는 애매한 표정을 지었다.

"음? 왜 그러는가?"

국왕의 물음에 복잡한 얼굴로 대답하는 엘버트.

"저, 그것이, 그녀가 예전에 했던 말이 있사옵니다만⋯⋯."

"오오, 뭐라고 하였니?"

"네, 그것이, '음하하, 나는 사천왕 중 최약체다!'라고⋯⋯."

"""⋯⋯⋯⋯."""

"해냈구나!"

"잘했어! 우리 파티한테는 전조가 좋은 스타트야!"

"굉장했어요, 폴린 씨!"

시합 전의 너무도 지독한 폭언에 대해서는 잊어버리고 폴린의 승리를 축복하는 세 사람.

폴린은 찡긋하더니 얼굴이 새빨개져서 자리에 앉았다. 긴장의 실이 풀렸다기보다는 분노로 확 올라갔던 텐션이 가라앉아 제정신으로 돌아온 것이리라.

어쩌면 마일이 밤마다 한 이야기의 영향으로 수많은 사람 앞에서 중2병 같은 대사를 수많은 내뱉어버린 것을, 이제 와서 자각했는지도 몰랐다.

"자, 폴린이 열심히 해줬으니까 절대 질 수 없어!"

레나의 말에 고개를 끄덕이며 모의전용, 날 없는 검을 장비하고 걸어 나가는 메비스.

중2병 환자, 그 두 번째다.

메비스의 상대는 이십 대 중반으로 보이는 젊은 검사였다.

보통은 아직 잘해야 C등급 중간 정도에 해당하는 나이였지만 이미 B등급, 그것도 '미스릴의 포효'의 일원이었다.

리더인 A등급 헌터 글렌에게는 미치지 못하지만, '천재'라고 해도 손색이 없는 재능을 가지고 있었다.

게다가 깔끔한 외모에 거들먹거리는 태도로 왕도 여성들의 인기를 모아서, '미스릴의 포효'를 더욱 유명하게 만드는 데 일조했다.

하지만 아무리 젊다고 해봐야 열일곱 메비스와는 열 살 가까운 나이 차이가 난다. 그 나이 차는 곧 훈련량과 경험 차이였다. 그리고 남녀의 체격 차, 힘의 차.

대인전에서 경험량의 차이는 크다. 게다가 더러운 수를 별로 쓰지 않는 메비스로서는 산전수전 다 겪은 헌터에게 이길 확률이 적었다.

하지만 메비스에게 그러한 것은 중요하지 않았다.

그저 자신의 전력을 다하기만 하면 된다!

그렇게 생각하고, 상대에게 예를 갖춘 다음, 검을 빼드는 메비스.

"한 수 가르쳐주십시오."

"그래, 가진 실력을 마음껏 발휘하길 바란다."

메비스의 말에 검사가 헌터의 대선배로서 대답했다.

"비검 '신속검', 가라!"

그 말과 함께 메비스의 참격이 시작되었다.

휴웅!

"우왓!"

치잉!

눈에 보이지 않는 놀라운 속도로 휘둘러진 메비스의 검을 초조한 얼굴로 받는 검사.

칭칭칭칭칭!

남자 검사는 쉴 새 없이 쏟아지는 메비스의 검을 필사적으로 겨우 받아냈다.

"윽! 뭐야 이게……."

예상외의 고전에 마음이 다급해진 검사는 반격으로 전환해 메비스에게 연속으로 참격을 가했다.

그러나 메비스는 검사의 연속 공격을 아무렇지 않게 처리했다.

"어라? 고작……?"

최근 들어서는 마일, 베일하고만 대련했었다. 다른 사람들은 사인조와 대련하기를 싫어했기 때문에. 그래서 메비스의 기준은 조금 기울어져 있었다. 마일 쪽으로 말이다.

그런 이유로 B등급 헌터와의 대결이라고 잔뜩 기대에 부풀어 있었는데, 마일은커녕 베일보다도 느린 속도에 손맛을 느낄 수가 없었던 것이다.

무심코 흘러나온 실망과 낙담의 목소리.

"뭐, 뭐가……."

중간부터는 진심으로 상대했는데, 양성 학교 졸업생에게 너무도 쉽게 막혀버렸다.

B등급 헌터로서의 긍지가 가루가 될 만큼 부서져, 얼굴이 새파랗게 질렸다.

"그럼 지금부터는 다시 제가……."

챙챙챙챙챙!

"우, 우와아……."

메비스의 연속 공격을 겨우 막아내기는 했으나 갈수록 더 빨라지는 검의 속도에 점점 막는 것도 힘에 부치는 검사. 참격의 위력도 상당히 강했다.

"몸 풀기는 이 정도면 된 것 같으니, 우리 슬슬 진짜 해볼까요?!"
"무, 무슨…….."

쾅쾅쾅쾅쾅!
콰아앙!

"크아악!"
왼쪽 겨드랑이에 그대로 검을 받고, 반쯤 튕겨나가며 무너진 젊은 검사.
""""""우와아아아아아아!""""""
신인이, 천재 검사라고 불리는 B등급 헌터에게 설마 했던 일격을!
관객석은 흥분의 함성으로 뒤덮였다.
아직 시작한 지 얼마 되지 않아서 그런지 종료를 알리는 목소리는 들리지 않았다.
이 대결은 승부가 목적이 아니라 수험자의 능력을 확인하는 것이 목적이므로 너무 빨리 끝내도 곤란하기 때문이다.
"으으…….."
아무리 날 없는 검이라지만 쇠몽둥이로 맞은 것과 별반 다르지 않다. 금속 갑옷이면 또 몰라도, 헌터가 장비한 가죽 갑옷으로는 대미지가 상당했다.
남자 검사는 고통을 참으며 B등급 헌터의 의지로 어떻게든 일어섰다.

그리고 다시 자세를 취하는 검사에게 메비스가 냉정하게 말했다.

"방금 그건 '신속검 1.2배'입니다. 다음은 '신속검 1.3배'로 상대해드리겠습니다."

"뭐, 뭐라고……."

휘이익!

"으아악!"

완전한 컨디션으로도 검을 보지 못했으니, 지금 몸 상태로 더 빨라진 검을 볼 수 있을 리 없었다.

"거기까지! 치료마법을!"

이제 일어설 기미도 보이지 않는 검사의 모습에, 시합 종료를 알리는 목소리가 들렸다.

아직 더 싸우고 싶은지 메비스는 불만스러운 표정이었다.

"두 단계가 더 남아 있는데……."

고막이 찢어질 듯한 함성 속에서 퇴장하는 메비스.

"뭐, 뭔가, 저 여검객은! 너무 빨라서 검이 잘 보이지도 않았네만!"

재무경이 몹시 흥분했다.

크리스토퍼 백작 역시 눈을 동그랗게 떴다.

"굉장하구나! 그럼 저 아이가 '기대의 신인'인가!"

"……그녀의 최근 입버릇은 '왜 나만 뒤처지는 거야!'라고 하옵니다."

국왕의 말에 다시 미묘한 표정으로 대답하는 엘버트였다.

"굉장하네요, 저 언니……."

그 뒤에 있는 왕녀에게 뭔가 이상한 스위치가 들어와 있었다.

"수고했어!"

스쳐 지나가며 메비스에게 그렇게 말하고 투기장 중앙으로 향하는 레나. 그녀의 얼굴에는 대담한 미소가 실려 있었다.

삼십 대 후반의 마술사는 안절부절못하는 얼굴로 초로의 마술사를 본 다음 리더인 사십 대 전후의 대검 사용자 글렌의 얼굴을 보았지만, 둘 다 아무 말 없이 무표정이었다.

그는 자신의 힘에 자신이 있었다.

물론 파티의 필두 마법사인 '할아버지', 용멸의 안젤름에게는 이기지 못한다. 하지만 그것은 단순히 경험량의 차이에 지나지 않았다. 자신의 두 배에 가까운 세월을 헌터로, 마술사로 살아왔으니 지식과 기술이 다소 위인 것이 당연했다. 자신이 그 정도 나이를 먹었을 때에는 더 강할 것이다. 적어도 할아버지가 지금 자기 나이였을 때보다 더 강하니까. 지금도 어쩌면 싸우는 방식에 따라서는 체력이 많이 약해진 할아버지를 이길 수 있을지도 모른다.

그렇게 생각한 남자는 지금 동요하고 있었다.

파티 등급의 A 승격도 머지않았다는 '미스릴의 포효' 멤버가 일개 헌터 양성 학교의 졸업생에게 설마 했던 연속 패배라니.

결코 용납할 수 없는 일이었다.

그런 파티를 누가 A등급에 밀어주겠는가?

아니, 애초에 그런 파티에 과연 난이도 높은 임무를 의뢰할까?

하지만 잘 생각해보면 B등급 헌터가 학생에게 질 리가 없다. 그 것도 두 번 연속으로!

어떤 음모가 아닐까? '미스릴의 포효'에 창피를 안겨 신용을 잃 게 해, 망하게 만들려는 누군가의 음모.

학교 측은 마지막에 가장 강한 녀석을 세웠다. 그 말은 이다음 녀석은 더 강하다는? 그런 말도 안 되는 일이!

하지만 만약 정말 그러하다면? 만일 자신도 진다면?

정말 자신이 나가도 될까? 지금은 경험이 풍부한 할아버지나 리더가 나가는 편이 낫지 않나?

내가 수많은 사람 앞에서 어린애에게 진다고? 그런 일이 벌어 져서 좋을 리가…….

마술사는 시끄러운 마음을 겨우 억누르며 별수 없이 투기장으 로 걸어 들어갔다.

둘 다 공격마법을 쓸 줄 알기에 약간 거리를 두고 대치한 두 사 람.

"잘 부탁드릴게요. 아, 그런데 당신, 가족이 있나요?"

"……윽!"

왜 그런 걸 물어보지?!

남겨질 가족을 걱정하는 건가?!

마술사는 공포에 휩싸여 평정심을 잃었다.

아니, 평정을 잃은 것은 투기장에 나오기 전부터였을지도 모른다.

"옥염의 맹화여, 적을 휘감아 불태워라! 염렬지옥!"

"야, 미친! 그만둬!"

'미스릴의 포효'의 대기 장소에서 고함이 들렸다.

무리도 아니다. 그 주문은 상위 마물과 대치했을 때 쓰는 것이므로.

일부러 조금 빗나가게 한다든가 코앞에서 멈추는 것과는 거리가 먼, 치사(致死)마법이었다.

자신이 가장 빨리 쓸 수 있는 상당히 익숙하고도 위력적인 마법.

초조함과 불안, 그리고 공포로 어쩔 줄 몰라 하던 마술사가 반사적으로 그 마법을 쏘고 만 것이다.

상당한 경험을 쌓았다고는 해도 스승이자 같은 파티 멤버인 초로의 마술사에게는 '아직 갈 길이 멀다'는 소리를 듣는 그 마술사 역시 당연하지만 후위였다.

후방에서 강력한 공격마법을 쏘는 것이 역할이었고, 믿고 의지하는 전위와 중위 덕분에 적의 직접적인 공격은 최근 몇 년간 한 번도 받은 적이 없었다.

마법 공격을 받은 적도 거의 없다. 고룡 등 일부를 제외한 마물은 모두 머리가 나빠서 마법을 쓰는 마물도 자신에게 제일 가까운 적을 공격할 뿐 후위까지 마법 공격을 가하는 일은 그리 많지 않았고, 마물의 마법 정도는 그 마술사의 실력으로 쉽게 막을 수 있었다.

또한, 호위 임무 시 대인전이 일어나도 굉장한 실력의 마술사와 싸울 일은 드물다. 그렇게 대단한 실력이 있다면 애초에 범죄를 저지르거나 도적으로 전락할 리가 없기 때문이다.

따라서 젊을 때부터 섣불리 수준 높은 파티에 들어가 생명의 위협을 실감할 기회가 적었던 그 마술사는 뛰어난 공격 능력이 있는 것치고는 정신력이 무척 약했다.

후진 육성을 위해서라며 자원봉사 느낌으로 받아들인 일이었지, 설마 파티의 면목을 망가뜨리는 사태에 빠질 줄은 몰랐다. 게다가 자신이 그 불명예를 조장할 가능성이 있는 입장이 될 줄은 정말 상상도 못했다. 그래서 제대로 마음의 준비도 하지 않은 상태에서 머리에 떠오른 '만약 위력이 강한 마법을 기술 부족으로 빗나가거나 명중 직전에 사라지거나 하는 일 없이 직격으로 받는다면. 아니, 기술부족을 가장해서 날 정확히 노린 일격을 받는다면!' 하는 불안과 공포.

아내와 자식을 남겨두고 이런 데서 아무 의미도 없이 허망하게 죽을 수는 없다!

그렇게 생각한 다음 순간, 반사적으로 '아차 하는 순간 늘 사용하는, 익숙한 공격마법'을 쏘고 말았던 것이다.

어린 소녀를 휘감아, 그녀의 모습이 보이지 않게 불타오르는 지옥의 업화.

잠시 후 제정신으로 돌아온 마술사는 그제야 자신이 저지른 짓을 깨닫고 망연자실했지만, 이미 너무 늦었다.

마법의 효과가 끊겨 불꽃이 사그라질 때까지, 달리 손쓸 방법은 없었다. 이제 남은 걱정은 유족에게 전할 만큼의 뼈가 남아 있는가 하는 점뿐이었다.

"아, 아, 아아아……."

혼이 나가 땅에 엎드린 마술사, 그리고 어린 소녀에게 닥친 너무도 큰 비극에 소리도 내지 못 하는 관객들.

그리고 점점 사라져가는 불꽃 속에서 모습을 드러낸 것은…….

"어머, 벌써 끝?"

"""""아앗……?"""""

"나도 불마법이 특기인데, 요즈음에는 빙결마법이랑 방어마법도 잘하게 됐거든요."

아무렇지도 않은 얼굴의 레나였다.

"그 애가 말했던 '방어는 최고의 공격'이란 게 이거였나?"

완전히 전의를 상실하고 주저앉은 채 뭐라고 중얼대는 마술사를 보며, 레나가 말했다. 그리고 마무리를 짓기 위해 주문 영창을 시작했다.

그렇다, 자신이 받은 것과 같은 주문을.

"옥염의 맹화여, 적을 휘감아 불태워라! 염렬……."

"그, 그만! 거기까지~~!"

다급한 목소리로 시합 종료가 선언되었다.

차분한 표정이었지만, 사실 레나는 조금 화가 나 있었다.

"뭐, 뭐지, 저건! 정말로 어떻게 된 일인가, 이번 학생들은!"

역시 흥분하며 소리치는 재무경.

"공격마법은 볼 수 없었지만, 저기서 막지 않았으면 이번에야 말로 정말 대참사가 벌어졌겠지. 안 막았으면 아마 쐈을 테니까, 저 마법……. 뭐, 저 방어마법만으로도 실력은 충분히 알고도 남으니, 검정에는 문제가 없나……."

정말로 위험했다는 표정으로 말하는 크리스토퍼 백작.

엘버트는 네 사람이 실력을 감추고 있다는 것은 알아차렸지만 그래도 이 정도인 줄은 몰라서 멍한 상태였다.

"괴, 굉장합니다, 굉장해요!"

"아버지, 저도 양성 학교에 가면 저렇게 강해질 수 있나요?"

눈을 반짝이는 왕녀와 왕자의 머리를 가볍게 쓰다듬으며 국왕이 작은 목소리로 중얼거렸다.

"시대가 변하려는 것인가? 오래도록 정체되었던, 이 시대가……."

"이겨."

스쳐 지나갈 때 레나가 건넨 한마디에 마일은 씁쓸하게 웃었다.

그리고 물러나는 레나 대신 투기장으로 들어온 마일을 보며 '미스릴의 포효'는 실랑이를 벌이고 있었다.

"상대는 마술사야. 그러니 내가 나가는 게 맞지!"

"아니, 저 모습은 아무리 봐도 검사인데! 내가 나가!"

초로의 마술사와 마흔 살 전후의 검사가 서로 자기가 나가겠다고 다투었던 것이다.

얼마간 그 모습을 지켜보던 대검사 글렌이 리더로서 판정을 내렸다.

"……내가 갈래."

투기장 중앙에서 대치한 마일과 '미스릴의 포효' 리더 글렌.

"너희, 정체가 뭐냐……."

"네? 저희요? 그냥, 헌터 양성 학교 졸업생인데요? 약간 틀에서 벗어나긴 했지만……."

"틀에서 벗어났다는 건 '그냥 졸업생'이 아니잖아!"

지극히 당연한 지적을 받는데도 마일은 기쁜 미소를 지었다.

지적이 그대로 무시당하는 것만큼 비참한 일은 없다.

"마법 검사, '평범한 여자아이 마일'. 자, 그럼 갑니다!"

"그게 뭐야!"

"아, 아니, 제 입으로 말하면 조만간 자리 잡을지도 모른다고 생각해서요. 참 좋지 않나요? 평범하다는 거……."

"그거 말고! 아니, 그것도 지적하고 싶지만……. 그 '마법 검사'라는 게 뭐냐고! 마술사냐, 검사냐! 어느 쪽이야?!"

"그건 싸워보면 알죠."

"그건 그렇군…. 그럼 시작한다!"

그리고 대결이 시작되었다.

쿵쾅쿵쾅!
칭칭칭칭!

강력한 공격이 몇 차례 오간 후 놀라운 속도로 연속 공격이 시작되었다.

어느새 타격음이 끊임없이 들려왔다.

관객의 눈에 검선이 보이지 않을 만큼 빠른 속도로 칼싸움이 이어졌고, 놀람과 흥분으로 휩싸인 관객석에서 응원 소리가 점점 커졌다.

"왠지, 즐거워졌어요. 조금 더 빨리 해도 될까요?"

"너, 너어, 지금까지 조절하고 있었던 거냐! 좋아, 어디 한번 해봐라!"

"네!"

쾅쾅쾅쾅쾅!
따다다다닥!

글렌도 꽤 조절했었는지, 속도를 올려도 대등한 싸움이 펼쳐졌다. 글렌의 표정이 일그러지기 시작했지만 고통이나 불쾌감 때문이 아니었다.

글렌의 오랜 벗이라면 아마 이렇게 말했으리라.

'앗? 웬일로 웃고 있네? 기분이 상당히 좋은가 보군' 하고 말이다…….

"아하."

"푸하……."

"아하하하하하!"

"푸하하하하하!"

"거짓말⋯⋯. 리더가 웃고 있어⋯⋯."

'미스릴의 포효'의 대기 장소에서 깜짝 놀란 목소리가 새어 나왔다.

"뭔가, 저것은⋯⋯."

"⋯⋯천사와 악마의 무도회?"

재무경의 중얼거림에 그렇게 답한 이는 왕자였다.

과연, 둘이서 춤을 추는 듯 보이기도 했다.

무투(武鬪)와 무도(舞蹈). 여기에는 뭔가 상통하는 것이 있었다.

"검선이 보이는가?"

"아니요⋯⋯."

국왕의 질문에 답한 이는 엘버트였다.

그리고 영웅이라고 불리는 전 S등급 헌터, 크리스토퍼 백작의 양손은 바들바들 떨렸다.

중풍을 앓아서가 아니다. 검을 휘두르듯 손이 움직이고 있었던 것이다.

"⋯⋯엘버트, 안 될까?"

"안 되는 게 당연하지 않습니까, 백작님!"

⋯⋯자신도 싸우고 싶어 몸이 달은 모양이었다.

조금 전까지 응원의 목소리를 높였던 일반 관객석은 이제 정적에 휩싸였다.

소리 지르거나 말할 여유 따위 없었다.

그럴 시간에 이 대결을 머릿속에 새겨 넣어야 했기 때문이다.

아마도 앞으로의 인생에서 누군가에게 몇 번이고 들려주게 될, 이 싸움의 모든 것을 말이다.

뿌지직!

""아⋯⋯.""

칼싸움을 견디지 못하고 드디어 마일의 검이 부러졌다. 모의대결용인 값싼 칼이었으니 무리도 아니었다. 글렌과 달리 기술이 없는 마일은 검이 받는 부담이 컸던 것이다.

하지만 두 사람은 아직 만족하지 못했다.

"검을 바꿀까? 자기 검을 사용해도 좋다."

글렌은 그렇게 말해주었지만, 그렇다고 비밀의 검을 쓸 수는 없는 노릇이었다.

"아니요, 괜찮습니다."

마일은 남은 칼 부분을 왼손 엄지와 검지 사이에 가볍게 끼운 다음 손가락으로 '원래 칼이 있던 부분'까지 스윽 더듬어갔다. 손가락이 스친 부분에 생성된 빛의 검신.

"비장의 기술, '광선검'!"

"그게 뭐야아앗!"

글렌의 고함이 울려 퍼졌다.

"그렇군, '마법 검을 쓰는 검사'여서 '마법 검사'였나!"

"아, 아뇨, 그냥 평범하게 마법도 쓸 수 있는 건데요?"

허걱, 콰당!

"······아, 아무튼 됐다, 계속하자!"

글렌은 무영창으로 가볍게 손을 휘둘렀을 뿐인데도 나온 강한 위력의 마력탄은 못 본 것으로 쳤다.

작은 목소리로 나눈 두 사람의 대화는 관객의 귀에 들리지 않았기에 마일이 쓴 마법이 무영창이었다는 사실을 아무도 알아차리지 못했다.

그리고 다시 격렬한 칼싸움이 이어졌고, 마일은 고속 이동과 백턴 등 하고 싶은 것을 실컷 써먹었다.

신체 능력을 전부 드러낸 것은 절대 아니지만 인류 최강 정도로 제한을 걸어둔 상태에, 검술에는 재능이 없는 마일에게 글렌은 딱 좋은 상대였다.

"분신술!"

"그건 또 무슨 흉내야!"

마일은 두 지점 사이를 고속으로 왕복하며 잔상에 의한 분신술을 시도해보았는데, 세상은 그리 호락호락하지 않은 모양이다. 글렌이 이동 경로에 검을 스윽 갖다 대자 간단히 맞았다.

"비, 비겁해······."

"뭐가! 성실하게 하란 말이야!"

마일은 고속 이동을 그만두고 이번에는 타격전으로 나갔다.

"강완검!"

"우왓! 속도와 몸놀림 뿐 아니라, 그 몸에 완력도 있는 거냐!"

그 공격을 검으로 받아낸 글렌은 정면으로 들어오는 마일의 무거운 참격에 감탄사를 내뱉었다.

그리고 또다시 난타에 난타가 거듭되었다.

재주도 기술도 없지만 속도와 힘에 의지한 마일의 맹공을, 속도와 힘은 마일에게 약간 뒤지지만 재주와 기술과 경험으로 정면으로 받아내는 글렌.

약아빠진 계산 따위는 없는 진검승부의 전력전.

즐겁다! 재미있다!

전생에서는 이런 싸움 경험 따위 없었고 게임도 RPG 정도밖에 해본 적 없는 마일은 흥분해서 얼굴이 상기되어 활짝 웃었다. 그것은 나이 많은 어른조차 홀딱 반해버릴 듯 아름다운 미소였다.

영원히 계속될 것만 같던 지극히 행복한 시간.

하지만 어떤 일이든 언젠가 끝이 찾아오는 법이다.

신이 난 나머지 이성을 잃은 마일은 글렌이 슬슬 한계가 와서 페이스가 떨어졌을 때야 겨우 제정신으로 돌아왔다.

'위험해! 또 일 쳤네!'

원래도 저지를 생각이기는 했지만, 이 정도로 저지를 예정은 없었다. 모든 일에는 한도라는 것이 있다.

얼굴이 창백해진 마일은 글렌에게 소곤소곤 부탁했다.

"죄송해요, 사정이 있어서 그러니 제가 지게 해주세요. 그리고 아, 안 아프게 부탁드립니다!"

"……알았다."

글렌도 헌터로서 몇십 년을 보내며 여러 경험을 해왔다. 마일에게 어떤 사정이 있어 보인다는 것, 그리고 흥분해서 저질러버린 것 같다는 사실까지 바로 알아차렸다. 저지른 원인 중 일부분은 자신에게도 있는 듯 하고, 자신도 충분히 즐겼으니 그 정도 소원쯤은 들어줘도 상관없다.

"이얍!"

"으헉, 당했다아아~!"

얼토당토않은 발연기의 향연.

호흡이 환상적인 콤비였다.

모처럼 나온 명승부의 끝이 황당할 정도로 형편없어 관객석에서 탄식의 목소리가 터져 나왔지만, 얼마 가지 않아 '무슨 사정이 있겠지', '선배 헌터한테 경의를 표하려고 승부를 양보했나 보지' 등의 호의적인 해석이 번져나가기 시작하면서 어설픈 엉터리 승부는 그럭저럭 넘어갔다.

그리고 격투장 중앙에 있는 마일의 퇴장은 아직 끝나지 않았다.

"나한테 이겼다고 해서 우쭐해하지 마! 우리 사천왕 따위, 저분에 비하면 모두 애송이니까! 베일 님, 제 원수를 꼭 갚아주세요!"

"'뭐라고오?!'"

마일의 당돌한 말에 글렌 그리고 대기 장소에 있던 베일의 입에서도 경악의 비명이 터져 나왔다.

"야, 야아, 너……."

"사정이! 사정이 있어서 그래요!"

"그, 그래…? 무, 무슨 건방진 소리! 이 몸을 누가 이긴다고 그러나!"

필사적인 마일을 보며 어쩔 수 없이 장단을 맞춰주는 글렌이었다.

"아아, 우리 리더가 좀 이상해……."

얼빠진 표정을 짓는 자, 웃음을 필사적으로 참는 자, 그리고 혼란에 빠진 '미스릴의 포효'.

그리고 싫은 기색이 역력한 표정으로 대기 장소에서 걸어 나오는 베일.

"뭐지, 마지막 저 어설픈 연기는……."

"무슨 사정이 있겠지. 눈감아주게나. ──그래서, 저 아이인가? 엘버트."

재무경을 달랜 국왕이 엘버트에게 물었다.

"저 아이와 그 앞의 세 명이 한 세트입니다."

"그런가……."

"마일! 무슨 짓을 한 거야! 모처럼 완승할 수 있었는데!"

"아니, 그럼 너무 눈에 띄어서 C등급 헌터로 출발하기가 힘들어져요! 그리고 저 사람의 명성에 흠집을 내면 미안하잖아요!"

"그, 그것도 그렇지만……."

조금 전에 자신이 한 짓을 떠올리며 약간의 죄책감을 느꼈는지 레나의 목소리기 기라앉았다. 그 마술사는 상대편 대기 장소에서 여전히 웅크리고 앉아 뭐라고 중얼거리는 것 같았다.

이제 투기장 중앙에는 관객이 조용히 지켜보는 가운데 글렌과 베일이 대치했다.

조금 전의 말을 내뱉은 이상 글렌이 연속해서 싸울 수밖에 없다. 마일의 의도대로.

"너도 저 녀석들과 한패인가……."

"아, 아니에요! 저런 애들과 똑같이 취급하지 마세요!"

"아, 미안. 사과하지……."

필사적으로 부정하는 베일에게 진심으로 미안하다는 표정과 함께 사과하는 글렌.

평범한 졸업생이라면 녹초가 된 지금 몸 상태라도 상대하기에 전혀 문제없다.

"자, 그럼 시작할까? 먼저 공격해라!"

"넷!"

챙챙챙챙챙챙!

"야……, 날 속였지!"

"안 속였는데요!"

마일에게는 미치지 못하지만, 메비스와 필적하는 속도인 베일의 연속 공격은 기술적으로는 마일보다 훨씬 뛰어나기도 해서, 몹시 지친 데다 마일과의 싸움으로 기력을 전부 소진한 글렌은 상당히 힘에 부쳤다.

그때 날아온 일격.

"공기탄!"

"야!"

단어 하나에 모든 이미지를 담은, 단순 공정의 바람마법.

키 차이 때문에 조금 아래에서 쏜 압축 공기 공격은 지쳐서 반응이 느려진 글렌의 몸을 붕 띄우며 자세를 무너뜨렸다.

다리를 버티지 못해 힘을 실을 수 없었던 글렌에게 베일의 검이 향했지만, 아무리 자세가 무너졌다고 해도 그 정도로 당할 글렌은 아니었다. 그런데…….

"마력도!"

치잉, 하는 소리와 함께 베인 검신이 땅에 떨어졌고, 검을 절단한 직후에 마법이 해제되어 단순히 칼날 없는 검이 된 모의전용 검이 글렌의 몸통을 때렸다.

"크헉!"

"거기까지!"

'미스릴의 포효' 리더이자 A등급 헌터 글렌이 당한 통한의 패배였다.

하지만 시합에서 진 글렌은 아무렇지 않아 보였다. 자신이 진 이유를 제대로 이해하고 있었고, 같은 실수를 반복하지 않으리라는 자신이 있었기 때문이다.

오히려 이 상황을 황당해하는 쪽은 이긴 베일이었다.

"내, 내가 이겼어……? B등급 헌터한테?"

"어이, 이놈. 실력으로 이겼다고 착각했다간 빨리 죽는다, 알겠냐?"

"아, 아, 네! 그건 물론……. 그래도, 조금, 그게…….."

"아~, 알아, 그건. 일단 이긴 건 이긴 거지. 오늘 일에 대해서는 있는 그대로 기뻐하고, 내일부터 다시 정신 바짝 차려라. 그리고 우리 파티 등급은 B지만, 나는 A등급이다. 기억해두도록!"

"네, 네엣! 정말로 감사합니다!"

쏟아지는 갈채 속에서 오른손과 오른발이 동시에 나가는 우스꽝스러운 동작으로 대기 장소로 향하는 베일이었다.

'좋아, 계획대로 됐어!'

대기 장소에서 마일은 혼자 회심의 미소를 지었다.

마지막으로 베일이 활약하게 하여 그 앞에 했던 마일 일행의 인상을 연하게 만드는 작전.

상위 B등급 파티 '미스릴의 포효' 리더를 이겼다는 엄청난 이변을 만든 베일의 이름은 순식간에 퍼져나가고, 다른 사람의 이름은 그 아래에 묻히게 되리라. 비록 사고도 조금 치기는 했지만 졸업 검정을 치르는 학생이 '미스릴의 포효' 리더 글렌을 격파했다는 빅뉴스 앞에는 별로 화젯거리도 되지 않을 것이다.

완벽한 계획이었다.

"어이, 마일! 잠깐 이리 나와봐!"

계획의 성공에 의기양양하게 웃던 마일은 투기장 중앙에서 글렌이 부르는 소리를 듣고 깜짝 놀랐다.

"무, 무슨 일로?"

큰 소리로 몇 번이고 부르니 나가지 않고서야 못 배긴다. 더이상 이름을 연호 당했다가는 관객 모두가 자신의 이름을 외워

버리고 말 것이다. 지금은 그저 졸업생 중 하나로 금방 잊힐 수 있는데.

그렇게 생각하고, 어쩔 수 없이 다시 투기장으로 나간 마일에게 글렌이 큰 목소리로 말했다.

"너, 우리 파티에 넣어주지. 짐 정리가 끝나면 우리 홈으로 와!"

"엥……?"

글렌의 말에 관중들이 시끄럽게 웅성거렸다.

풋풋한 일개 헌터 양성 학교 졸업생이 그 대단한 '미스릴의 포효'에 스카우트되다니. 신입 헌터에게는 그야말로 꿈같은 입신출세 이야기였다.

S등급 헌터는 정말 몇 명 되지 않는다. 그래서 제도상으로는 S등급 파티가 있어도 실제로는 존재할 리 없어서, 사실상 존재하는 최고의 파티 등급은 A였다.

그 A등급에 매우 가깝다고 평가받는 '미스릴의 포효'에 스카우트된 신인 헌터.

자그마한 체구에 저 정도의 속도와 힘.

그리고 '마법 검사'라고 소개해놓고 아까 대결에서는 마법을 사용하지 않았다.

못 쓴 것이 아니라 '안 쓴 것'이다. 그 증거로 아마도 대결 중간에 글렌이 왜 마법을 쓰지 않는지 물어봤을 때, 실은 딱 한 번 마법을 선보였었다. 그것도 상당히 강력한 마력탄을 너무도 손쉽게. 필시 글렌과는 검만으로 승부하고 싶어서 마법을 쓰지 않은 것이리라.

A등급의 글렌을 상대로 압박하는 그 플레이라니, 얼마나 큰 물건인가!

게다가 이제 겨우 열두 살이다. 앞으로 성장해서 체격이 잡히고 훈련과 경험을 더욱 쌓으면 과연 어떻게 될지?

A등급? 고작 그 정도에서 멈출 리는 없다.

S등급? 더 위 등급은 없나?

그 유명한 영웅, '검신 크리스토퍼'는 평민에서 귀족으로 그것도 백작님이 되었는데 이 아이는 그보다 더 위로 올라가지 않을까?

만약 그렇다면 자신들은 미래에 탄생할 영웅의 전설, 그 시작의 산 증인이 될지도 모른다. 이 자리에서 그렇게 생각한 사람이 결코 적지 않았다.

이 소녀는 앞으로 어떤 영웅담을 보여주게 될까.

드래곤 퇴치? 아니면 마왕 토벌?

사람들은 기대에 가득 찬 눈빛으로 소녀를 바라보며, '미스릴의 포효'에 들어갈 기회를 잡은 소녀, 아니, 미래의 영웅이 내놓을 기쁨의 대답을 듣기 위해 귀를 쫑긋 세웠다.

"사양할게요."

"""""…………뭐?!"""""

모두 자신의 귀를 의심했다.

글렌도, 관객도, 그리고 국왕과 재무경, 크리스토퍼 백작, 엘버트, 각지에서 찾아온 길드 관계자들 모두…….

"선약이 있거든요."

그렇게 말한 마일이 손가락을 딱 치자 레나, 메비스, 폴린이 대기 장소에서 뛰어나와 마일을 빙 에워쌌다.

"우리는, 태어난 곳과 시간은 다르지만!"
"피와 살을 나눈 사이는 아니지만!"
"함께 걸어 나갈 동료!"
"설령 언젠가 나아갈 길이 달라진다고 해도."
"이 몸에 붉은 피가 흐르는 한."
""""우리의 우정은 변치 않으리!""""
"우리, 영혼으로 이어진 네 친구! 그 이름 하여."
""""붉은 맹세!""""

두둥~!

포즈를 취하는 네 사람의 등 뒤로 마일의 마법에 의한 폭발과 네 줄기의 연기가 피어올랐다.

이럴 때에 대비해 전용 포즈와 대사 연습을 해두었던 것이다. 마일이 해준 영웅 이야기에 푹 빠진 메비스의 강한 요구를 차마 뿌리치지 못하고……

설마 진짜 쓸 일이 생길 줄은 몰랐던 마일이었다.

"오……, 오우."

멍한 표정의 글렌.

달리 무슨 반응을 하라는 말인가.

"그런 이유로 사양하겠습니다. 또 언젠가 어딘가에서 인연이 된다면 그때는 잘 부탁드릴게요."

마일의 말을 신호로 네 사람은 다시 대기 장소로 사라져 갔다.

마일 일행은 귀족의 스카우트나 군중을 피해 그대로 투기장을 빠져나왔는데, 그들이 사라진 투기장에서는 양성 학교의 졸업생 몇 명이 대량의 짐을 옮긴 다음, 그 앞에 의자와 책상을 준비하고 있었다.

그리고 재빨리 마련한 책상 위에, 상자에서 꺼낸 견본품이 놓이고 깃발이 세워졌다.

'붉은 맹세 피규어 한 개에 은화 세 닢, 네 개 세트는 소금화 한 닢.'

무슨 일인지 궁금해 모여든 관중들이 본 것은 지구에서나 봄직한 미소녀 피규어와 흡사한, 20센티미터가 채 되지 않는 마일 사인조의 피규어였다.

헌터 복장으로 장비한 버전. 사복 버전. 그 개수도 총 1천 개.

"자~, '붉은 맹세' 피규어, 하나에 은화 세 닢, 네 개 세트는 통 크게 서비스로 소금화 한 닢이에요! 부적 내신 간직하는 것은 어떠세요?"

"줘, 줘요! 마일이다앗!"

"레나로 두 버전 전부!"

"메비스 언니, 각각 두 개씩!"

"폴린한테 욕 듣고 싶어!"

"사인조 세트!"

피규어는 폭발적으로 팔려나갔다.

　　　　＊　　＊

　3일 전.

　엘버트에게서 "사고 좀 쳐줘" 하고 부탁받은 날 저녁, 졸업이 코앞이라서 방 정리를 하던 마일은 수납과 아이템 박스의 내용물을 확인했다. 학교에서 받은 대여품을 반납해야 하므로.

　"앗? 이건……."

　마일이 아이템 박스에서 꺼낸 것을 보고 있는데 다른 세 사람이 다가왔다.

　"그게 뭐야?"

　"귀엽네……."

　"마일이 만든 거야?"

　그렇다. 그것은 마일이 애클랜드 학원으로 가는 마차 안에서 지루함을 달래기 위해 깎았던 나무 피규어였다.

　"상당히 참신한 방법으로 만든 인형이네. 기존의 인형과는 차별화된 느낌이야."

　"정말 흥미롭고 느낌 괜찮은데? 이거 한번 팔아보면 어때?"

　"…………."

　메비스와 레나에게는 꽤 호평을, 폴린에게는…….

　"마일, 나한테 맡겨보지 않을래?"

　""" 뭐어어? """

　전권을 위임받은 폴린의 움직임은 빨랐다.

졸업 검정을 받지 않는 학생 스물두 명을 그날 하루 만에 다 만나 물어보고 희망자를 모집한 다음, 마일이 만든 원형을 바탕으로 흙마법을 써서 대량 생산하고 색을 입혔던 것이다.

피규어 제작 자체는 마술사가 담당했지만, 미술에 재능이 있는 사람이 어시스트 하고 최종 마무리와 포장 등은 스물두 명 전원이 거의 밤을 새워가며 중노동을 했다. 이렇게 힘든 일이라 검정에 지장이 가서는 안 되었기에 수험자에게는 부탁하지 않았던 것인데, 마술사를 비롯하여 몇몇 수험자도 이야기를 듣고 중간에 일손을 거들었다.

"폴린 씨, 정말로 괜찮을까요?"

"저질러보기로 했잖아? 졸업 검정에서. 그러니 괜찮아, 이것도 반드시 통할 거야! 졸업 직후에는 여러 가지로 돈이 많이 필요해. 장비도 갖춰야 하고, 일이 순조롭게 진행될 때까지의 자금이라든가, 부상이나 질병에 대비한다거나……. 그리고 D등급으로 졸업하는 사람들은 우리보다 훨씬 힘들어. 밑천이 조금 있으면 얼마나 도움이 되겠어……? 그들을 위해서라도 돈 벌 기회를 놓칠 수 없지!"

"으, 으음, 뭐 전부 맡기기로 했으니 더는 아무 말 않겠지만, 모두 고생만 하다가 끝나는 게 아니어야 할 텐데……."

결국 1천 개가 완판되었고, 세트 할인까지 계산에 넣어 총 은화 2천8백 닢을 벌었다. 거기서 피규어 제작에 참여한 열여덟 명에게 은화 1백 개씩 나눠주고, 마일 사인조는 은화 1천 닢을 손에 넣었다.

일본 통화로 환산하면 1백만 엔에 상당하는 거금이었다.

다른 참여 학생들 역시 졸업 후 여행할 때 은화 1백 닢은 무척 큰돈이었다. 모두 마일 일동에게 고마워했고 설마 정말 돈을 벌 수 있을 줄은 몰라 참가를 거절했던 자들은 후회했지만, 이미 떠난 버스에 손 흔들어봐야 무슨 소용이랴.

그리고 이 세계에 '마개조(魔改造)'라는 문화가 탄생하기까지 그리 많은 시간이 걸리지는 않았다.

*   *

"그러면 재무경. 학교 예산에 대해서는 현상 유지로 부탁드려도 되겠는지요……?"

마일 일행이 사라진 후 투기장 귀빈실에서 국왕, 귀족과 함께 대화 중인 엘버트가 그렇게 말을 꺼냈다.

늘 자신감이 가득한 엘버트지만, 과연 귀족과 왕족 앞에서 그것도 돈 이야기를 하려니 평소의 강한 성격은 조금도 찾아볼 수 없었다.

"뭐? 예산 현상 유지? 자네, 지금 무슨 잠꼬대 같은 소리를 하는가?"

"그, 그 부분을 어떻게 좀……."

재무경의 말에 어떻게든 물고 늘어지려는 엘버트였는데…….

"현상 유지를 해서야 되겠나?! 증액이야, 대폭적인 증액! 그렇게 해도 되겠지요, 폐하?"

"암, 물론이다. 그리고 몇 개월 전에 양성 학교의 시행에서 본격화를 향한 이행안을 내지 않았는가? 그것을 다시 한 번 검토하여 다시 제출하도록 하라. 각국과의 길드 회의 개최에 대해서도 빠른 시일 내에 요청할 필요가 있을지도 모르겠구나. 의제와 제안 사항에 대해서도 의논하고 싶다. 크리스토퍼 백작, 앞으로 또 여러 가지 일을 믿고 맡겨도 되겠는가?"

"기, 기꺼이 맡겠사옵니다!"

기쁨에 눈을 반짝거리는 크리스토퍼 백작의 옆에서 엘버트가 입을 쩍 벌렸다.

"저런 자들이 길거리에 묻혀 있었을 줄이야. 저런 자들을 발굴할 수만 있다면 다소의 예산 따위 하나도 아깝지 않다."

국왕의 말에 엘버트는 이제 슬슬 걱정되기 시작했다.

"저, 저기, 하오나 그 학생들은 조금 특별한 경우이고……. 매회 그런 자들을 찾아내기란……."

"그쯤이야 나도 안다! 10년에 한 번 나올 인재를 놓치지만 않는다면 그래도 좋아. 그리고 그 정도까지 우수하지 않더라도 졸업생들은 나름대로 활약하고 있지 않은가? 인재를 키우는 데에는 본디 시간이 걸리는 법이지. 너무 조급해 말거라."

"헤아려주셔서 정말 황공하옵니다!"

보아하니 좋은 왕을 얻은 듯하다.

"그리고 공짜로 학교에 다니게 해주었으니, 의무적으로 못해도 몇 년은 우리나라에서 활동해주겠지? 그동안에 여러 가지 굴레를 만들어둬서 다른 나라로 빠져나가지 못하게 하는 것이야!"

보아하니 수완도 좋은 왕을 얻은 듯하다.

사람들이 모두 돌아간 후 관객석.

그곳에는 얼빠진 얼굴로 의자에 앉은 남자와 그의 어깨를 마구 흔드는 여자가 있었다.

편도로 8일이나 걸리는 머나먼 거리를 달려온, 어느 지방 도시의 길드 마스터와 그 동행자인 접수원 라우라였다.

딱히 졸업 검정을 구경할 목적으로만 온 것은 아니고, 정기적인 출장 일정을 조금 바꾸어 날짜를 맞추었을 뿐이었다.

"…………."

"마스터, 우리도 슬슬 가야죠!"

"…………."

"마스터!"

길드 마스터가 다시 움직이려면 아직 시간이 조금 더 필요해 보였다.

졸업 검정일로부터 시간이 얼마 지났을 무렵.

베일은 주저하고 있었다.

원래라면 D등급의 밑바닥에서 시작했어야 할 자신의 헌터 생활을, C등급부터 그것도 요란한 선전과 함께 화려하게 데뷔하게 도와준 그 소녀.

'글렌을 격파한 남자'라는 이름값은 대단했다.

실제로는 이미 지칠 대로 지친 글렌이 방심했을 때 공격한 것에 지나지 않았지만, 소문이 전해지는 과정에서 베일은 엄청난 초인으로 변해 있었다.

나라와 길드 관련 주요 인물들은 현장에 있었으므로 정말로 대단했던 것은 소녀라는 사실을 잘 알았다. 하지만 소문밖에 모르는 자들의 시선에, 좋은 대결을 펼쳤으나 진 소녀와 단시간에 글렌을 이긴 소년 중 누가 더 대단하게 보이는지는 자명했다.

그래서 풀타임으로 파티에 가입하는 것까지는 어렵더라도, 단기간의 임시 파티에서 베일을 영입하려는 이야기는 상당히 많이 나왔다. 멤버가 다쳤다든가 전력이 조금 부족할 때의 지원 같은 느낌이었는데, 그러한 의뢰는 수입이 꽤 짭짤해서 좋았고 베일은 기대하는 만큼의 역할을 충분히 해냈기 때문에 신뢰와 평판이 서서히 올라갔다. 조금만 더 경험을 쌓으면 자신이 리더가 되어 고아들과 함께 낮은 등급의 파티를 짤 수 있는 가능성도 생기리라.

그렇게 되면 F등급인 아이를 사냥감을 운반하는 서포터 역으로 삼고, E등급 아이를 양성해서 D등급으로 올리겠다는 등 베일의 꿈이 점차 커져갔다.

그러한 미래를 꿈꿀 수 있게 계기를 마련해준, 씩씩하고 밝고 솔직하고 귀엽고 강하고…… 그리고 자신에게 다정했던 소녀.

만나러 가야지, 하고 생각했다.

하지만 만나면 무슨 이야기를 하지?

감사 인사? 그건 졸업하면서 이미 했다.

같은 왕도에 사니 앞으로 어디선가 만날지도 모르고, 어쩌면 좀처럼 못 만날지도 모른다. 그 사인조가 묵는 곳을 알고 있으니 만나려고 마음만 먹으면 언제든지 만날 수 있다. 하지만……

'아직은 이른, 가……'

그렇다, 아직은 이르다. 지금은, 아직…….

때는 다시 거슬러 올라가 졸업 검정이 있은 지 며칠 뒤. 어느 여인숙의 한 방.

"자, 일단 이 숙소를 거점으로 삼는다는 데에는 모두 이의 없지? 약간 넓은 4인실, 식사는 별도고 한 달 장기투숙의 할인 가격으로 금화 세 닢. 이렇게 값싼 여관이, 우리의 출발점이야. 전설이 시작될 장소라고!"

그 말에 세 사람은 고개를 끄덕이며 동조했다.

"최소한의 식비로 한 달에 금화 두 닢. 조금 사치를 부린다 치면 세 닢이야. 그것만으로도 피규어를 팔아서 번 돈인 금화 열 닢 중 절반이 날아간다고. 나머지는 이제 한계에 다다른 메비스의 검을 바꾸는 데 쓰고, 또 비상시를 위해 남겨두자. 언제 누가 다치거나 아플지도 모르니까 말이야. 뭐, 물론 폴린의 치료마법이 있긴 하지만 미리 준비해서 나쁠 것은 없으니까. 이렇게 하면 예산이 꽉 차. 즉, 한 달 이내에 다음 달 생활비로 못해도 금화 다섯 닢은 벌어야 한다는 거야. 만약 갈아입을 옷이 필요하다거나 사고 싶은 게 있다면 거기서 더 벌어야 하지. 실제로는 다음 장비 마련을 위해 저축도 해야 하고, 생일에는 맛있는 것도 먹어야 하지 않겠어? 그러니까 목표는 금화 열 닢 이상이야. 그보다 더 많이 벌 수 있게 되면 목욕탕이 있는 숙소로 옮기자. 여자애가 세면기의 뜨거운 물로 온몸을 닦는 게 다라는 건 허용할 수 없으니까!"

재차 고개를 끄덕이는 메비스와 폴린.

마일로 말할 것 같으면…….

"저기, 사냥하러 갔을 때 온수마법으로 몸을 씻을 수도 있고, 평소에도 청정마법으로 땀과 오물, 노폐물을 분해해서 없애고 옷에 묻은 이물질도 분해하면 무척 편리한데요?"

"너, 너어…….'"

"너?"

"너느으으은! 그런 편리한 마법이 있었으면 진작에 알려줬어야지이이잇! 그러고 보니 기숙사에서 네가 몸 닦는 걸 그다지 못 본 것 같은데, 치사하게 혼자 그랬단 말이지?!"

어쨌든 일단은 신입 C등급 파티 '붉은 맹세'의 시동이었다.

그리고 마일의 '평범한 C등급 헌터 생활'의 시작이기도 했다.

*　　*

"그나저나 정말 굉장했어, 그 학생들……. 우리나라도 그런 제도를 도입하거나 재능 있는 사람은 단기간에 승격할 수 있도록 생각해봐야 하나……."

흔들리는 마차 안에서 자국의 왕도로 향하는, 어느 나라의 왕도 지부 길드 마스터.

마차에 쌓인 짐 속에는 귀여운 소녀의 피규어 4종 세트가 들어 있었다.

그리고 마차는 달려갔다. 애클랜드와 아들레이라는 두 학원을 거느린, 어느 나라의 왕도로.

아델의 화려한 학원 생활

1 팬티를 만들자!

애클랜드 학원에 입학하고 처음 몇 주.

인내심이 상당히 강한 아델도 딱 하나, 도저히 참을 수 없는 불만사항이 있었다.

……팬티. 이른바 '드로어즈'였다.

알고는 있었다, 이 세계에서는 여성의 속옷이 드로어즈밖에 없다는 사실을.

하지만 드로어즈는 입으면 뻣뻣하고 푹푹 찐다.

특히 기초 체력과 무술 훈련 때는 그 위에 또 바지를 입고 움직여야 하고 땀도 흘리기 때문에 한층 더 견디기 힘들다. 무슨 방법이 없을까…….

그렇게 생각하고 사 온 수건 한 장.

폭이 약 30센티미터, 길이 80센티미터가 약간 안 되는 지극히 일반적인 크기의 수건인데, 이것으로 어떻게 좀 안 될까?

팬티 따위 아주 간단한 구조다. 분명 어떻게든 될 거야!

그렇게 생각하고 야망에 불타오르는 아델이었다.

우선 수건의 네 귀퉁이에 끈을 달았다.

그것을 두 다리 사이에 끼워보았다. 음, 느낌 괜찮다.

양쪽 허리의 바깥부분에서 끈을 묶어보았다.

주르륵.

당연한가. 각각 매단 끈들은 허벅지에 걸쳐 있을 뿐 허리 주변을 조이고 있는 것이 아니니까. 고무도 없으니 고정하는 힘이 부족하다.

이번에는 방법을 바꾸어 수건을 엉덩이 뒤에 늘어뜨린 다음, 수건의 짧은 쪽에 단 끈을 앞으로 가져와 허리에 묶었다.

그리고 수건을 가랑이 사이에 집어넣어 앞으로.

배까지 잡아당겨 올리니 수건이 상당히 남았다.

'앗, 이걸 끈으로 묶지 말고 허리끈의 안쪽으로 밀어 넣어 빼기만 하면 되지 않을까?'

실제로 해보니 딱 좋은 느낌이었다.

'우와, 한 번만 묶었을 뿐인데 훌륭한 팬티가 되었네! 나 혹시 천재 아닐까? 싸고 간단하고 착용감도 좋고, 상품으로 팔면 떼돈 버는 거 아냐?'

아넬은 몰랐다. 그것과 완전히 똑같은 것이 '엣추 훈도시'라는 이름으로 전생의 일본에서 옛날부터 사용되었다는 것, 그리고 이 세계에서도 예전에는 남성의 속옷으로 쓰였다는 사실을……

'그런데 이렇게, 앞으로 늘어뜨린 부분이 보기가 좀 그렇네…….
바지를 입으면 더울 것도 같고……. 아, 그렇지!'

아델은 수건을 짧게 잘라 끈을 다시 단 다음 입어보았다.

'……바로 이거야!'

앞에서 한 것처럼 수건을 엉덩이에 대고 끈을 허리에 묶은 다음 수건을 가랑이 사이로 넣어 앞으로 가져온 후, 수건 귀퉁이에 단 끈을 허리끈에 연결하는 방법이었다.

'됐다! 싸고 간단하면서 덥지도 않고 피부에 닿는 감촉도 나쁘지 않아! 이렇게 하면 속옷에 비싼 돈을 쓰지 않아도 돼!'

신이 난 아델은 자작 팬티에 조그맣게 자수를 넣기도 하면서 혼자 흡족해했다.

다음 날, 오후 무술 훈련을 앞둔 점심시간 끝 무렵.

여학생들은 탈의실에서 운동복으로 갈아입기 시작했다.

마르셀라도 옷을 갈아입으려고 교복 블라우스의 단추를 풀면서 문득 옆에서 옷을 갈아입는 아델을 쳐다보고는 그대로 얼어붙었다.

"아……!"

마르셀라의 눈에 비친 것은 상의를 벗고 체조용 바지를 입으려고 치마를 내린 아델의 모습이었다.

……수제 팬티를 입고 있었다.

"아, 아, 아, 아델 씨~~~!"

새빨개진 얼굴로 소리치는 마르셀라.

무슨 일인가 싶어 두 사람을 쳐다본 반 아이들도 그대로 돌이 되었다.

"무, 무, 무슨! 지금 그게 무슨 꼴이에요오옷!"

"아! 이거, 제가 직접 만든 거예요! 굉장하죠?! 뻣뻣하지도 않고 덥지도 않고 스스로 쉽게 만들 수 있어요! 마음에 들면 여러분 것도 만들어 줄……."

아델의 말을 들으면서 다시 블라우스 단추를 채운 마르셀라는 바닥에 떨어진 아델의 치마를 잡아 올려 도로 입힌 다음 아델의 목덜미를 움켜쥐었다.

"엥? 왜 다시 교복을 입……, 저, 저기, 마르셀라 씨, 어디로……."

소녀 모드로 보통 여자애와 비슷하게 힘을 제한해두었던 아델은 몸무게도 가벼워서 마르셀라에게 쉽게 끌려갔다.

"저, 저기, 무술 수업은, 아앗, 어, 어디로……."

아델은 귀신처럼 무서운 표정의 마르셀라에 이끌려 어딘가로 사라지고 말았다.

"음? 마르셀라랑 아델은 어떻게 된 거야?"

"숙녀로서의 몸가짐과 부끄러움, 그리고 '상식'에 대한 특별 훈련 중입니다."

모니기의 대답에 바제스는 사정을 이해했다.

"……마르셀라는 출석한 걸로 칠 테니, 나중에 본인에게 알려 줘라."

결국 두 사람은 오후 수업이 끝날 때까지도 돌아오지 않았다.

2 낫토를 만들자!

아델은 생각했다.

"일본식이 먹고 싶어……."

딱히 호화로운 가이세키 요리(일본 전통 고급 코스 요리)를 바라는 것은 아니었다.

된장국, 낫토, 회, 쌀밥. 그런 간략한 식사가 무턱대고 먹고 싶어질 때가 있는 것이다.

날생선은 해안가 마을에 가면 먹을 수 있을지도 모르지만, 간장과 와사비가 없다.

"그래, 없는 건 어쩔 수 없으니까 직접 만들어보자! 그리고 요리 치트로 돈을 버는 거야!"

아델은 지난 생에서 여러 책을 읽었다. 그중에는 발효식품에 대해 다룬 책도 있었다.

"책에서 간장을 만들 때 필요한 건 콩, 밀, 소금물, 누룩곰팡이라고…… 누룩곰팡이?"

누룩곰팡이가 무엇이고 어떻게 구할 수 있는지 알 길이 없었다. 아마 직접 봐도 모르리라. 육안으로 보일 것 같지도 않지만.

"일단은 패스하자. 으음, 먼저 된장부터! 책에서 된장을 만들 때 필요한 건 콩, 소금, 누룩……, 패스!"

잘 안 된다. 누룩곰팡이의 존재가 계속 아델의 야망을 방해했다.

"낫토다! 낫토는 콩이랑 낫토균……. 아, 이건 알아!"

다행이 낫토균에 대한 지식은 있었다.

낫토균은 고초균의 일종으로 볏짚에 많이 달라붙어 있다고 한다. 그리고 열에 강해서, 끓이면 다른 균은 죽고 낫토균만 살아남는다.

씻은 콩을 삶아 낫토균을 묻혀 섞으면 끝. 아주 간단해 보인다.

만약 실패해도 계속 시도하면 된다. 그리고 성공하면 아주 많이 만들어서 아이템 박스에 넣기만 하면…….

『세균 병기의 제조는 금칙사항입니다.』

"……뭐?"

『세균 병기의 제조는 금칙사항입니다. 제한을 해제하려면 레벨7 이상의 권한이 필요합니다.』

고막을 직접 진동시킨 나노머신의 목소리에 굳어버린 아델.

"엥? 아니, 하지만 낫토는, 먹는 건데, 무, 무슨?"

『세균 병기의 제조는 금칙사항입니다.』

평소에는 꽤 친근한 느낌의 나노머신의 딱딱하고도 차갑고 감정 없는 목소리에 아연해지는 아델.

"어, 어째서~!"

아델의 일본식 계획은 불과 몇 분 만에 종료되었다.

3 나쁜 여자

어느 날 점심시간, A반 교실로 한 남학생이 찾아왔다.

"아델이라는 녀석이 누구야!"

(((우와아…….)))

반 아이들 일동이 가엾다는 표정으로 슬쩍 쳐다보았다. 그 남학생 쪽을.

"제가 아델인데요…….”

"흠, 너야?"

자신을 밝힌 아델을 노골적으로 뚫어지게 쳐다본 그 학생은 건방진 태도로 선언했다.

"좋아, 너를 내 여자로 삼아줄게!"

((((으허어어억~!))))

머리를 감싸 쥐는 반 아이들.

"사양할게요."

즉답이었다.

"뭐, 뭐야! 너, 내가 누군지 알기나 해?!"

"아뇨, 저는 사람 얼굴을 잘 기억하지 못해서…….”

이건 진짜였다. 아델은 전생 때부터 남을 잘 기억하지 못했는데, 상대방의 이름이나 만난 날짜, 대화 내용 등은 거의 완벽에 가깝게 기억하면서도 정작 상대방의 얼굴을 기억하지 못해 애먹었던 것이다.

"어이……. 난 C반의 체스터 폰 크로손, 크로손 자작가의 셋째 아들이다!"

"휴우. 그래서 저한테 무슨 볼일이죠?"

"아까 말했잖아! 너를, 내 여자로 삼아주겠다고!"

"그래서 거절했잖아요. 다른 용건이 없으면, 저는 오후 수업 준비를 해야 해서……."

아델의 태도에 소년은 흥분해서 소리쳤다.

"이 몸은 크로손 자작가의 셋째 아들이라니까! 너희같이 평민이나 가난뱅이 남작가의 핏줄 따위가 아니라고! 그런데 뭐야, 그 태도는!"

하지만 그 말에 지고 들어갈 아델이 아니었다.

"네? 이 학원에서는 신분과 상관없이 모두가 평등하다고 알고 있는데요? 학교 설명, 못 들었어요? 그리고 여긴 평민과 가난한 하급 귀족, 주로 남작가의 넷째 아들 이하나 딸들이 오는 학원 아닌가요? 그런데 가난하지도 않은 자작가의 셋째 아들이 아들레이 학원이 아닌 이곳에 들어왔다는 건, 딱히 자랑할 만한 이야기가 아닌 것 같은데요?"

(((((우와아아아아~~!)))))

아델의 정론 핵공격에 입을 쩍 벌리는 반 아이들과 그대로 굳은 체스터.

"그리고 '내 여자로 삼아주지'라니, 그건 또 무슨 말인가요! 저는 누구의 것도 아닌, 저 자신의 것이에요. 그리고 '삼아줄게'라니, 제 의사도 확인하지 않고 도대체 무슨……."

그때 누군가 아델의 왼쪽 팔을 붙잡았다.

아델이 그 팔의 주인을 확인하니 마르셀라가 고개를 마구 가로 젓고 있었다.

C반에서 온 체스터라는 이름의 소년은 아까부터 경직된 채 움직이지 않았다. 오후 이론 수업시간이 다가왔기 때문에 아델이 어쩔 줄 모르고 곤란해하자, 눈치 빠른 누군가가 C반에서 체스터의 친구를 불러왔는지, C반 아이 둘이 여전히 굳은 체스터를 데리고 돌아갔다. 그때 아델이 사례 대신 생긋 웃으며 "고마워요"라고 말하는 순간, C반 아이들은 얼굴을 붉히며 "이, 이 정도 가지고 뭘! 또 곤란한 일이 있으면 언제든지 불러줘!" 하고 말했다.

아델도 '서비스'를 배웠던 것이다.

아니, 실제로는 '여자의 무기'이려나?

"'내 여자' 같은 이상한 말을 하긴 했지만, 그건 아마도 형이나 아버지의 말을 흉내 냈을 뿐일 거야. A반에서 평판이 좋은 아델을 옆에 두면 자신의 평가도 올라갈 것이라고 생각했겠지. 너무 신경 쓸 것 없어."

"네……."

마르셀라의 말에 순순히 고개를 끄덕이는 아델이었다.

다음 날 점심시간.

체스터가 또다시 A반에 모습을 드러냈다.

"아델, 내일 휴일이니까, 같이 쇼핑하러 가자!"

반 아이들이 걱정스럽게 지켜보았지만, 아델이라도 같은 학교 친구로서 평범하게 제안하면 그리 무안을 주는 짓은 하지 않는

다. 원래부터 친구를 바랐던 것이다. 여자 친구든 남자 친구든.

아델은 약간 보이시하달까 매니시하달까, 남자아이들과 어울려 야구나 축구 따위를 하는 활달한 여자아이를 조금 동경했었다. 전생에서 읽은 만화《말괄량이 셋치 시리즈》처럼…….

하지만.

"사양할게요."

"뭐? 어째서……."

누군가에게 팁을 얻었는지, 이번에는 제대로 된 데이트 신청을 했는데도 또 거절당하자 체스터는 받아들일 수 없다는 표정을 지었다.

"이렇게 말해주는 것 자체는 솔직히 기쁘지만, 저는 학교의 무료 점심 식사를 두고 외식할 만한 돈도, 쓸데없는 것에 쓸 돈도 없어요. 그리고 휴일에는 일정이 있어서요……."

권해준 것 자체는 기쁘다는 말에 체스터가 더욱 밀어붙였다.

"밥 정도야 내가 사줄게! 그럼 그다음 휴일은 어때!"

"미안하지만 그날도 일정이……."

"그럼 그다음 다음 휴일은!"

"미안하지만 그날도 일정이……."

"그럼 그다음 다음 다음 휴일은!"

"미안하지만 그날도 일정이……."

"도대체 언제 비는데!"

결국 버럭 화를 내버린 체스터였지만, 무리도 아니다.

잔뜩 기대하게 해놓고, 적당한 말로 얼버무리려고 한다는 식으로밖에 생각되지 않았기 때문이다.

"그게, 저는 휴일마다 가게에서 일하거든요. 집에서 보내주는 돈이 없어서 제가 일하지 않으면 잉크도 노트도 옷도 석유도, 아무것도 살 수가 없어요."

"뭐……."

"그러니까 그 누구와도 놀러 가지 못해요. 미안합니다……."

평일 수업 후에도 놀 수 없다. 기숙사에는 통금이라는 것이 있으니까. 게다가 아델은 무료로 주는 저녁밥을 놓칠 생각이 전혀 없었다.

체스터는 잔뜩 풀이 죽어 자신의 교실로 돌아갔다. 참고로 체스터가 왔을 때 반 아이들이 걱정스럽게 지켜보았던 것은 이번에도 아델이 아니라 체스터 쪽이었다.

그리고 다음 휴일.

아델이 여느 때와 다름없이 빵집에서 아르바이트를 하고 있는데, 점심이 지난 시간에 한 손님이 가게로 들어왔다.

"……여긴가."

"……으음, 저기, 이름이 체스터 씨……, 라고 했었나요……?"

"아직도 기억을 못 해?!"

손님은 다름 아닌 체스터였다.

"놀러 갈 거야!"

"아, 네. 그래요. 잘 다녀오세요!"

"……너도 가! 내가, 설마 나 놀러간다고 굳이 너한테 보고하러 오기라도 했단 말이야?!"

"네? 그게 아닌가요?"

빵 진열대에 두 손을 짚는 체스터.

"아무튼 됐으니까 빨리 가자!"

"하지만 저는 가게를 봐야……."

"그런 거, 거기 있는 할아버지 할머니한테 맡기면 되잖아!"

"아뇨, 이분들은 손님이시지, 이 가게 분들이……."

그러자 아무리 체스터라도 손님에게 가게를 보게 하는 것은 좀 아니라고 생각했는지, 입을 다물고 잠시 생각에 잠겼다.

"좋아, 그럼 내가 전부 사주지."

"네?"

"남은 빵을 내가 전부 산다고. 그럼 가게를 볼 필요가 없잖아?"

"그, 그게 무슨……."

"묘안이지?"

"무슨 그런 멍청한 짓을!"

"뭐?"

갑자기 화를 내는 아델을 어리둥절한 눈으로 쳐다보는 체스터.

"이 가게는 휴일에도 빵을 필요로 하는 손님을 위해, 휴일 없이 가게를 열고 있는 거예요! 그런데 저를 데려 가기 위해 이 빵을 다 사겠다고요? 무슨 그런 바보 같은 짓을! 무슨 그런 본말전도 같은 짓을!"

"미, 미안……."

온화하고 어리바리한 소녀라고만 생각했던 아델의 갑작스러운 분노에 체스터는 깜짝 놀라 당황하며 사과했다. 의외로 순진한 소년이었던 것이다.

"그럼 절반으로 괜찮겠죠?"

"뭐?"

무슨 소리인지 이해되지 않아 멍하니 묻는 체스터.

"아니, 그러니까, 절반만 사는 걸로 괜찮겠냐고요."

"아, 어어……."

생긋 미소 지으면서도 다짜고짜 묻는 아델의 강한 눈초리에 압도되어 체스터는 자신도 모르게 그렇다고 대답해버렸다.

"어쩌다가 일이 이렇게……."

양손 가득 빵을 껴안고 혼자 기숙사로 돌아가는 체스터의 등에서 애수가 감돌고 있었다.

하지만 처음으로 자신에게 지어준 아델의 미소를 볼 수 있었다고 생각하면 값싼 지불이었을지도 모른다.

그렇게 생각하자 체스터의 입꼬리가 슬며시 올라갔다.

"영감, 저놈은 어떻게 할꼬?"

"저놈은 뭐, 그냥 내버려둬도 되지 않겠남."

"그렇겠제?"

아델을 나쁜 남자들에게서 지키기 위해 교대로 빵집에 상주하는, 이웃 노인들의 비밀 조직 멤버인 노인들이 아무래도 체스터를 '무해한 존재'로 판단한 듯하다.

이후에도 체스터는 자주 A반에 나타났지만, 아델의 반 친구들은 이제 그다지 신경 쓰지 않았다. 역시 무해하다고 판단했으므로.

억지로 강요하거나 아델을 화나게 하지 않고 조금씩 말 거는 정도라면 문제없다.

아델은 '같이 노는 친구'로 같은 반을 비롯한 학교 아이들과 기꺼이 교류했는데, 남자 친구라든가 미래의 반려자라든가 일자리를 위해 끌어들이려는 등의 목적이 전혀 없다는 사실을 알았기 때문이다.

아직 정신적으로 어려서 사랑 혹은 남녀 교류에 눈뜨지 않은 것이리라고 판단한 반 아이들은 아델이 사실 정신연령은 이미 열여덟을 넘었다는 사실, 그래서 반 아이들을 너무 어리게 생각한 나머지 연애 감정이 일지 않는다는 점 등은 꿈에도 생각하지 못했다.

그리고 물론 아델의 마음을 사로잡으려고 필사적인 모 자작가의 아들도.

남자와의 교류에는 전혀 흥미가 없는데도 남자들이 말을 걸면 기꺼이 상대해주고, 점심시간이나 방과 후에도 잠시나마 서슴없이 어울린다. 마르셀라 일동과 노는 시간 이외에는.

빵집 아르바이트 중에도 남자 손님이 말을 걸어오면 기쁜 것처럼 대꾸한다.

그러니 혼자 착각하는 남자가 늘어나기만 할 뿐이었다.

오늘도 이웃 할머니는 중얼거린다.

"옹홍홍, 아델은 나쁜 여자구먼······."

여러분, 안녕하세요. 저는 FUNA라고 합니다.

초등학교 시절부터 '소설가가 되고 싶다'는 꿈을 잊지 못하고, 소설 투고 웹사이트 '소설가가 되자'에 소설을 올리기 시작한 지도 몇 개월. 설마 정말로 꿈이 이루어질 줄은 몰랐습니다.

아니, 전혀 기대하지 않았다고 하면 거짓말이지만, '이 복권이 당첨되면 좋겠네'와 비슷한 느낌이지 현실감을 동반한 것은 전혀 아니었습니다.

그런데 편집부로부터 운명의 메일을 받고 4개월도 채 되지 않아 책으로 출간이라니.

그, 멀티(게임 '투하트'의 메이드 로봇)의 '일주일 메이드 전설'이 아니라, '4개월 소설가 전설'입니다.

편집부의 메일이 온 것이 이 작품의 연재를 막 시작했을 때여서, 완전히 연재를 끝마친 전작에 대한 문의라고 생각하고 메일을 읽어보았는데 설마 했던 신작 쪽이었던 겁니다. 아직 1권을 만들기에는 턱도 없이 부족한 양이었고 연재한 부분만으로는 작품의 방향성조차 모를 시점에서의 타진이었기 때문에, "혹시 학원물이라고 생각하시는 거 아녜요? 학원은 금방 튀쳐나오는데요?", "정말로 이 시점에서 결정해도 진짜 괜찮겠어요?" 하고 다시 한 번 생각해보시는 쪽으로 설득했지만, 그래도 괜찮다고 말씀하셔서……

그렇게 하여 지금에 이르렀습니다만, 풋내기 작가라 오자, 오용, 그 밖의 실수 등이 많아 '소설가가 되자' 웹사이트 감상 게시판에 의견을 남겨주신 분들께 많은 도움을 받았습니다. 특히 혹시 직업이 교정자가 아닌가 싶을 정도인 미르미르 씨의 조언, 정말 감사했습니다.

이 책은 '소설가가 되자'에 처음 투고를 시작하고 2개월 후에 연재를 개시한, 저의 세 번째 작품입니다.

그전의 두 작품은 동시 연재여서 저의 오랜 마음을 키보드로 두드린 작품입니다만, 이 작품은 그때보다 조금 차분하게, 힘을 살짝 빼고, 느긋하게 즐기며 썼습니다.

주인공은 전생에서 '공부는 잘하지만 인간관계가 거의 없고 세상 물정을 잘 모르는 아이. 그래서 좋은 아이지만 눈치가 좀 없다'는 설정의 여자아이입니다. 주위 기대에 부응하기 위해 자신을 억누르며 자유 없는 인생을 걷던 끝에, 열여덟 살이라는 나이에 짧은 생을 마감하고 맙니다.

그래서 전생한 후에는 '이번에는 인생을 즐기며 살 테야! 친구도 만들고 자유롭게 나 좋을 대로 해야지. 언제 죽어도 여한이 남지 않도록!' 하고 마음먹지요.

두뇌회전은 빠르지만 인간관계나 세상 물정에 약한 주인공이 낯선 이세계로 전생해서, 다른 사람이 보기에는 '……글쎄?'지만 어쨌든 본인은 '눈에 띄지 않고, 지극히 평범한 여자아이'가 되어 애쓰지 않고 그냥 노후를 위한 돈만 모으면 된다는 기분으로 느굿하게 하루하루를 보내는, ……것이 가능하면 좋겠다는 이야기입니다.

전생 후에는 작정하고 바보짓을 저지르기 때문에 '전생에서 머리가 좋았다니, 믿을 수 없다', '지능도 그쪽 세계에서의 물벼룩 따위와 평균치를 낸 것 아닌가요?' 하고 혹평을 받아가며, 오늘도 '어디에나 있는 흔하고 평범한 C등급 헌터 여자아이'로 고군분투합니다.

제1권으로 《학원~헌터 양성 학교》 편이 모두 끝나고 앞으로는 드디어 신입 헌터로서의 활약이 시작됩니다. 수수하게, 눈에 띄지 않게.

그래요, 무심코 S급 헌터 따위가 되지 않도록 조심하면서 말입니다.

앞으로 제가 쓸 직함을 '작가', '문필가' 등 무엇으로 해야 할지 고민했는데, 잘 생각해보니 고민할 필요가 전혀 없다는 사실을 깨달았습니다.

'소설가가 되자'라는 투고 웹사이트와 그곳의 독자 여러분 덕분에 이렇게 책을 쓸 수 있게 되었으므로 제가 쓸 직함은 '소설가'가 당연하지 않은가, 라고…….

하지만 '소설가'라고 소개해도 앞으로 속권이 나올지, 혹시 이 작품으로 끝나는 것은 아닐지, 미래가 전혀 보이지 않습니다. 그래도 '앞으로 어디까지 갈 수 있을까?' 하는 생각이 들 때, 제가 좋아하는 만화 주인공의 대사를 떠올립니다.

"어디까지 갈 거야?"

"……어디까지든. 갈 수 있는 곳까지!"

마지막으로 수십만 '소설가가 되자' 투고 소설 중에서 이 작품을 찾아내어 제안해주신 담당 편집자님을 비롯하여 일러스트레이터 아카타 이츠키 님, 서적 디자이너 야마카미 요이치 님, 교정교열, 인쇄, 제본, 유통, 서점 관계자 여러분, '소설가가 되자' 감상 게시판에 다양한 감상과 지적, 제안, 충고 등을 남겨주신 분들, 그리고 무엇보다도 이 작품을 인터넷 혹은 책으로 읽어주신 모든 독자 여러분께 진심을 담아 감사 인사를 전하고 싶습니다.

정말 감사합니다.

그리고 앞으로도 모쪼록 잘 부탁드립니다.

FUNA

갑자기 그리고 싶어져서 아무와도 상의하지 않고 그려보았다.
마일로 전생하기 전의 미사토.
과연 이 그림이 게재될 수 있을까? 된다면 좋겠다.
그런데 《저, 능력은 평균치로 해달라고 말했잖아요!》의 약칭은
《능균!》으로 결정된 것인가?

AFTER

아델푼아스컴

마일 12세

아카타 이츠키

BEFORE

후기?

비공인

쿠리하라 미사토
(栗原海里)
18세

저, 능력은 평균치로 해달라고 말했잖아요! 1

2016년 10월 1일 1판 1쇄 발행
2018년 1월 30일 1판 4쇄 발행

저   자 FUNA
일 러 스 트 아카타 이츠키
옮 긴 이 조민정
발 행 인 유재옥
담당편집자 김진아
편   집 권우범 김민지 바찬솔 정영길 工찬회
라이츠담당 오유진
발 행 처 ㈜소미미디어
디 지 털 홍승범, 박지혜
등   록 제2015-000008호
주   소 서울시 마포구 토정로 222,403호 (신수동, 한국출판콘텐츠센터)
판   매 ㈜소미미디어
마 케 팅 한민지
전   화 편집부 (070)4164-3962, 3963 기획실 (02)567-3388
               판매 및 마케팅 (070)4165-6888, Fax (02)322-7665

ISBN 979-11-5710-479-6 04830
ISBN 979-11-5710-478-9 (세트)